我们中国人,
无论你身处在
什么样的境地中,
总有那么一句两句诗词
在等待着我们,
见证着我们,
或早或晚,
我们都要和它们破镜重圆,
互相指认着彼此。

诗来见我

李修文 著

人民文学出版社

图书在版编目(CIP)数据

诗来见我/李修文著.—北京：人民文学出版社，2021
ISBN 978-7-02-016903-0

Ⅰ.①诗… Ⅱ.①李… Ⅲ.①散文集—中国—当代 Ⅳ.①I267

中国版本图书馆CIP数据核字（2020）第271738号

责任编辑　孔令燕　刘玉阶
装帧设计　刘　静
责任印制　宋佳月

出版发行　人民文学出版社
社　　址　北京市朝内大街166号
邮政编码　100705
网　　址　http://www.rw-cn.com

印　　刷　北京盛通印刷股份有限公司
经　　销　全国新华书店等

字　　数　163千字
开　　本　787毫米×1092毫米　1/32
印　　张　11.125　插页1
印　　数　1—40000
版　　次　2021年4月北京第1版
印　　次　2021年4月第1次印刷

书　　号　978-7-02-016903-0
定　　价　59.00元

如有印装质量问题，请与本社图书销售中心调换。电话：010-65233595

目录

寄海内兄弟 —— 001

犯驿记 —— 023

红槿花开 —— 043

枕杜记 —— 059

遣悲怀 —— 073

犹在笼中 —— 087

偷路回故乡 —— 107

救风尘 —— 123

致母亲 —— 141

雪与归去来 —— 157

十万个秋天 —— 179

乐府哀歌 —— 193

追悔传略 —— 213

墓中回忆录 —— 229

自与我周旋 —— 247

陶渊明六则 —— 263

拟葬花词 —— 281

唯别而已矣 —— 297

酒悲突起总无名 —— 315

最后一首诗 —— 335

寄海内兄弟

许多年前,为了谋生,我曾在甘肃平凉混迹过不短的一段时日,在那里,我认识过一个开电器维修店的兄弟,这兄弟,人人都叫他小林,我便也叫他小林;那时候,我已经有好几年写不出东西了,作为一个曾经的作家,终究还是又忍不住想写,于是便在小旅馆里写来写去,然而一篇也没有写成。没料到,这些心如死灰的字,竟然被小林看见了——有一天,他在电器维修店里做了一顿火锅,再来旅馆里叫我前去喝酒,我恰好不在,门也没关,他便推门进去,然后就看见了那些无论怎么看都仍然心如死灰的字。哪里知道,自此之后,那些字也好,我也好,简直被小林捧到了足以令我惭愧和害羞的地步。

郑板桥在《赠袁枚》里所说的那两句话,"女称绝色邻夸艳,君有奇才我不贫",说的就是小林这样的人。那天晚上,我和小林,就着柜台里热气腾腾的火锅,可算是喝了不少酒,就算我早已对他承认,从前我的确是一个作家,他还是一脸难以置信的样子,喝上一杯,就认真地盯着我看上好一阵子,满脸都是笑。中间,要是有人送来坏了的电器,又或是取回已经修好的电器,他就要借着酒劲指着我,再对着柜台外的来人说:"这是个作家,狗日的,这是个作家!"哪怕我们一直延续到后半夜的酒宴结束,第二天,乃至其后的更多天里,直到我离开平凉之前,当我遇见他,只要身边有旁人路过,他总要先拽上别人,再回头指着我:"这是个作家,狗日的,这是个作家!"

然而,在我离开平凉之后的第二年秋天,我便得知了一个消息,当年春天里,那个满脸都是笑的小林,暂时关了自己的电器维修店,跟着人去青海挖虫草,有天晚上,挖完了虫草,在去一个小镇子上歇脚的时候,从搭乘的货车上掉下来,跌进了山崖下的深沟,活是活不了了,因为当时还在下雪，山路和深沟又都有说不出的艰险，所以，直到好多天过去，等雪化了之后，他的遗体才被同去的人找到。又过了几年，阴差阳错，我也去了青海，也是一个下雪天，我乘坐的长途汽车彻底坏掉，再也不能向前，满车的人只好陷落在汽车里等待着可能的救援。眼见大雪继续肆虐着将群山覆盖殆尽，眼见天光在大雪的映照下变得越来越白，我突然便想起了小林，我甚至莫名地觉得，眼前周遭似乎不仅与我有关，它们也与小林有关。于是，我手忙脚乱地给当初告诉我小林死讯的人打去了电话，这才知道，我所困居之地，离小林丢掉性命的那条深沟果然只有几十里路而已。如此，我便带上了夹杂在行李中的一瓶酒，下了汽车，然后，面向深沟所在的方向，再打开那瓶酒，在雪地里一滴滴洒下去，一边洒，却一边想起了唐人张籍的《没蕃故人》：

前年伐月支，城上没全师。

蕃汉断消息，死生长别离。

无人收废帐，归马识残旗。

欲祭疑君在，天涯哭此时。

所谓"没蕃故人",说的倒不是死于吐蕃的故人,唐时异族,管他吐蕃、大食还是月支,一概都被称作外蕃,此处怀念的故人,显然说的是战死在月支国一带的故人。此诗所叙之意可谓一看即知,更无需多解,但是,当"无人收废帐,归马识残旗"之句被我想起,小林那张满是笑的脸顿时也浮现在了眼前,我的鼻子,还是忍不住发酸:何止战乱之后的城池之下才有废弃的帷帐?何止战士死绝之后的战场上才有被归马认出来的残旗?远在甘肃平凉,小林的电器维修店难道不是再也迎不回将军的帷帐吗?还有,在小林的电器维修店之外,也有一面破损的店招,而今,归马已然夭亡,那面残旗,只怕也早已被新换的门庭弃之如泥了。事实上,在这些年中,如此遭际,我当然已经不再陌生:那么多的故人都死去了,所以,多少会议室、三室一厅和山间别墅都在我眼前变作了废弃的帷帐,多少合同、盟约和一言为定都在人情流转里纷纷化为了乌有。幸亏了此刻,尽管阴阳两隔,在这大雪与群山之下,我尚能高举着酒瓶"欲祭疑君在",不过,我倒是没有"天涯哭此时",反倒是,当酒瓶里的酒所剩无几时,我突然想跟小林再次对饮,为了离他更近一些,我便顶着雪,面朝那夺去了他性命的深沟撒腿狂奔，一边跑，一边仰头喝起了酒，喝完了，再将酒瓶递向大雪与群山，就像是递给了小林，端的是：他一杯，我一杯。

他一杯，我一杯——在陕西汉中，我也曾和陌路上认识又一天天亲切起来的兄弟如此痛饮：还是因为一桩莫名其妙的生计，我住在此地城郊的一家小旅馆里写剧本，因此才认识了终日坐在旅馆楼下等活路的泥瓦工马三斤，之所以叫这个名字，听他说，是因为他出生的时候只有三斤重。活路实在难找，打我认识他，就没看见什么人来找他去干活，但他跛着一条腿，别的苦力更加做不下来，也只好继续坐在旅馆外的一条水泥台阶上等着有人问津。还有，马三斤实在太穷了，在我送给他一件自己的羽绒服之前，大冬天的，从早到晚，他穿着两件单衣，几乎无时无刻不被冻得全身上下打哆嗦：他有两个女儿，而妻子早就跑掉多年了，所以，好不容易攒下的钱，也仅仅只够让两个女儿穿上羽绒服。而天气正在变得越来越冷，如此，有时候，当我出了旅馆去找个小饭馆喝酒，便总是叫上他，他当然不去，但也经不住我的一再劝说，终于还是去了，喝酒的时候却又迟迟不肯端起杯子，我便又要费去不少口舌接着劝，劝着劝着，他端起了杯子，他一杯，我一杯，却总也不忘记对我说一句："哪天等我有钱了，我请你喝好酒！"

并没有等来他请我喝好酒的那一天，我便离开了汉中，原本，我一直想跟他告个别，也是奇怪，却接连好几天都没在旅馆楼下看见他，所以就没最后说上几句话。可是，等我坐上长途汽车，汽车马上就要开了的时候，却看见马三斤踉跄着跑进了汽车站，只一眼便知道，他显然生病了：胡子拉碴，头发疯长，一整张脸都通红得骇人。等他跑到汽车边，刚刚看见我，虚弱地张开嘴巴，像是正要对我说话，汽车却开动了。隔着满溅着泥点的玻璃窗，我看见他刹那间便要落下泪来，而且，只是在瞬时里，他就像是被什么重物击垮了，一脸的绝望，一脸不想再活下去的样子。我并不知道发生了什么，只是下意识地对他吼叫了一声，吼叫声被他听见了，见我吼叫着对他举起了拳头，他先是被震慑和呆滞，继而，也像我一般下意识举起了拳头，等汽车开出去好远，待我最后回头，看见他仍然举着拳头，身体倒是越站越直，越站越直。如此时刻，叫人怎不想起唐人陆龟蒙的诗呢？

> 丈夫非无泪，不洒离别间。
>
> 杖剑对尊酒，耻为游子颜。
>
> 螟蛇一螫手，壮士即解腕。
>
> 所志在功名，离别何足叹！

陆龟蒙一生，如他自己所说，只愿做个"心散意散、形散神散"的散人，因此，作起诗来，气力并不雄强，唯独这一首与朋友兄弟别离之诗，却是慷慨不绝和壮心不已，尤其前两句，用清人沈德潜的话说便是："直疑高山坠石，不知其来，令人惊绝。"事实也是如此，彼时，当我与马三斤就此别过，我们所谓的"功名"，仍然不过是混口饭吃而已，可是，三斤兄弟，在这隔窗相看之际，你我却千万莫要乱了心神，你我却千万要端正了身体再举起拳头，只因为，管他往前走抑或向后退，有一桩事实我们已经无法避免，那便是：注定了的洒泪之时，逃无可逃的洒泪之处，它们必将从四面八方朝我们涌动过来，再将我们团团围住。所以，三斤兄弟，你我还是先记住这首诗的要害吧，对，就是那句"螟蛇一螫手，壮士即解腕"：要是有一天，你仍然在砌墙，我仍然在写作，无端与变故却不请自来，又像蝮蛇一般咬住了我们的手，为了防止蛇毒攻心取了我们的性命，你我可都要记住，赶紧地，一刻也不要停地，手起刀落，就此将我们的手腕砍断，好让我们留下一条性命，在这世上继续砌墙、继续写作吧！

自打与马三斤分别，又是好多年过去，这些年中，因为我当初曾给他留下电话号码，所以，我们二人一直都不曾断了联系，有时候，他会给我打来近乎于沉默的电话，有时候，他又会给我发来文字漫长的短信，每一回，在短信的末尾，他总是会署名为：你的朋友，马三斤。我当然知道，那些无端与变故，就像从来没有放过我一样，或在这里，或在那里，仍然好似蝮蛇一般在噬咬着他，可是，除了劝说他忘记和原谅，我也找不到别的话去安慰他，好在是，他竟然真的并没有毒发攻心，而是终于将日子过好了起来：虽说谈不上就有多么好，但总归比从前好，有这一点好，他便也知足了。去年夏天，他又给我发来了短信，说他的大女儿马上就要结婚了，无论如何，他都希望我能再去一趟汉中，一来是为了参加他大女儿的婚礼，二来是他要兑现他当年的诺言，请我喝上一顿好酒，在短信的末尾处，他的署名仍然是：你的朋友，马三斤。其时，我正步行在湘西山间，置身在通往电视剧剧组的一条窄路上，头上满天大雨，脚下寸步难行，但是，看见马三斤发来的短信，我还是一阵眼热，于是，我飞快地奔到一棵大树底下去躲雨，再给他回复了短信，我跟他说：我一定会去汉中，去看他的女儿出嫁，再去喝他的好酒。在短信的末尾处，我也署上了自己的名字：你的朋友，李修文。

结果，等我到了汉中，还是在当年的汽车站里，等马三斤接到我的时候，我却几乎已经认不出他来了——苍老像蝮蛇一般咬住了他，可他总不能仅仅为了不再苍老就去斩断自己的手腕：他的头发，悉数都白尽了，从前就走得慢的步子，现在则更加迟缓，乃至于一步步在地上拖着自己的腿朝前走。可好说歹说都没有用，他不由分说地抢过我的行李，自己拎在手中，为了证明自己还能行，他甚至故意地走在了我前面；走着走着，他又站住，回头，盯着我看，看了好半天，这才笑着说："你也老了，也有不少白头发了。"我便也对着他笑，再追上前，跟他一起并排向着他家所在的村子里走。走到半路上，在一片菜园的篱笆边，他突然想起了什么，又停住，先是亏欠一般告诉我，尽管他老得不成样子，但女儿要结婚了，他的老，还是值得的；说完了，再担心地看着我，就像我被全世界亏待了，他问我："你呢？你值得吗？"我沉默了一会，再请他放心，我想我活到今天也是值得的。听我这么说，他竟哽咽了，连连说："那就好，那就好。"这时候，一天中最后的夕光穿过山峰、田野和篱笆照耀着我们，而我们两个，站在篱笆边，看着青菜们像婴儿一样矗立在菜园的泥土中，还是哽咽着，终究说不出话来。此时情形，唯有汉朝古诗所言的"采葵莫伤根，伤根葵不生；结交莫羞贫，羞贫交不成"如影随形，唯有元人韩奕所写《逢故人》里的句子如影随形：

相逢喜见白头新，头白相逢有几人？
湖海年来旧知识，半随流水半随尘。

人活于世，当然少不了行来风波和去时迍邅，但是往往，你我众等，越是被那风波与迍邅纠缠不休之时，可能的救命稻草才越到了显露真身的时刻。那救命稻草，也许是山河草木与放浪形骸，也许是飞沙走石与偃旗息鼓，也或许只是破空而来的一条手机短信，短信的末尾处写着：你的朋友，马三斤；又或者，你的朋友，李修文。由今日上溯至唐朝，彼时的世上就有两个人,"始于诗交,终于诗诀",大半生中,在贬谪之途的驿站里,在自知不起的病床前,他们从未停止给对方发去用诗、气血和骨髓写成的短信,短信末尾的署名是:你的朋友,元稹;你的朋友,白居易。此二人,虽有七岁之差,自打相识以来,孰兄孰弟,却几难分辨,最是这难以分辨,二人恰恰能在对方身上自得其所,此等机缘,不是天赐造化又能是什么呢? 打相识以来,他们就从来没停止过相互唱和,白居易说:"曾将秋竹竿,比君孤且直。"元稹便答:"秋来苦相忆,种竹厅前看。"元稹说:"与君后会知何日,不似潮头暮却回。"白居易又答:"知在台边望不见,暮潮空送渡船回。"听闻元稹病了,白居易赶紧寄去药膏并附诗说:"已题一帖红消散,又封一合碧云英。凭人寄向江陵去,道路迢迢一月程。未必能治江上瘴,且图遥慰病中情。到时想得君拈得,枕上开看眼暂明。"没过多久,他便收到了元稹的回诗:"紫河变炼红霞散,翠液煎研碧玉英。金籍真人天上合,盐车病骥辀前惊。愁肠欲转蛟龙吼,醉眼初开日月明。唯有思君治不得,膏销雪尽意还生。"

好一句"未必能治江上瘴,且图遥慰病中情",好一句"唯有思君治不得，膏销雪尽意还生"。异姓兄弟，不过如此；前生后世，不过如此。在我看来，这元白二人，最让人心生钦羡的，其实有二，首先便是：终二人一生，他们都是抱一不移的同道中人。仅以作诗论，尽管多有人说他们为求"务尽"而过求"坦易"，但是，只说二人唱和诗中的用韵，元白之前，和诗本不必非用原韵不可，而自元白始，这二人同进同退，凡和诗，必用原字原韵，其先后次序也必与被和之诗相同，真乃是步步惊险，而整首诗读下来，那些韵脚却又如盐入水般不着一痕，由此很快便风传开去，这种被称作"次韵"或"步韵"的用韵之法，也就此得以成型。所以，清人赵翼才如此说："依次押韵，前后不差，此古所未有也；而且长篇累幅，多至百韵，少亦数十韵，争能斗巧，层出不穷，此又古所未有也。"

而那第二桩让人心生钦羡之处，便是这二人之交从未凌空蹈虚，所有献给对方的狂喜、绞痛和眼泪，都诞生和深埋在烟火、糟糠、种种欲罢不能又或画地为牢之处。你看，为了多挣一点俸禄来侍养母亲，白居易请调为京兆府户曹参军而得应允，喜不自禁地赶紧写信告诉元稹。元稹得信，同样在自己的任所叩谢了天恩："闻君得所请，感我欲沾巾。"又说："我实知君者，千里能具陈。感君求禄意，求禄殊众人。上以奉颜色，余以及亲宾。弃名不弃实，谋养不谋身。"然而，不久之后，白居易之母还是撒手西去，因为身处贬所的元稹未奉召不得远离，他只好派侄子带上自己写好的祭文前去白居易的家乡下邽祭奠致哀，在祭文中，他曾如此说起自己和白居易："迹由情合，言以心诚，遂定死生之契，期于日月可盟，谊同金石，爱等兄弟。"——若此二人尚不能称兄弟，世间安有异姓而称兄弟乎？正因为如此，元稹说："我在山馆中，满地桐花落。"白居易答："桐花半落时，复道正相思。"白居易说："不知忆我因何事，昨夜三回梦见君。"元稹又答："我今因病魂颠倒，唯梦闲人不梦君。"就连两个人早已度过了一生中最难堪的贬谪之时，双双回到了长安，白居易与李建、白行简游曲江而酒醉，恰此时，元稹正离京奉使东川，见到花开，白居易仍然在顷刻间便想起了元稹：

花时同醉破春愁，醉折花枝作酒筹。

忽忆故人天际去，计程今日到梁州。

——一如既往，这首小令和白居易的其他诗句一样着意浅显，它说的不过是：想当初，花开之时，你我曾以同醉而驱除春愁，大醉之中，我们还曾经折断花枝，将它们用作行酒令时的筹子，只是，就在此刻的突然之间，我想起了正在他乡天际下赶路的你，计算一下路程，兄弟，今天你该正好到了梁州吧？令人惊叹的是：恰如白居易之计程，彼时，元稹正好行至了梁州，就在白居易醉忆他的同一天，元稹写下了《梁州梦》："梦君同绕曲江头，也向慈恩院院游。亭吏呼人排去马，忽惊身在古梁州。"诗前小序中，元稹如是说："是夜宿汉川驿，梦与杓直、乐天同游曲江，兼入慈恩寺诸院，倏然而寤，则递乘及阶，邮使已传呼报晓矣。"而此等会心，断断不是第一回，尚且年轻时，宪宗元和十一年，元白二人双双被贬至远隔了千重山水的通州和江州，在通州任所，元稹便曾写下过一首小令来记叙他收到白居易书信时的境况，那时候，何止是他，就连他的妻女，也全都见证和投身在了其二人的相互依赖之中："远信入门先有泪，妻惊女哭问何如。寻常不省曾如此，应是江州司马书。"然而，每回念及这短短四句，最令我感慨的，却是元稹诗境至此，其实早就已经与白居易之诗合二为一了，此处的字字句句，全都是白居易崇尚的大白话，而这些大白话连接在一起，就像是戳进心窝的刀，又像洒向伤口的盐。清人刘熙载评说白居易写诗"用常得奇，此境良非易到"，说这话时，他可能忘了，"用常得奇"的还有元稹，在他们的大半生中，他们绝不是各自写着各自的诗，而是两个人在写同一首诗。

另有不少人，论交未必如元白二人般入肝入肠，但是，也是不同的性命在写着同样的句子。南宋淳熙十五年，当年的状元，而今的闲官，陈亮陈同父，远赴江西亲访辛弃疾，并与之同游鹅湖。两人作别之时，辛弃疾恋恋不舍，竟一再追送，至鹭鸶林，则雪深泥滑，再不得前，目睹陈亮离去，辛弃疾"独饮方村，怅然久之"，至夜，又闻邻笛甚悲，遂赋词《贺新郎》，词中竟一反平日常态，离愁与消沉双双难抑："何处飞来林间鹊，蹙踏松梢残雪。要破帽多添华发。剩水残山无态度，被疏梅料理成风月。两三雁，也萧瑟。"多日之后，收到词作的陈亮给辛弃疾寄回了自己的和词，此一首和词，承其一贯词风，慷慨与磊落双双不绝："行矣置之无足问，谁换妍皮痴骨。但莫使、伯牙弦绝。九转丹砂牢拾取，管精金、只是寻常铁。龙共虎，应声裂。"至此，一个真正的辛弃疾才在朋友的呼喊声中抖落尘灰,终于应声而起,他也和词给陈亮:"汗血盐车无人顾,千里空收骏骨。正目断关河路绝。我最怜君中宵舞,道'男儿到死心如铁'。看试手,补天裂。"其后,两人再难停止,以《贺新郎》用前韵而反复唱和,竟至四五回,如果将陈亮与辛弃疾的名字全都盖住,又有人恰恰是初读这些《贺新郎》,哪里还分辨得出哪句是陈亮所写,哪句又是辛弃疾所写?《贺新郎》里的这二人,实在浑似各自矗立又互相眺望的两块黑铁,坚刚不可夺其志,沉毅不可蚀其心,然而,一阵风吹来,这二人又变作了两株冠盖如云的山中高树,你的枝丫上长出了我的叶子,我的叶片上开出了你的花朵,最后,就让我们长成一株吧,如此,孤臣孽子的雪恨之心才能将彼此映照,唯有在此种映照之下,你我才能继续一起"慷慨以任气,磊落以使才",才能继续一起"敛雄心,抗高调,变温婉,成悲凉",最终,你我之心才活在了残山剩水之外的同一具故国骸骨之中。

虽说远不及元白之刻骨和辛陈之深切,可是,过往这么多年,毕竟一直在这无边人间里游荡和浪迹,那些令我忍不住想要给他寄去自己所写文字的朋友和兄弟,我终究还是遇见了不少。就比如，在河北柏乡县的一座小镇子上，我便遇到过也经常写东西的大老张。这大老张，平日里靠种菜过活，因为在县报市报上发表过几篇诗歌和豆腐块，因此，镇子上的小学有时候也请他当代课的语文老师。自从与我定下交情，他便无一日不在帮我的大忙：我来此地，原本是为了给一部正在这里拍摄却注定播不出来的戏改剧本，结果，没来几天，我便腰疾发作，整日躺在旅馆的床上再也下不了地，见我无法动弹又心急如焚，他便说，要不然他来帮我写，我当然难以置信，但也别无他法，只好每日里跟他一起，他坐着，我躺着，从早到晚边商量边写，几天下来，我竟然没有耽误工期，总算侥幸保住了自己的饭碗；天气寒凉，到了晚上，旅馆里冻得几同于一座冰窖，而我还要写剧本，他便将我容留到了他栖身的菜地里，常常是，塑料大棚之外冷风呼啸，棚内一小片被他隔离好的地界上，因为生了炉火，炉火又烧得旺，我的全身上下竟然都暖烘烘的。

可是，好景不长，终有一天，我正在拍戏的现场忙活，大老张带着一幅他自己写的毛笔字来找我，说他有了母亲的消息，第二天起，他便要远赴山东找母亲去了，也不知道等他回来时我还在不在,但是跟我相识一场,他高兴得很,欢喜得很,所以,临别之际,他买来宣纸写了几个字送给我,叫我千万不要嫌弃,虽然不成个样子,但留下来好歹也是一个念想——我知道,他说的句句都是实话:离开母亲,他活不下去;塑料大棚内的方寸地界里,母亲的照片到处都是,最大的一张被他高高地置放在一座破衣柜的顶上,然而,患上老年痴呆症的母亲已经走失好几年了,几年下来,除了种菜和代课,他没干别的,一直都在各个省的犄角旮旯里找母亲。而现在,分别在即,面对着大老张和他送给我的毛笔字,我还不知道如何跟他告别的时候,一向沉默寡言的他,却对我说了不少话,他说:哪怕我走了,塑料大棚你还是想去便去,钥匙就放在大棚门口的两棵包菜中间;他还说:镇子东头的一家服装店刚进了一批军大衣,暖和,也不贵,你可以买一件来穿在身上;最后,他又说:其实,我知道你不喜欢写剧本,你还是想写书,但是人嘛,活下去总要吃饭,你还是得先把饭碗端紧端牢,要是你哪天写出来一本书了,别忘了,给我寄一本。必须承认,彼时之我,一边听大老张说话,前尘往事袭上心来,一边又任由着巨大的怆然之感在我的体内电流一般横冲直撞,所以,

我根本说不出话来,就只是愣怔着对他不断点头,再看着他走远,远到再也看不见了,这才如梦初醒地打开了他写给我的毛笔字:

记得武陵相见日,六年往事堪惊。回头双鬓已星星。谁知江上酒,还与故人倾。

铁马红旗寒日暮,使君犹寄边城。只愁飞诏下青冥。不应霜塞晚,横槊看诗成。

——大老张送我的毛笔字,竟然是南宋周紫芝的一首《临江仙》,他原本就读过不少书,书赠此词给我,倒也并不是一件多么让人大惊小怪的事。这首词,原本是周紫芝送别一位前往光州赴任的故友时所写,上半阕尚有离愁不去:六年之后的酒原来不是就此聚首欢好之酒,它仍然是故人去往光州任所前的最后一场别离之酒,须知此时之光州,已经成为南宋朝抵近金国的最后防线;到了下半阕,则词风大变,振作之气好似鞭声在边城日暮里响起,一记记抽打着河山和自己,然而如此大好,好到"只愁飞诏下青冥",说的是,我的使君故友啊,在那光州,你定会缔造不世之功,到了那时,哪怕朝廷下诏唤你回去，你只怕也要暗自生愁，你只怕还要像当年的曹操一般，一意"鞍马间为文，往往横槊赋诗"。我当然知道大老张缘何要写下这幅字送给我，他不过是又一次重复了临别之际对我说过的话：其实，我知道你不喜欢写剧本，你还是想写书，但是人嘛，活下去总要吃饭，你还是得先把饭碗端紧端牢，要是你哪天写出来一本书了，别忘了，给我寄一本。

如大老张所愿，在跟他分别多年以后，我终究写出了书，而且还写出了不止一本，我当然给他寄去了我写的书，但是却从未收到他的回信。直至今天，我在邢台参加的会议结束，带上行李便坐上了前往柏乡的客车，可是，等我赶到当年的小镇子，再一回，梦游般置身在了当初的塑料大棚边，这才知道：这里尽管还是一片菜地，但是早就换了主人，大老张自从当年离开此地，就再也没有回来过。此时正好又是冬天，大风呼啸着刮过田野，再奔向我和身后的城镇，我踉跄着，好几回都摔倒在刚刚落过雪的泥泞的田埂上，却还是忍不住趴在塑料大棚边上看清了棚内的那一小片方寸之地：火炉还在，破衣柜还在，衣柜顶上大老张母亲的照片也还在。想了又想，我还是通过塑料大棚破碎的缝隙，将自己带来的礼物放进了棚内的方寸地界里，那礼物，不过是几本我写的书，还有一幅我胡乱涂抹的毛笔字——我就以此只当大老张还会回来，再以此当作一封报平安的信，这封信，我将它寄给大老张，也寄给小林和马三斤，更寄给这世上所有跟我擦肩、相亲乃至过命的兄弟们。对了，至于我写的那幅毛笔字，不过是抄写了王维的一首诗而已，我以为，就算我的毛笔字再糟糕，那首诗，却还是值得我的兄弟们去看见听见，饿极了的时候，它甚至值得被我们当作干粮去狼吞虎咽：

> 酌酒与君君自宽，人情翻覆似波澜。
> 白首相知犹按剑，朱门先达笑弹冠。
> 草色全经细雨湿，花枝欲动春风寒。
> 世事浮云何足问，不如高卧且加餐。

犯驿记

春天来了,小雨和浓雾却一连持续了多日,今天又是如此:小雨从天亮之前就开始下了,直到黄昏时都没停。一度,雾气已经开始了消散,我几乎以为,我们的剧组可以开始拍摄了,但好景不长,更多的云团朝着我们所在的山顶疾驰和涌动过来,像厄运一般吞噬了群山、村庄和刚刚开出来的花朵,而今天,已经是我在这个专门拍摄古代驿站的纪录片剧组里厮混的最后一天了,账已经结清,明天一早,我便要离开这诸葛亮曾经运筹帷幄的地方了——此地便是筹笔驿的遗址所在。诸葛亮伐魏之时,曾于此扎营筹划军事,"筹笔驿"故此得名,据传,《后出师表》便是在这里写成,然而,一如明人周珽所说："筹划虽工，汉祚难移，盖才高而命不在也。"那诸葛武侯，虽六出祁山，终落得个功败垂成，直到唐宣宗大中九年，李商隐结束梓州任期返回长安，途经这筹笔驿，还忍不住道一声那诸葛武侯的可叹与可怜：

> 猿鸟犹疑畏简书，风云常为护储胥。
> 徒令上将挥神笔，终见降王走传车。
> 管乐有才原不忝，关张无命欲何如？
> 他年锦里经祠庙，梁父吟成恨有余。

这首诗，凌空突兀而起，再以分寸判断作折，最后再留下不尽余意，写的却是败象，但那败象，又不是家长里短里的树倒猢狲散，有恨有悔，更有横下一条心的凛凛然之气：这满目江山，已经多少回改换了门庭和姓氏，地上的猿，天上的鸟，却仍然畏惧着诸葛亮当年在简书上立下的军令；还有山间风云，涌覆长存，还在护卫着他遗留之军垒的藩篱栅栏。谁又能想到，时犹未久，后主刘禅便也要经过这筹笔驿，东迁洛阳去举手投降？可恨那关张早死，残剩之人纵有管乐之才又徒唤奈何。诗虽穷途之诗，地也是末路之地，但是，多少人先在诗里看见了自己，继而也替自己找到了宽谅和解脱：人之一世，岂是成败二字便可以轻巧道尽？就算我一败涂地，可我，清晨里奔过命，暗夜里伤过心，挺身而出时有之，苟延残喘时更有之，这诸多的、未能被时势和命数接纳的有用与无用，岂可一声败亡便将它们悉数销尽？只说这筹笔驿，除了李商隐，也曾有苦命人罗隐踽踽前来，并且作下了与李商隐同题之诗，其中的"时来天地皆同力，运去英雄不自由"一句，几可看作是"管乐有才原不忝，关张无命欲何如"的另一版本，因其更加单刀直入，也就戳中了更多人的心：你我就算日日都被困于这不自由的筹笔驿中，可是，哪怕再寒酸，再微薄，谁还没有过一两回天地同力的草船借箭之时呢？

> 抛掷南阳为主忧，北征东讨尽良筹。
> 时来天地皆同力，运去英雄不自由。
> 千里山河轻孺子，两朝冠剑恨谯周。
> 唯余岩下多情水，犹解年年傍驿流。

——这世上，有人命犯桃花，有人命犯公卿，那罗隐，十考不第，又生于唐亡之际，为了饭碗，为了保命，一年年下来，他便没法不凄惶奔走，没法不去命犯辽阔江山里的无数驿站，除了筹笔驿，纪南驿中，面对楚国当年的都城所在，他还尚有思古之余力："不知无忌奸邪骨，又作何山野葛苗。"到了莲塘驿，满眼里皆是战乱，他进也进不得，退又退不去，终日里嫌弃着世道和世道里的自己，却又忽然发现："隔林啼鸟似相应，当路好花疑有情。"而在商於驿中，访旧半为鬼，举目无亲故，人之一世，至此终于真相大白，他也总算在眼泪中接受了世道和自己："棠遗善政阴犹在，蕙送哀声事已空。惆怅知音竟难得，两行清泪白杨风。"说起来，过去十余年，我也和那罗隐一样，命犯了一座座犄角旮旯里的小旅馆，除去小旅馆，火车站和片场，乃至寺庙和渔船，在这些地方，要么咬紧牙关，要么掩耳盗铃，我都曾栖身和厮混过，它们正是我的纪南驿、莲塘驿和商於驿，不管我逃得多快，这些地方总有办法将我抓捕回去再行圈禁，几番想要挣脱而徒劳无功之后，我也认了命，并且渐渐心安理得了起来，唯有一事，可堪羞惭：那罗隐，凡过驿，必有诗，而我呢？在以上种种所在里，我看见过火堆燃起，又看着它们渐渐熄灭，我年复一年地写写画画，最终，灰心作祟，我还是将它们全都付之一炬，再忍看着自己一日比一日变得更加形迹可疑。

离开筹笔驿之后，紧接着，我便命犯了粤赣两省之间的大庾岭。这大庾岭，在唐宋两朝都是分外恐怖的所在，有谣谚云："春循梅新，与死为邻；高窦雷化，说着也怕。"那"春循梅新"和"高窦雷化"，实际上说的是岭外的八座州县，史中籍中，无一处不是夺人性命的瘴疠横行之所，如此，于那些遭贬之人而言，这大庾岭，便被视作了阳间尘世的鬼门关：一过此岭，如同置身化外，性命与前程双双皆休矣！所以，苏轼先过此岭贬谪海南，数年后获赦，再越它而北返中原时，曾诗赠岭上老人说："鹤骨霜髯心已灰，青松合抱手亲栽。问翁大庾岭头住，曾见南迁几个回？"然而，身在大庾岭上，尤其身在旧日驿站的遗址之前，首先被人忆及的诗，总归还是唐人宋之问的《题大庾岭北驿》：

> 阳月南飞雁，传闻至此回。
> 我行殊未已，何日复归来。
> 江静潮初落，林昏瘴不开。
> 明朝望乡处，应见陇头梅。

——这首诗,清人姚鼐说其"沉亮凄婉",可谓如实;难得的是,既不怨天,也未尤人,自怜自伤里始终贯穿着某种清醒,当然,这清醒并不是但行好事之后的心无挂碍,而是有罪之身别无他法之后的自制与自知:自知罪有余辜,自知有去无回,既然如此,莫不如,就此低下头去,寄哀声于坦白从宽,说不定,诗传出去,引动了朝中公卿的恻隐之心,我还有活着再一回翻越大庾岭重返长安的可能。也因此,就像是被开刀问斩之前必须留下遗言,再不说话,再不话赶着话,一切就都来不及了,于是,仅过这一岭,那宋之问便作诗四首,其中一首里更是写道:"但令有归日,不敢恨长沙。"

然而,与诗中哀切截然相反的是,宋之问其人,一生劣迹,数不胜数,且不说他杀甥夺诗,单说在朝堂之上,今日攀附东家,明日跪拜西家,稍稍得意便形骸两忘,最终,至唐中宗神龙元年,太子李显复位,宋之问所攀附的张易之、张昌宗兄弟伏诛,他被发配到了大庾岭外的泷州参军,没过多久,他又偷偷潜回了长安,藏匿于友人家中,未几,为了依附武三思,再向朝廷告发了窝藏他的友人,于是,朝廷不再追究他的偷潜之罪,反倒任命他做了鸿胪主簿,但是,一旦中宗驾崩，宋之问便也走到了他的尽头，睿宗即位后不久，宋之问就再一次被流放到了钦州，继而，朝廷传下旨意，将其"赐死于徙所"。翻看宋之问的诗，轻易便可以发现，字句之中，驿站尤其多，在临江驿，他留有"可怜江浦望，不见洛阳人"之句；在满塘驿，他写下过："驿骑明朝发何处？猿声今夜断君肠！"到了端州驿，他又大放哀声："处处山川同瘴疠，自怜能得几人归。"然而，照我看，这一切却全都是自找和活该的，说白了，所有必经的驿站，无非都是逃不掉的报应，心术纷乱，行迹便也纷乱，你非要再多一次投怀送抱？对不起，那不过是又多了一座荒山野岭上的驿站正在等着你去走近它再踏入它。只是，可叹的是，宋之问其人，至死也未有一丝半点真正的悔意，仍以那些写在驿站中的诗句为例：凄婉也凄婉，悲凉也悲凉，究其实质，却都是投石问路，都是一件件精心准备好的土特产和敲门砖。

所以，还是去亲近那些正道上的驿站和驿站之诗吧。当然了，活在这世上，所谓正道与邪路，往往刹那流转，常常真假难辨，庸碌如我等，哪有那么容易就能胜券在握，再指着黑说这是黑，指着白说这是白？但是，人在驿站之中，前不着村后不着店，抬头岭上云雾，低头窗下草木，所有的话，你都是自己说给自己听，该露的破绽，该见的分晓，总归都要大白于自己、驿站乃至天下。譬如唐朝刘长卿于驿中和遭到流放的老友分别，虽说凄怆满目，人臣之心却仍似山中高树一般孤直："迁播共知臣道枉，猜谗却为主恩深。辕门画角三军思，驿路青山万里心。"永城驿中，晚生于刘长卿，与贾岛齐名的姚合，尽管流离当头，却在反求诸己中厘清了来路也找准了去路："秋赋春还计尽违，自知身是拙求知。惟思旷海无休日，却喜孤舟似去时。"更有那北宋名臣寇准，曾从任所出发，经襄州赴京登上相位，数年之后遭贬，他又再一回路过了襄州，置身在襄州的驿亭之中，他曾留诗如下：

沙堤筑处迎丞相，驿吏催时送逐臣。
到了输他林下客，无荣无辱自由身。

寇准此诗，世人作解之时，多说其颇含讽世与自讽之意，然而定睛再三之后，我却别有所解：只要取消分别心，再读那前两句便会发现，看起来的心存芥蒂，实际上，也许只是身心脱落之后的开门见山。对，门就是门，山就是山，见到沙堤，便说沙堤，见到驿吏，便说驿吏，它们只是相逢与共存，既然如此，何苦还要起那对比与映照之心？更年轻一些的时候，寇准曾任巴东县令，在长江北岸的巴东驿中，他也曾题诗一首："楚驿独闲望，山村秋暮天。数峰横夕照，一笛起江船。遗恨须言命，冥心渐学禅。迟迟未回首，深谷暗寒烟。"到底是年轻，此时的寇准，顾影自怜有之，强自镇定有之，自己给自己找台阶也有之，而到了再过襄州之时，雷霆风烟，俱已入骨，那些以往里饱经的顺遂与未遂，全都化作了驿亭之外的野花林泉，何止等闲视之，他已经到了足可向它们认输的年纪和地步：认输，眼前风物才各归其主，而我竟然也在此中增添了崭新的愿望，那便是，像林下之客一般，换得一具无荣无辱的自由之身。这认输，近似于佛家所说之"现成"，若要"现成"，必先入世，入世是为了入己，入己则是为了无己，无己若至，"现成"之境，则必瓜熟蒂落。

只可惜，在那些千山万水之间的驿站里，又有几人能够修得如寇准般的不坏之身？廊前檐下，打雪里来的，等着雨停的，或是东张西望，或是掩耳盗铃，说来说去，有谁不是受苦之人？《梦溪笔谈》里曾经记录过一个苦命的妇人，嫁与鹿姓人家之后，因丈夫被月俸所诱而急于赴任，孩子生下刚刚三天，她便被夫家催促着上路了，行至信州杉溪驿，终于命丧于此，临死之前，她曾在驿站的墙壁上题诗，并在诗畔以数百言直陈了自己的"恨父母远，无地赴诉"之境，"既死，藁葬于驿后山下。行人过此，多为之愤激，为诗以吊之者百余篇，人集之，谓之《鹿奴诗》"。一个苦命妇人的哀告，何以引得如此多的和鸣？无非是因为，那妇人写了她的命，但那又何尝不是你的命？她命犯了长路孤驿，你又何尝不是如她一般"无地赴诉"？有许多年，我都想读这一本《鹿奴诗》，最后也未能如愿：事实上，这本书早就佚散在了岁月烟尘之中，每每念之，我竟怅然若失。

好在是，驿站代代无穷已，更多的苦命人还会继续命犯驿站，写下更多的诗。仅在北宋灭国之后，数年中，从北国前往南地的各处驿站里，便有太多惊魂未定的无名无姓之人留下过逃命与受苦之诗。南阳驿中，尚且有妇人吃零食一般从口袋里掏出了当初的好时光："流落南来自可嗟，避人不敢御铅华。却怜当日莺莺事，独立春风露鬓斜。"而在下寒驿中，无枝可依的男子却再一次确认了自己的身无长物："北堂无老信来稀,十载秋风雁自飞。今日满头生白发,千山乡路为谁归?"另有一首无名氏的《题驿壁》,这些年里,因其时常被我想起,时间长了,每当我寻下一处落脚之地,它便出现在了对面的墙壁上,不过这样也好:抬眼即能看见自己的护身符,总归是好的——

> 记得离家日,尊亲嘱咐言。
> 逢桥须下马,过渡莫争船。
> 雨宿宜防夜,鸡鸣更相天。
> 若能依此语,行路免迍邅。

这首大白话一样的诗,最早见于宋朝安定郡王赵令畤所著之《侯鲭录》,赵令畤说此诗,实为"征途之药石也"。要我说,我也会说这一句:实为"征途之药石也"。诗中的"迍邅"二字,说的是难行、迟疑和困顿之意,所谓"仓皇归去,步步迍邅",所谓"嗟运命之迍邅,叹乡关之眇邈",然而,但凡要出门去那世上厮混,这二字,谁又能逃得过? 以我自己为例,年少初读此诗时,似乎从未将它放在眼里,但它迟早都要与我赤裸地相见:几年前,在陕西境内的汉江边,一个冬天的早上,天还没亮,我从旅馆里奔出,脚踩着遍地的白霜跑向江边的渡船,已经都快跑到了,却眼看着渡船刚刚离岸,心里终究不甘,也是怕江对岸的生计活路被我再一回错失,我便赶紧退后两步,再冲刺着往渡船上跳跃了过去,结果竟事与愿违,我的身体硬生生坠入江中,再结结实实砸在了水流之下的乱石堆上,尽管河水并未将我卷走,但是,其后三天,我却只能发着高烧蜷缩在小旅馆里,满身的疼痛又令我举步难行,不用说,那江对岸的生计活路,最终还是被我错失了;还有一回,在云南,深山里的一座没有候车室的小火车站里,雨下得虽然大,却没有人去站台上的一小截凉棚底下去躲雨,只因为,那一小截凉棚显然是年久失修,几乎算得上摇摇欲坠,而我要坐的火车又来晚了,等到后半夜,我实在困乏已极,终于不管不顾,跑到那凉棚底下唯一的一把长条椅上睡着了,天快亮时,我还在沉睡之中,却突然听见有人在对我大声呼喊,一开始,我还以为那是梦,惺忪着醒过来,这才发现,微光中,铁轨的对面,的确有一个身穿少数民族服装的男人在对我呼喊,我听不懂他在呼喊什么,但他却不依不饶地继续大声喊叫,我只好起了身,打算穿过铁轨去找他,殊不料,正在此时,背后的凉棚在顷刻间便呼啦啦倒塌了下来,一下子,我清醒了过来,看看倒塌的凉棚,再看看对面的男人,最终,我三步两步狂奔过去,抱紧了他。

自此之后,除了在一座座犄角旮旯里的小旅馆中,哪怕身在火车站和片场,乃至寺庙和渔船里,只要踏入了这些今时今日里供我容身的驿站,"逢桥须下马,过渡莫争船",还有"雨宿宜防夜,鸡鸣更相天",这些句子都会被我时常念及起来。倒也不是什么心有余悸,而是常常觉得,当尊亲们远在千里万里之外,照着那几句话去做,不仅是本分,更是纪律,唯有纪律加身,过桥时必先下马,鸡鸣后看天动身,虽说往前走还是逃不开没完没了的迍邅,可是,当一天将尽,你仍然可以勉强告慰自己的是,这一己之身,还将继续度过接下来的另一天。到了这时,你再去看那一整首大白话一样的诗,它多像是一封信啊:既像是来信,管你其后是报喜还是报忧,尊亲们都不在乎,他们只要你记得他们曾经叮嘱过的话,反正,打你出门,他们便已爱莫能助;这首诗,其实也是一封回信,你看那些叮嘱,无不惊惧和小心翼翼,既未期待收成,也未渴望胜利,所以,再说一遍,只要你"逢桥须下马,过渡莫争船",只要你"雨宿宜防夜,鸡鸣更相天",你便是好好听了话,你便是好好回了信。

实在也是没办法,但凡我等还要继续朝前走,那迤逦便注定了举目皆是,还好,长路穷尽之处,总归会有一座两座的驿站在等待着我们,这驿站里哪怕只有闲锅冷灶,也绝不是让我们倒头便拜的诸佛之前,但是,因为我们受了苦,我们便不会被它们亏待,单单那些驿壁上的故人与陌生人之诗,就足以令我们像靠近了炉火一般,在瞬时里变得热烈起来。先说陌生人之诗,宋时汴河驿中,士子卢秉不平则鸣,题诗于壁上:"青衫白发病参军,旋籴黄粱置酒樽。但得有钱留客醉,也胜骑马傍人门。"哪知道,此诗其后被路过汴河驿的王安石读到,"见而爱之,遂获进用",直至最后,卢秉竟官至龙图阁直学士。于此佳话,时人多有不解,不过,如果要后世之我来解,个中之因其实一目了然:王安石一向孤冷,然卢秉诗中也不无孤冷之气,机缘来时,这孤冷与孤冷不仅没有将彼此推开,反倒变成了烧酒,让人热烈,让人惺惺相惜,此中要害,不过是一句"吾道不孤"。再说唐时蓝桥驿,元和十年秋天,白居易遭贬,赴任江州司马,在蓝桥驿中,他却看

见了当年春天元稹在驿壁上题下的诗,一见之下,不能自已,那首著名的《蓝桥驿见元九诗》也随之破空而来:

> 蓝桥春雪君归日,秦岭秋风我去时。
> 每到驿亭先下马,循墙绕柱觅君诗。

——话说当年春天,元稹度过了五年的贬谪生涯,自唐州奉召还京,途经蓝桥驿时,忍不住狂喜与壮怀之心,作下了《留呈梦得、子厚、致用》,诗中说:"泉溜才通疑夜磬,烧烟余暖有春泥。千层玉帐铺松盖,五出银区印虎蹄。暗落金乌山渐黑,深埋粉堠路浑迷。心知魏阙无多地,十二琼楼百里西。"单以此诗的末尾两句而言,元稹的得意之形几乎呼之欲出,但是,事实却并不仅如此:诗题中的梦得与子厚,不是别人,正是刘禹锡和柳宗元,此二人,在各自的任地,度过了远比元稹更为漫长的贬期,其时,终于也和元稹一样,行走在了奉召还京的道路上,只不过稍晚一步才会到得了这蓝桥驿,所以,元稹的诗中当然有无法掩饰的自得之意,但他既在得意于自己,也在得意于友朋,这得意里,甚至深埋着欣慰与恻隐。谁又能想到呢? 仅仅八个月之后,秋风起时,元稹一生之过命至交，白居易，便也要在蓝桥驿中为他写诗了，更要命的是，白居易作诗之时，那元稹，早在六个月前就已经再一次被贬到了通州，即是说，春天里，他自唐州归来，也不过在京城里度过了区区两个月而已，而后世之人在解那两句"蓝桥春雪君归日，秦岭秋风我去时"之时，动辄便以元稹当日之嚣张与白居易今日之凄凉来作比，实在是大不然，须知此时此境里的白居易，不过是道出了他与元稹的两厢际遇，之后的"循墙绕柱"，当然是安慰，却也是沉默地服膺：他也好，元稹也好，都必须也只能服膺于这广大莫测的命运。就像我，在读元白二人过蓝桥驿之诗时，也常常忍不住去服膺，不同的是，我所服膺的，除了命运，更有那座蓝桥驿：雪与风，春去与秋来，奉召与遭逐，全都在此被它集合和见证，至此，它何止是一座驿站，它其实是一座牌坊，这牌坊所纪念的，几乎是我们的性命里做不了主的一切。

说起来，我也是命犯过那蓝桥驿的——有一年冬天，恰在大雪纷飞的时候，为了给一个戏曲编剧打下手，我跟随着他来到了今日蓝田县的一个叫作蓝桥的镇子上，根据当地人的介绍，当年的蓝桥驿正是在此处。如此一来，就算终日里都天寒地冻，我却倒也过得安之若素，每天跟着那戏曲编剧忙完之后，我便一个人在镇子上四处乱逛，甚至还妄想着找到一点当年蓝桥驿的影子去亲近一二。忽有一日，我突然得知，离我旅馆不远处的蓝河之上，尚遗存着古蓝桥的桥墩，一得此讯，我便片刻未停地朝着古桥墩所在之地狂奔了过去。哪知道，没跑出去多远，一辆打滑的农用货车就径直朝我冲撞了过来，左躲右闪了好半天，我虽没有被撞上，却也跌进了路边的沟渠之中，等我从沟渠中爬起来，这才发现，我的头顶处已经被几块石头硌破了，刹那间，血从头顶涌出，再流了满脸。只是尽管如此，我也仍然横下了心，非要去看看那古桥墩不可，正所谓："心知魏阙无多地，十二琼楼百里西。"于是，我手捂着头顶，迎着几乎将人推倒在地的雪，踉跄着，还是朝那古桥墩的所在狂奔了过去。

没想到的是，因为雪下得实在太大，等我跑到当地人指点的古桥墩所在，积雪却早已遮盖了目力所及的一切，那古桥墩，也许就在我的咫尺之内，但它首先变作了铺天盖地的白茫茫中的一部分。不过不要紧，我头顶上的血已经止住了，飞雪扑面而来，也在不断给我增添着清醒，于是，喘息着，思忖着,我定下了主意,要像白居易一般,去将那古桥墩从积雪里找出来,正所谓:"每到驿亭先下马,循墙绕柱觅君诗。"这样,我便伏低了身去,从脚底下开始,逐一翻检,依次打探,绝不轻易放过任何一片方寸之地,有时候,当我直起身来,去眺望正在上冻的河水和更远处的风雪,又总是忍不住去疑心,我根本不在今时今日,而是置身在了唐朝的蓝桥驿中,再过一阵子,等雪下得小一点,元稹就会来,白居易也会来。

红槿花开

晚来风急，很快，山间便下起了大雨，而后层雾突至，又当空高悬，将远处的山巅笼罩于内，使得满山的树木和竹林变成了忏悔的童子，全都安安静静地跪拜在一场巨大的神迹之下。然而，在这天远地偏的广东深山里，我的道路才刚刚开始——我要去的地方，是一座小镇子，小镇子上正在拍戏，拍戏的导演要我去帮忙，得令之时，我早已囊空如洗，所以，赶紧便飞奔前来了，下了火车，转了汽车，再雇上拉客的摩托车送我继续赶路，哪知道没走多远，那年轻的骑手眼看着大雨即将落下，说什么也不肯再送我了，最后，我只好深一脚浅一脚地步行着向前，满山里独我一人，大雨当头浇淋之后，我怀疑我走错了路：据说，我要去的小镇子坐落在一片山谷里，遮掩着它的四面山峰上全都开满了红槿花，可是，此刻，身在大雨里的我只看见了远处田野上的红槿花，可能是品种不同，花期未到，每棵树上都只有零星的一朵两朵。

倒回去一千多年，我走的这条路，贬谪到海南崖州的唐朝宰相李德裕也走过，同样的红槿花，他也目睹过——说起这李德裕，绝非凡俗人物，《旧唐书》里说他："德裕以器业自负，特达不群，好著书为文，奖善嫉恶，虽位极台辅，而读书不辍。"他本是名相李吉甫之子，年纪轻轻便已被召为翰林学士，为避父嫌，甘入藩镇幕府，每到一地却都政声卓著，最终，于文宗武宗两朝拜相，担任宰相期间，定藩镇，抑权阉，整肃吏治，数攻回鹘，所谓"会昌中兴"，唯赖一人而已。只可惜，武宗逝，宣宗继位，"牛李党争"之恶果再度显现：在宦官的支持下，李德裕被五贬为崖州司户，闻讯后，天下百姓莫不悲痛震骇，有"八百孤寒齐下泪，一时回首望崖州"之句流传于海内，然而，君命难收，和"哀故都之日远"的屈原一样，李德裕只好抱病前往自己的被贬之地，未抵崖州，人却已经几度险些丧命，其时，正好是红槿花开的季节：

岭水争分路转迷，桄榔椰叶暗蛮溪。

愁冲毒雾逢蛇草，畏落沙虫避燕泥。

五月畲田收火米，三更津吏报潮鸡。

不堪肠断思乡处，红槿花中越鸟啼。

正所谓："时来天地皆同力，运去英雄不自由。"这位被梁启超认作足堪与管仲商鞅比肩的一代良相，一旦踏上贬谪之路，只能做回那个举目无亲的垂垂老翁，流水阻路，桄榔遮日，瘴气覆盖了哀愁，蛇草却丛生在目力所及之处，树上的沙虫时刻觊觎着过路人的性命，连燕子衔在口中的泥巴落下都足以令他大惊失色。就算如此，此一首诗中，最让人不堪再读的，还是末尾处的"不堪肠断思乡处，红槿花中越鸟啼"，其中"越鸟"一词出自《古诗十九首》之《行行重行行》，是为"胡马依北风，越鸟巢南枝"，大意是，北马南去，依旧长依北风，而那百越之鸟哪怕在北方筑下了巢窝，它也还是将筑窝所在当作了南方的枝头。虽说河北赞皇人李德裕来自北地，此时，他也唯有将自己托身为尚未北飞的越鸟，只可惜，君恩到底断绝，西望长安多少回，家在长安西更西，这只失群之鸟只能继续自己的贬谪之路，最终，他将在此行的目的地崖州含悲而逝。

贬谪之路上，因为越往前走越近蛮荒，和李德裕一样，柳宗元也得时刻提防那些不期而遇的杀机，在给故旧李建的信中，他写道："仆闷即出游，游复多恐，涉野有蝮虺大蜂，仰空视地，寸步劳倦，近水即畏射工沙虱，含怒窃发，中人形影，动成疮痏。"虽然沈德潜在《唐诗别裁》里说，柳宗元作诗，"长于哀怨，得骚之余意"，但是，依我看，恰恰是在漫长的贬谪中，在此前闻所未闻的杀机之下，柳诗一洗空泛，字字变银钩，句句作铁绳，舍出命去抓紧了绑牢了眼前所见，人至此境，风云意气已经化作无边落日，当初的新榜少年而今日服三坛猛药，再看眼前，上天之心顿消，入地却有容我知我之所，黑即是黑，白即是白，流水即是流水，石头即是石头，纵算性情尚在，孤峭冷硬尚在，所谓"海畔尖山似剑芒，秋来处处割愁肠"，再落笔时，荒僻贬地已经助他另择了字句，看到了什么，他说出的便是什么：

城上高楼接大荒，海天愁思正茫茫。

> 惊风乱飐芙蓉水，密雨斜侵薜荔墙。
>
> 岭树重遮千里目，江流曲似九回肠。
>
> 共来百越文身地，犹自音书滞一乡。

宋朝的黄庭坚，也是在贬谪之路上才一竿子打落了心神里的千劫万劫，早年的黄庭坚作诗，说他是前人身上的寄生虫似也不过，不管是"拔毛能济世，端为谢杨朱"，还是"要似虎头痴，何须樗里瘿"，如此辞句，真算是处处咀古遍遍嚼典，他甚至曾自谓："取古人之陈言入于翰墨，如灵丹一粒，点石成金也。"终不料，曾任史官的黄庭坚因为在《神宗实录》里写有"用铁龙爪治河，有同儿戏"之语，几欲被打入天牢，最终被贬作涪州别驾，后又因避亲移往了戎州，至此，身世之苦海刚刚拍浪而来，辞句的苦海却给他送来了靠岸的渡口——此后端倪，恰如其师苏轼所言，"人生如逆旅，我亦是行人"；又如前朝元稹所言，"昔日戏言身后事，今朝都到眼前来"。这涪州和戎州再也不是别的，它们是骡子，是马，是离岸舟，是隔溪猿，是哭或将哭声吞下去，是病或病去如抽丝，如此，水桶终于落入了井底，石头也总算从水下露了出来，一如他自戎州前往岳阳楼之后写下的《雨中登岳阳楼望君山》：

> 投荒万死鬓毛斑，三入瞿塘滟滪关。
> 未到江南先一笑，岳阳楼上对君山。

到了黄庭坚再贬鄂州，写下《寄贺方回》之时，此身看似已了，已了之中，又有多少了不得：贺方回贺铸，与黄庭坚和秦观秦少游皆为至交，作有《青玉案》一词，其中"碧云冉冉衡皋暮，彩笔新题断肠句。试问闲愁都几许？一川烟草，满城风絮，梅子黄时雨"几句，更是秦少游终生心头之所好，恨不得占其为己有；然而，为贺方回写诗之时，秦少游早已在藤州撒手西游，西游之前，秦少游曾于梦中得词《好事近》，词中有"醉卧古藤阴下，了不知南北"，几可算得上对自身命数的一语成谶，而与此同时，贺方回的《青玉案》正传唱于天下，这诸多的因缘，都在世上运转交错，所以，它们看似闲锅冷灶，打开来一看，铁锅里其实有沸水滚滚，然而，未了之中，我，黄庭坚，自号山谷道人，还是要住在那万缘了结之处，沸水也好，浊浪也罢，就算你惊涛拍岸，我也要你自行磨平，再将你当作一面可照可不照的镜子，如此，江南和藤州，少游

与方回,还有沸水与浊浪,面对你们,我只有淡淡的几句:

> 少游醉卧古藤下,谁与愁眉唱一杯。
> 解作江南断肠句,只今唯有贺方回。

一如此刻深山大雨里的我——那满山的红槿花到底是看不见,而如注之雨却毫不停歇,雾气也越来越大,脚下的道路在雾气和灌木丛中时隐时现,好几次,我都误入了歧途,站在一朵两朵的红槿花前不知何从,别无他法,我也只好强迫自己当自己就是那黄庭坚,惊风密语又如何?我要你们自行磨平,而我,我已经扑灭了妄念,抱紧了顺受,这一条贬谪之路,更及巴山楚水,再及剑门阳关,更多的贬谪路上,从来都没缺少过如我此刻般的狼藉之人,因此,从狼藉里长出的诗和红槿花也从来没有断绝过,更何况,一旦踏上这条路,昔日的冠盖、朝服和春梦就都早已被打碎,反倒是,路人要做友人,友人要做兄弟,是兄弟,便要在此时彻底交换了骨血,就像刘长卿所言:"猿啼客散暮江头,人自伤心水自流。同作逐臣君更远,青山万里一孤舟。"就像元稹所言:"远信入门先有泪,妻惊女哭问何如。寻常不省曾如此,应是江州司马书。"

至于我，我已经定下了心神，凑近在几朵快要坠下枝头的红槿花看了又看之后，我抹去了脸上的雨水，再兀自向前，心里头却忍不住去狂想：只要在这条路上走下去，或早或晚，也许，说不定，会有一个同路人，乃至是过命的兄弟在等着我？

说起贬谪路上过命的兄弟，就非得要说起柳宗元和刘禹锡——这一对难兄难弟，同一年进士及第，又同一年登博学宏词科，彼时便已相见恨晚，等到两人的而立之年刚过，再一并跟随王叔文参与了"永贞革新"，只可惜，这场革新一百零八天便宣告失败，王叔文被赐死，柳宗元和刘禹锡等八人先是被贬作边地刺史，途中又再贬为各地司马，至此，幻梦消亡，真身显露，来处逐我，去处又似住非住，可以托命的，唯有困坐在愁云与惨雾里的彼此，所以，哪怕远隔了千万城郭与山水，柳子厚与刘梦得，他们也要给对方写诗，唯有如此，他们的血，才算真正涌入了对方的身体。实际上，诗里写的，不过也都是些寻常小事，譬如子厚问："今日临岐别，何年待汝归？"梦得便答："会待休车骑，相随出蔚罗。"子厚再提议："皇恩若许归田去，岁晚当为邻舍翁。"梦得即呼应："耦耕若便遗身老，黄发相看万事休。"

如此十年，倏忽而过，十年之后，两个人一起奉诏还京，刘禹锡满身的骨头仍然没有折断，写下了著名的"桃花诗"，其中的"玄都观里桃千树，尽是刘郎去后栽"一句，触怒当朝，且连累了柳宗元，两人一并被再行发配，可是，因为刘禹锡上有高龄老母在堂，断断再不能去那穷山恶水之地，柳宗元竟数次上表，请求朝廷撤回成命，允许其与刘禹锡对调，最后，终于有人感其所行，将刘禹锡改贬至连州，而柳宗元却也再次被贬到了柳州，其后，两人照旧唱和不断，直至柳宗元暴毙身亡，柳宗元死前，一无所语，临闭眼，才连呼梦得之名，乍闻子厚死讯，侍候着母亲的灵柩，正好北行至衡阳的梦得竟"惊号大作，发狂如病"："呜呼子厚，卿真死矣！终我此生，无相见矣……何人不老，使君夭死。皇天后土，胡宁忍此！"面对子厚留下的遗孤周六，梦得更是立下誓言："誓使周六，同于己子。魂兮来思，知我深旨。"——无论从何处去看，这一篇《祭柳员外文》都是真正伤心之人的伤心之文。

在衡阳的湘水边，生性孤高的刘梦得早已失魂落魄，然而，此处却不是他处，他与柳子厚的最后一次相见，最后一次分别，全都在这里，此时之桃李春风，如露如电，过往之歃血金兰，似是而非，但是，为了料理柳子厚的丧事，他只能当平常人，做平常事，再写下平常的诗投掷于茫茫江水之中：

> 忆昨与故人，湘江岸头别。
>
> 我马映林嘶，君帆转山灭。
>
> 马嘶寻故道，帆灭如流电。
>
> 千里江蓠春，故人今不见。

这刘禹锡，真正是贬谪路上的金刚不坏之身，平生得年七十一，被贬在外二十三，所谓"巴山楚水凄凉地，二十三年弃置身"，可是，他偏要一挑双眉，作如此说："今日听君歌一曲，但凭杯酒长精神。"是啊，在其一生中，除了提及柳宗元，他顿时便要黯然无言，其他时候，管他谗言如浪深，管他迁客似沙沉，他全都朗声大笑，再来一句："千淘万漉虽辛苦，吹尽狂沙始到金。"我在诵读其诗其文时，常觉伸手一探，便能触摸到他树瘿一般的犟直，其诗也紧贴其人，于其诗，白居易甚至说："其锋森然，少敢当者，予不量力，往往犯之，夫合应者声同，交争者力敌，一往一复，欲罢不能。"有时候，他浑似黑铁，坐地成丘，有怒气，更添正气，雪月风花只好绕道而行，即便沉落江底也绝非随波逐流之辈，反倒安之若素，直至化作了江底的一座庙；有时候，他又像是从黑铁里钻出来的一只鹤，破门而出，远上云霄，时刻引人踮起脚尖看向天际处，鹤唳九天之时，人人都能觉出自己体内奔涌的一团精气，还有天地之间回荡的一股真气，渐渐地，那只鹤，人道是看不见了，它却早已掉头回返，落于山林翠竹之间，再羽扇纶巾地作如此言：

自古逢秋悲寂寥，我言秋日胜春朝。

晴空一鹤排云上，便引诗情到碧霄。

这刘禹锡，究竟何以能够如此？千百年来，不少人皆有高论，要我说，首先便是因为他的心性实在是天生激昂，其曾自谓："我本山东人，平生多感慨。"这激昂之气颇似近代之鲁迅，到死也"一个都不宽恕"，别的不说，单说那第二首"桃花诗"，作此诗时，离他上回被贬出京已经十四年，哪里知道，刚回长安，他便兴高采烈去了玄都观，面对如今已经被菟葵和燕麦覆盖的所在，直至面对所有过去的宿敌，他仍要送给他们一声冷笑:"种桃道士归何处? 前度刘郎今又来。"如此心性,不难想象在长达二十三年的贬谪生涯里,明月之下,豪雨当中,又有哪一天,诸多忧愤与慷慨不会发作和喷溅? 可是,那两处荒僻贬地,朗州和连州,它们到底托住了他,及至彼处的野草与荆榛,行歌与白帆,新郎官和旧胜迹,这些全都托住了他 —— 原本,就好似强压在山底的猛兽,好不容易逃出生天,满心想要作魔作妖,殊不料,上得山去,潜行于山间密林之时,一道闪电当空将他击中,竟至于口不能言,稍后又突有所悟:却原来,这满山野果,曾经饱暖了我的肚腹;这无边旷野,既给过我无上清凉,更是此后我隐身的所在。如此,他便安静了,他便匍匐在地了,因为自此之后,这山林,这旷野,全都变作了他的朝堂;自此之后,他要去除僻字,直求面目,既要"片言可以明百意,坐驰可以役万景",更要一是一,二是二,东边日是东边日,西边雨是西边雨,果真如此了,那一身的忧愤与慷慨便偃旗息鼓了吗? 当然没有,它们不过是变作了初生之婴孩,回到了草木溪水边重新生长,时候一到,它们便要在玄都观里再度发作,直至最终,它们终会长成那只从黑铁里钻出来的鹤。

就像此刻里仍然在山间奔走的我,也不知道跌跌撞撞走了多久,终于,大雨变作了小雨,小雨渐至于无,而后,几乎就在转瞬之间,迎面山巅上的浓雾开始了消失,整个天地像是刚刚得到过甘露的洗涤,绿的更绿,白的更白,未被摧折的红槿花们也浑似一团团小小的火焰,这些火焰之下的枝头上,还悬挂着残存的雨珠,如果之前的大雨也有性命,也遭贬谪,这残存的一滴两滴,莫不就是它们所写贬诗中的一句两句?闲话打住,好消息是:当浓雾散尽,我这才看见,我要抵达的镇子,就坐落在它们消失之处的山底下,离我已经不到三里路,在那镇子的四周,以及更高处的四面山峰上,果然全都开满了红槿花。

这一条苦楚的路,终于来到了它要结束的地方,我当然深吸了一口气,再加快了步子往镇子上走,可是,走了几步,又忍不住停下,忍不住回头,眼前虽说一无所见,我却分明听见了这一路念及之人的空谷足音,不仅仅他们,还有更多,在更加辽阔的山河里,刘长卿刚刚登上干越亭:"越鸟岂知南国远,江花独向北人愁。"欧阳修才在岳阳渡口的树下系好行船:"正见空江明月来,云水苍茫失江路。"还有大庾岭上的宋之问:"阳月南飞雁,传闻至此回。我行殊未已,何日复归来?"而我,我只能站在这里,祝他们一路顺风,再祝他们所经之处也有火焰一般的红槿花,之后,我还要怀揣着一颗侥幸之心,去赶路,去谋生,只因为:我又怎么会知道,有一天,当我离开了这个镇子,我是不是会重新变作贬谪途中的失路之人?

枕杜记

那一晚，微山湖上，我在一个剧组里拍夜戏，天快亮的时候，大风突起，霜寒露重，我便躲进了一大丛芦苇之中，芦苇丛里竟然还有一条船，我干脆在船里蜷缩下来，不知不觉就睡着了。也不知道睡了多久，船舷上飞来一只鹧鸪，低低地鸣叫，将我惊醒，当我惺忪着打量天上的月亮和湖上的微波，再清晰地闻见芦苇根部被湖水浸泡之后发出的清苦气息，不自禁地，我便想起了杜甫，还有他的死。

——唐朝大历四年，这一整年，杜甫都行走在他的穷途末路上，为了在兵灾离乱中找见一处容身之所，他从洞庭湖起身，先到潭州，又抵衡州，再返潭州，终无所获，一整年却已倏忽而过，别无他法之后，他只好住进了江上的一艘小船，自此，他便再没有了上岸落脚之期：第二年春天，潭州大乱，他只好移舟前行，到了郴州的耒阳县境内，在一个叫作方田驿的地方，江水高涨，舟不能行，期间，耒阳令曾遣人送去食物，待水退去，耒阳令再遣人探看，但见江水茫茫，杜甫和他所乘之舟早已不知所踪。

在杜甫死去的两年之前，他曾经登上过岳阳楼，在那里，他写下过这样的句子：

> 昔闻洞庭水，今上岳阳楼。
> 吴楚东南坼，乾坤日夜浮。
> 亲朋无一字，老病有孤舟。
> 戎马关山北，凭轩涕泗流。

还是承认了吧，在后半夜的微山湖上，这首诗，就好似芦苇丛外的微波，沉默着，一寸寸涌向了我，我先是百思不得其解，未几又觉得惊骇：难道说，不在他处，不在他时，就在此刻的方寸之内，杜甫之诗已经展开了对我这一具仓皇肉身的见证？显然，我并未甘愿，我当然也知道，那几年，我浪迹于泾河渭河，鬼混在河南河北，终究未能写出一个字，一个过去的青年作家，已然变成了一桩笑话，所谓"亲朋无一字"，不过是朝云暮雨一般的寻常，可是，就算如此，杜甫的诗被我不自禁地想起这件事，还是令我五雷轰顶——要知道，过去好多年里，我一直都在躲避他的诗，那些诗，像是乌鸦，一群群，高悬在头顶，驱赶不去，哪怕不开口，你大概也知道，它们像巫师，正在对你进行持续的指认：年轻人，别逃了，现在，眼前，那些残垣断壁，那些踟蹰流散，就是你的命。

"苦摇求食尾，常曝报恩腮"，"病鹘孤飞俗眼丑，每夜江边宿衰柳"，又或者，"死别已吞声，生别常恻恻"，"此身饮罢无归处，独立苍茫自吟诗"——我还是继续承认了吧：多年下来，别前，酒后，怜狗也好，叹鹘也罢，只要杜甫的诗一入眼帘，我便觉得费尽了心机对自己撒下的谎霎时之后就要破灭：是啊，一切都被言中了。之后，不甘愿总要剧烈地发作，我终究忍不住，再三对身边的虚空发出祷告：八方诸佛，如你们所知，万物有灵，我也还有救，请你们千万别放弃对我的治疗，总有一天，我会从那些要命的句子里逃出来的。

可是，就像手腕上无法磨削的刺青，低头看时，当年的荒唐仍然亦步亦趋，时间到了，机缘到了，杜甫之诗，迟早都要棒喝一般现身，再一把揪出我命里的八字。就好像在沈阳的铁西区，我和同伴们在废旧工厂里过夜，半夜里，天降大雪，我被冻醒了，信步出门，在厂区里四处走动，好给自己增添一点热气，哪知道，有一只狐狸，不知道从什么地方跑出来，一路跟着我，我走到哪，它便跟到哪，就好像我能带它去往一个暖和之地；最终，它失望了，在雪中，它与回过身去的我长久对视，再茕茕四顾，最后还是黯然离去，然而，就在它消失在一座巨大的锅炉背后之时，几行不断被我想起又被我不断压制的诗，还是像坚硬的雪粒子一般砸在了我的脸上：

> 四山多风溪水急，寒雨飒飒枯树湿。
> 黄蒿古城云不开，白狐跳梁黄狐立。
> 我生何为在穷谷？中夜起坐万感集。
> 呜呼五歌兮歌正长，魂招不来归故乡。

终于还是逃不过呵，站在雪地里，回望着眼前如野兽般矗立的厂房和锅炉，还有车间里的机床上长出的几蓬衰草，一时之间，我竟悲愤莫名，可能是为了消除一点不堪，也可能所为别事，我忍不住破窗而入，将那些机床上的衰草连根拔起，还是觉得悲从中来，再跃窗而出，在广阔无边的雪地里奔跑，直到跑出了厂区；只是，越往前跑，偏偏越像是跑到了杜甫的所行之路上，无非是我跑得快一点，他走得慢一点，抬头看：雪下得愈加大了，黑云也愈加层层叠叠，冲着大地越压越低，怎不叫人想起"朔风吹桂水，朔雪夜纷纷。暗度南楼月，寒深北渚云"？再看道路两边：棚户区连绵不绝，摩托车们被雪盖住，穷苦人家的炉火却隐隐约约映红了窗帘，又怎不叫人想起"乱云低薄暮，急雪舞回风。瓢弃樽无绿，炉存火似红"？

也许，我的命数，已经千真万确地被那些乌鸦般的句子钉死了？也许，我活该将诸多妄念弃之于旷野，日行新安道，夜宿石壕村，心甘情愿地和杜甫做同路人？事实上，我无数次地想起过杜甫这个人——要是他突然从天而降，来到我的眼前，其时情境，又当如何？是四川行状，"青袍白马有何意，金谷铜驼非故乡"？还是秦州望月，"有弟皆分散，无家问死生"？又或是，仍在大历四年春，从岳阳至衡州，天地一舟，仅剩的亲朋是茫茫江水，所谓"百年歌自苦，难见有知音"？

实际上，我经常想起他，有一回，在黄河边的渡口上喝醉了之后，幻觉出现了，我看见了杜甫，他就挤在人堆里，登上了最后一班渡船，他似乎与我有过短暂的对视，但是倏忽便不见了，我没看清他，但我知道那个人就是他。但见孤月当空，夜幕里尘沙四起，我的鼻子酸了一下，但是又生怕他招呼我，让我跟他同路，所以，我反倒撒腿就跑出了渡口，跑向了更深的夜幕。

在夜幕里奔跑的我全然不会想到，该来的终于要来，新绿总会遇见春天，枯木也会被火点燃，我和杜甫，终将有更多的相见。

那是在河北的一个小县城，为了一点可能的生计，我在此流离已久，这一天，正是北风呼啸的正午，我出了旅馆，到街面上去买一双鞋，在一家鞋店里，我正埋着头试鞋，突然听见一声猛喝，我惊诧地抬头，却发现店主的脸凑近了我的脸，我还继续着惊诧，那店主却自顾自大声喊叫，好在是，很快，我便认出了他：好多年前，在北京，我住在一条巷子里，他在巷子头上的一家快餐店帮工，由此相识，因为他说他也喜欢写东西，所以，两人总有说不完的话，没想到，几年下来，我还是旧时行径，他却已经大变模样，开起了鞋店。此地相见，当然是大欢喜，他竟立马关了店门，将我带回了家，和当初在北京一样，他买了猪头肉，又开了一瓶好酒，两个人就此喝了起来，正喝着，他的一双儿女回来了，这双小儿女，站在我们的跟前，却不上前要吃要喝，就好像早已知道他们的父亲迎来了多年不见的故交。

我端起一盘猪头肉，走向了我的侄儿侄女，眼看着他们笑得越来越欢喜，又看见北风几乎吹倒了屋外的葡萄架，我竟然流了一脸的泪水，当然，我知道我哭泣的缘由，那是因为诸佛示现般的故交、烈酒和舍利子一般的小儿女，还有，也因为一直在我身体里涌动的杜甫的诗：

焉知二十载，重上君子堂。

昔别君未婚，儿女忽成行。

怡然敬父执，问我来何方。

问答未及已，驱儿罗酒浆。

夜雨剪春韭，新炊间黄粱。

主称会面难，一举累十觞。

> 十觞亦不醉，感子故意长。
> 明日隔山岳，世事两茫茫。

还有一回，也是跟那舍利子一般的小儿女有关。是在甘肃陇南，我跟着一个纪录片剧组，到了一个村子，去拍回家过年的城中务工青年，那天早晨，我起得早，在村子里转悠，忽然听见一阵哭声，在浓雾里，我循着哭声前去，恰好看见一个打工归来的年轻人站在自家的院落里放声号哭，我没说话，远远地看着他，终于看得真切了——他应该是刚刚到家，一眼见到自己的两个女儿，全都穿的是破衣烂衫，脸上，手上，没穿袜子的脚上，全都是冻疮，终于无法自制，号哭着，左一个，右一个，将两个女儿抱在了怀里，良久之后，他如梦初醒，两只手抖抖索索地从行李里掏出新买的衣服，赶紧给女儿们换上了，那几件被女儿们换下的破衣烂衫，被他鼓足气力，就像扔掉灾害一样，远远地扔出去了好远，恰好落在我的脚下，我蹲下去，看着它们，却又再一回想起了杜甫的诗：

> 经年至茅屋，妻子衣百结。
> 恸哭松声回，悲泉共鸣咽。

> 平生所娇儿，颜色白胜雪。
>
> 见耶背面啼，垢腻脚不袜。
>
> 床前两小女，补缀才过膝。
>
> 海图坼波涛，旧绣移曲折。
>
> 天吴及紫凤，颠倒在裋褐。

到了这时候，我难道还要将我的命数从杜甫的命数以及这草木人间的命数里挣脱逃离吗？在那些句子里，又有哪一字哪一词不曾见证我的八字以及山河众生的八字？就像雾气空茫却又分明沾染了每一桩名物，又像那年轻人的哭声未着一物却又裹杂着多少苦寒与报偿，一字一词，全都真真切切，这真切打哪里长出来的？且容我略作狂想：它是从袒露在脚边的遗骨里长出来的，由是，"孟冬十郡良家子，血作陈陶泽中水"；它是从刚刚被饿死的儿子身上长出来的，所以，"吾宁舍一哀，里巷亦呜咽"；是的，在惊魂未定的羌村，在故旧凋零的夔州，在"老妻卧路啼，岁暮衣裳单"的哀哭声中，在"请为父老歌，艰难愧深情"的劫后余生中，它们长了出来，只因为，那一具不得安宁的肉身，从未隔岸观火，他是孤城荼毒后的一蓬草，也是寒夜荒村里的一碗粥，他是好不容易才得来的黄粱一梦，也是黄粱一梦里死命伸向阳间尘世的一只手。

于是，在以上诸地，在真切中，实在诞生了——这实在，绝非虚在，它不是渐上层楼，而是跌跌撞撞，顶多只是吞下了惊恐再往前赶路；不是借酒装疯，而是唯有凭借醉意，才敢吐出一肚子的劳与苦，又或者，根本就不敢醉。这条实在的路，不来自清虚阁，也不来自广寒宫，它来自桑麻糟糠的诞生之地，来自炊烟与被炊烟熏黑的脸，来自坟丘上的漏洞和从漏洞里钻出的野狐，这条路，十万八万里地向前伸展，只为了等待一个人踏上它，那个人，既是他自己，又是所有人，这个人将成为所有人的分身而获得实在，所有人又将在他的布衣和肝胆上刻下自己的名字，而后，这个人终于出现了，形单影只，自说自话，但是，天若不生他，众生何以为众生，诗又何以成为诗？让我们目送着这个人往前走吧：桑麻长高了又枯萎，贵人们一样死于刀兵之灾，桃花被血浇淋得更红，灶膛里躲避着战栗的壮丁，还有更多，村庄与战场，蚊蝇与麻雀，独轮车与丧家犬，檐下雨与门前坡，及至"积尸草木腥，流血川原丹"与"但觉高歌有鬼神，焉知饿死填沟壑"，及至这个人在世上能够看见和历经的一切，这一切啊，终于有了父亲，没有名字的，他起了名字，之前几千年未能入诗的，仿佛地底的亡灵挪动了脚踝，再应声而起，不曾迷乱，不曾号啕，全都和他一样，有的快走，有的慢走，一个个地，一颗颗地，一块块地，终于走进了他的诗、怀抱和骨血里。

至于我，当浓雾被阳光刺破，渐至消散，和那些没有名字的人一样，哪怕相隔千年，我也在杜甫身上，在他的诗歌里，获得了一寸一尺的实在，骤然间，我突然想要一本他的诗集，于是，片刻也未停留，我跑出村子，坐上了前往县城的客车，在县城里，我几乎跑遍了所有的书店，最后，在一所中学门口黑黢黢的租书店里，在一堆油腻的漫画书的中间，我找见了一本《杜诗选注》，因为少人问津，它竟然清清爽爽，最终，我买下了它，一路看回了村子里。

其实，那几天，因为天寒地冻，我一直发着高烧，尽管如此，在我借宿的人家里，还是借着微弱的灯光将那本《杜诗选注》看到了后半夜，那一字一词啊，有时候像雨，但我又恨不得立刻就被它打湿，有时候像药，不用煎熟，我也能将它们全都喝下，渐渐地，高烧开始剧烈地作用于身体，我疲惫难支，还是睡着了；在梦里，我又看见了杜甫，和上次见到他时一样，他挤在人堆里，仍在登上渡船，实际上，还是连个照面都没有打上，但我知道，他就在那里，他就在人堆里。而后，渡船将远，我便给他背诵起了他自己写的诗：

> 天下郡国向万城，无有一城无甲兵。
> 焉得铸甲作农器，一寸荒田牛得耕？
> 牛尽耕，蚕亦成。不劳烈士泪滂沱，
> 男谷女丝行复歌。

在背诵中，我突然醒了过来，茫然四顾，当然再也没有见到那个渡船上的背影，那本《杜诗选注》却掉落在了床下，这时候，窗外下起了大雪，雪片涌入没有关得严实的窗子，反倒使我变得清醒，我看见，窗台上的一盆花，尽管已经被雪片覆盖，但是，花朵的颜色照旧还是影影绰绰地透露了出来；由此及远，柴火堆在黑暗里高耸，收割后的农田沉默无声，农田向前绵延，直至爬上了山坡，山岗上有一条连通村外世界的道路，道路的前方，是更多的旷野与村镇，是整个人间，而我，却终须安静地驻扎于此，驻扎在我的高烧里，只因为，那个距今千年的人已经在我的身体里浇灌了深切与实在，由此，在我看去，大雪与花朵，农田和山岗，旷野与村镇，它们全都被深切与实在深埋了，所以，我放心了，可以再次入睡了，在入睡之前，我将窗台上的花抱到了床头柜上，再将那本《杜诗选注》压在了我的枕头底下，之后，我闭上眼睛，再一回，给自己，也给那盆花，乃至整个人间，背起了诗，这句诗，既是我们拼命的根本，更是万物显形之后的最终答案，它无非是："牛尽耕，蚕亦成。不劳烈士泪滂沱，男谷女丝行复歌。"

遣悲怀

说及元稹之轻薄无行，世人早有定论，其人行状，颇似近人胡兰成：言辞里多拌蜂蜜，胸腔间就少了几块石头。一桩早已盖棺的定案是：年少时，在蒲州，元稹与双文姑娘欢好，留下艳诗数十，一进长安便口吐恶言，逢人便说那双文姑娘根本非人，实为妖孽，"大凡天之所命尤物也，不妖其身，必妖其人"，而后又百般抵赖，说他亲手写下的《莺莺传》绝不是自身遭遇之记叙，而是被他转述的同僚往事，只是无论如何也不能自圆其说。早在宋代，曾将《莺莺传》改编为商调《蝶恋花鼓子词》的赵令畤，抽丝剥茧之后，便一口咬定那张生即是元稹，元稹即是张生。到了近代，通过考据，又添两样铁证——

鲁迅说："元稹以张生自寓，述其亲历之境。"陈寅恪也说："微之年十五以明经擢第，而其后复举制科者，乃改正其由明经出身之途径，正如其弃寒族之双文，而婚高门之韦氏。"

只是，以上所说，川西小镇上开小超市的老周全都不在乎。进入四月，川西一带终日阴雨不停，清明节隔日即到，老周备了好酒，再带上笔墨纸砚，淋着雨来旅馆里和我消磨半日之后，直说了来意：要我给他写副对联。却原来，此地的规矩是，清明时节，但凡家里三年之内办过丧事的，门框上都要贴上白纸写的对联。说起这老周，可算是命大，两年前，他在城里的一个市场进货的时候，头上的顶棚突然掉落，将他砸晕了，其后，他在医院里昏迷了三个月。他的妻子，当初也是他的远房表妹，自打他昏迷，就半步不离地在医院守着他，可是，当他醒过来的时候，他的妻子，却因为心肌梗塞，已经去世半个月了。我早已知道，那妻子，自从跟着老周从老家云南来到川西，就没过上一天好日子，等到好不容易孩子大了，房子也盖下了，人却没了，如此，我便趁着酒意，给老周写下了一副对联，上联是：重过阊门万事非；下联是：何事同来不同归。

老周不解何意，我便给他背起了一整首宋人贺铸的词，《半死桐》：

> 重过阊门万事非，何事同来不同归。
> 梧桐半死清霜后，白头鸳鸯失伴飞。
> 原上草，露初晞，旧栖新垄两依依。
> 空床卧听南窗雨，谁复挑灯夜补衣。

酒意半天不肯消退，我便逐字开始给老周讲解起了这首诗，还没等我说两句，老周眼眶便红了，而我，酩酊之感却更加强烈，干脆跟他背起了更多的悼亡诗。不用说，首先便从潘安的句子开始："如彼翰林鸟，双栖一朝只。如彼游川鱼，比目中路析。春风缘隙来，晨霤承檐滴。寝息何时忘，沉忧日盈积。"之后是苏东坡之《江城子》："料得年年断肠处，明月夜，短松冈。"再是纳兰性德之《金缕曲》："重泉若有双鱼寄，好知他，年来苦乐，谁与相倚。"最后，压箱底的一般，但也是轻车熟路地，我从记忆里找出了那一组《遣悲怀》，其一其二背完，老周都还只是继续红着眼，等到第三首背完，哇的一声，老周大哭了起来——

闲坐悲君亦自悲，百年都是几多时。

邓攸无子寻知命，潘岳悼亡犹费词。

同穴窅冥何所望，他生缘会更难期。

惟将终夜长开眼，报答平生未展眉。

旅馆外的雨一直在下，老周也一直在哭，哭完了，他也做了决定，那副对联，他要我重写，就写这两句：惟将终夜长开眼，报答平生未展眉。他说，这两句写的不是别人，写的就是他：自从妻子死了之后，他就一通宵一通宵地合不上眼，而他的妻子，跟诗里写的也一样，活着的时候，被穷吓怕了，眉头就没松开过。如此，我便从了他的命，重新执笔，蘸了饱墨，给他写下了那两句诗。写好了，老周收好对联，原本打算出门，却突然向我打听，元稹是个什么样的人。趁着酒意，我将其轻薄无行说了一遍，甚至说起了苏东坡对元稹白居易的定论，所谓"元轻白俗"。但是，老周却说：他认识一个包工头，对谁都坏得很，每回干下的活计却是一等一的讲究；又说自己：妻子死了，他就等于是家破人亡了，所以没有哪一天，他的心口不像是有一把刀子在往里捅，他是真舍不得她啊。可是，昨天，在一笔小生意上，他还是给别人缺斤短两了；最后，他说：你说的这个叫元什么的，不管他是不是个东西，但他写的东西对我来说是好东西。我受的苦，都被他写出来了，写出了受苦人的苦，就好比是菩萨们念的经，我看他还是有面子的。这世上啊，人啊，最大的面子，就是你手里的活计。你看，哪怕他不是个东西，他写的东西还是给了他最大的面子，再坏的人，总有那么一点点好，对吧？还有，我看，写出过这么好的东西的人，这世上总会有人惦着他的一点点好，对吧？

——你是对的，老周，自你走后，我站在窗子前，打量着窗外茫茫烟雨中的一切，心底里倒是变得亮堂了起来：这些年，那些自小就烂熟于心却渐次遗忘的悼亡诗，为什么又一首首被我记得牢牢的了？无非是死亡迫近了我的生涯，在我死去的亲朋故旧中，既有与我把酒言欢的人，也有与我心生过嫌隙的人，而我，百无一用这么多年，能够拿出来当作祭品的，不过是那几首别人写下的微薄之诗。它们被我当作了坟茔、香烛和纸牛纸马，但愿泉下有知，那些远走的人，我只有这点薄奠，你们暂且收下。管你在人间是作了恶还是行了善，管你是张家的老二还是王家的老三，天地不仁，你们都受苦了。

这些句子，就像菩萨们念的经，是慈悲的，它就像此刻窗外的春雨，既浇在好人的头顶，也浇在恶人的头顶。所以，收下它们吧，就像在世时，你们吞下的一蔬一饭，实在是，除了这些，我，我们，身无长物，也拿不出别的什么像样子的东西了。

再说一遍，老周，你是对的。即使元稹死后，其一生至交白居易已经封作冯翊县侯，食邑千户，酒入了愁肠，故人入了梦，他也唯有将那白纸黑字当作元稹坟头的长明灯：

夜来携手梦同游，晨起盈巾泪莫收。

漳浦老身三度病，咸阳草树八回秋。

君埋泉下泥销骨，我寄人间雪满头。

阿卫韩郎相次去，夜台茫昧得知不？

此诗作完，相隔未久，白居易长逝，时为唐武宗会昌六年，消息传来，举朝震悼，一时挽诗如云。这位被清朝乾隆皇帝认作"实具经世之才"的诗人与干吏，恐怕自己也没想到，在悼念他的人中，痛切最深之人，是即将登上帝位的宣宗皇帝李忱。白居易死后八个月，宣宗皇帝仍还在作诗悼念他，其中有句:"文章已满行人耳,一度思卿一怆然。"你看,到了此时,这悼亡诗,已不仅仅是字与词的奈何桥,而是真正变作了天地、经文和太初有道:三头六臂也好,王侯公卿也罢,它都容得下。事实上,写悼亡诗的皇帝绝非唐宣宗一人,只说那位敬慕白居易又写诗无数的大清乾隆皇帝,写出的好诗实在不算多,但是,却有一首世所公认的好诗,那便是写给孝贤皇后的悼亡诗。这首诗最难得的,是王气与金粉气俱消,所谓的风流雄主,此时也不过只是丈夫和父亲,"只有叮咛思圣母,更教顾复惜诸儿","可知此别非常别,漫道无逢会有逢",一字字浅白如溪,真正是诗之王谢堂前,帝王化作燕子,飞入了百姓人家。更有宋徽宗赵佶,那个著名的亡国之君,赏灯时节,念及前一年故去的妃子,竟也一反往日矫揉,留下了一生中的名篇《醉落魄》:

> 无言哽咽,看灯记得年时节。行行指月行行说,愿月常圆,休要暂时缺。
> 今年华市灯罗列,好灯争奈人心别。人前不敢分明说,不忍抬头,羞见旧时月。

在北京，我曾经有过一位兄长，待我甚厚。每一回，只要我到了北京，他总要叫上相熟的三五好友，在昆仑饭店一楼的日餐厅里吃寿司、吃生鱼片，大抵都是不醉不归。喝多了之后，出得门去，在饭店门口的停车场里，这一堆牛鬼蛇神总要大喊大叫，抑或厮打或搂搂抱抱。然而，盛宴突然就散了。几年前，这位兄长死在了一场飞来横祸之中，自此，不管去了多少回北京，我都再没进过昆仑饭店。倏忽之间，几年光阴飞逝而过，这一天，在北京，有人临时约我去昆仑饭店签一个影视改编合同。也是穷疯了，我想都没想，立刻飞奔前往。一下午的虚与委蛇之后，合同签订了，对方请我下楼吃饭，没料到，恰恰是我过去数次踏足过的那家日餐厅。如此，整整一晚上，我都心猿意马，只好埋着头喝酒。对方不断问我何故如此寡言少语，可是，当我几度想要张口，赵佶的那句诗便似乎从酒杯里、从生鱼片边上缭绕的雾气里直起了身来，攫住了我："人前不敢分明说，不忍抬头，羞见旧时月。"后来，我找了个理由，中途离席，跑到饭店外的停车场上去抽烟。没想到的是，站在身边与我一同抽烟的，竟然是从前的故交。我们的兄长在世时，在喊叫、厮打和搂抱的人中间，他总是最热闹的一个。跟我一样，他也在这家日餐厅里吃饭，也是吃到一半就再也坐不住了。此时相见，也唯有相顾无言，只好一边继续抽烟，一边对着高悬的明月发呆。

近似之境，鱼玄机遇见过，所以她说："珠归龙窟知谁见，镜在鸾台话向谁。"顾贞观遇见过，所以他说："依约竹声新月下，旧江山、一片鹃啼里。""郊寒岛瘦"里的孟郊也遇见过，所以他说："山头明月夜增辉，增辉不照重泉下。"亡者已矣，可是，还在这世上栖身奔逃的人又该如何是好？就像一年中的二十四节气，年年立春，年年霜降，世上的人还要接着奔命，太阳底下无新事，无非是强颜欢笑，不过又似是而非，到头来，便纵是满腹含冤，更与何人说？那么，还是跟亡者说吧——那些沉睡的人们，你们仍然还在我们中间，因此，我们也要仍然置身在你们的中间。是啊，只要人间之苦不曾停止，那些悼亡的句子便不会停止，一如白居易，既然元稹的悼诗一写再写，他便要一读再读，直至后来，他甚至代替亡人作答："谁知厚俸今无份，枉向秋风吹纸钱。"而后，也唯有再给元稹寄去满纸长叹："人间此病治无药，唯有楞伽四卷经。"

也为此故，世上之诗虽说多如水中蜉蝣，但还是悼亡诗最见人心，它毕竟不是人间厮混，人人都难免既欲火焚身又罔顾左右。就算字词猛烈一些，写诗之人所求的，也终究不是一场现世报。哪怕有现世报，那也不过是在坟头上栽下几丛青草，再蹲在坟头前抱紧了自己。旁人不说，单说王安石，人人都道是"拗相公"，殊不知，孤僻之人，往往用情至深，情至最深之处，孤僻便要再增长十分。二十六岁那年，王安石被朝廷任用为鄞县令，任上不过三年，至今宁波尚且存有不少以"荆公"命名的遗迹，其人政声，由此可见一斑。只不过，世人少知的是，在鄞县，王安石丢掉了他的女儿。这个在此地出生，颖悟绝人，最终却只长到一岁两个月的女儿，显然成了王安石在他的前半生之中所遭受的最深之痛。女儿下葬之日，他写下了墓志铭，虽说只有短短几行，却叫人忍不住去将心比心："鄞女者，知鄞县事、临川王安石之女也。庆历七年四月壬戌，前日出而生；明年六月辛巳，后日入而死。壬午日出，葬崇法院之西北。吾女慧异甚，吾固疑其成之难也。噫！"女儿死后，没过多久，王安石奉调回京，此去山重水复，生父与亡女，断难再有相见之期，然而，凄凉的父亲，也只能够空对小小的坟茔和一轮明月留下只言片语：

> 行年三十已衰翁，满眼忧伤只自攻。
>
> 今夜扁舟来诀汝，死生从此各西东。

伤心人不独王安石一个。由宋代上溯至唐宪宗元和十四年，韩愈因表谏"迎佛骨"一事，激怒了君上，被贬作潮州刺史。在前往贬谪之地的路上，商州深山里一个叫作层峰驿的地方，他在京城便已染病的十二岁女儿终于撒手西去。时在天寒地冻，人却举目无亲，催促其早早赶路的朝廷公文倒是按时来了。到了此时，人是孤家寡人，身是有罪之身，真可谓呼天不灵求地不应。最后，他也只有将女儿草草安葬，再继续赶往那"鳄鱼大于船，牙眼怖杀侬"的荒蛮之地。过了一年，宪宗暴亡，穆宗即位，从天高地远之处召回了韩愈。回京路上，韩愈再过层峰驿，再睹亡女墓，漫山遍野里找来几枚果子放在墓前之时，他几乎哭晕了过去。到头来，一介穷儒，招不来天兵，盖不了地庙，终只能题诗于驿梁之上：

> 数条藤束木皮棺，草殡荒山白骨寒。
>
> 惊恐入心身已病，扶舁沿路众知难。

绕坟不暇号三匝,设祭惟闻饭一盘。

致汝无辜由我罪,百年惭痛泪阑干。

是啊,和王安石一样,和韩愈一样,我,我们,一个个的,在这世上流连,无非是强颜欢笑,不过又似是而非,到头来,便纵是满腹含冤,更与何人说? 那么,还是继续跟亡者说吧——先说家常,一如南北朝沈约所言:"帘屏既毁撤,帷席更施张。游尘掩虚座,孤帐覆空床。"再说别后景物,一如明末清初王夫之所言:"一断藕丝无续处,寒风落叶洒新阡。"甚至说起自己的破罐子破摔,一如半生里写下十数首悼亡之作的纳兰性德所言:"醒也无聊,醉也无聊,梦也何曾到谢桥。"却原来,这悼亡诗不是别的,它先是无法投递的信:那些惊恐与恓惶,那些逆来顺受和自作自受,全都被我写下了,反正你也看不到;之后,它其实是一座大雄宝殿,夜路上吹了风,奔跑时受了凉,又或是背负着饥荒,挨了别人的耳光,都不要紧,总有一个幽冥之处早已被我当作了忍住哽咽的底气,总有一个口不能言的亡灵能够抱住我们的口不能言,直到生死连通,阴阳同在,词牌才算作了香炉,字句也化作了青烟。当真是,一旦落下悼亡之笔，你便有了一座秘密的大雄宝殿。

话说从头。多年以后，恰巧也是在春雨潇潇的清明节之前，我又回到了川西小镇，却再也没有见到当初的老周。我听说，这些年，他一直想把日子过好，最终还是未能过好。最后，他关掉了超市，远走了他乡。虽说他当初和妻子一起辛苦盖下的房子还在，可是，镇子上的人都已经很久没有再见过他了。这一天，我淋着雨去了他的房子边，只见到房前屋后的荒草已经长到了半人多高，倒是我当初给他写下的《遣悲怀》里的句子，尽管早已模糊难辨，仔细看下来，仍然还能认出一个两个的字。突然，我想给老周再写一遍那两句诗，不管他在或不在，我都该写好了，重新再帮他张贴在门框上。于是，半刻也不曾停留，我便朝着卖白纸的店铺狂奔而去了。当我跑过一座满是映山红的坟头时，雨止住了，风起了，风吹得那些红彤彤的花全都像是在扑向我，又像是在跟我说话。我猜，那就是老周妻子的坟。

犹在笼中

这天早晨，在滹沱河边的集镇上，我遇见了一只正在被人售卖的鹦鹉。这鹦鹉，一言不发，却并不颓丧瑟缩，在那只简陋的、用松枝编成的笼子里，它站立在中央，既无倨傲，更无乖巧，因为泥水尘灰的沾染，翠红相间的羽毛全都失去了往日的亮色，但它丝毫不以为意，时而凝神，时而换一个方向继续凝神。如此一来，它的主人便越来越不高兴，此前，为了将它卖出个好价钱，那主人一直在逼迫它开口说话，再三未能如愿之后，那主人怒火中烧，干脆狂奔到滹沱河边，将一整只笼子全都沉入了河水。那只鹦鹉，居然没有半点扑腾和反抗，即使被沉入水下，也像是早已做好了迎接命运的准备，待到笼子重新浮出水面，一如此前，它仍然平静地、一言不发地站立在笼子的中央。

最后，我买下了它。那时候，我正要翻过集镇上一道低矮的山岗，前往山脚下的一家小旅馆，所以，在山岗上的密林边上，我打开笼子，等着它破笼而出，再等着它飞入被雾气笼罩的枫树林。这枫树林，顺着山势一路绵延，奔向了高远处更为雄壮的山脊，如果那鹦鹉投身其中，无论如何也不会饿死。哪知道，那鹦鹉根本不相信这突至的好运，难以置信地看着我，再环顾一遍笼子，接着再看向我，仍然难以置信——它当然不知道，买下它，再放了它，不过是我想起了罗隐的诗：

莫恨雕笼翠羽残，江南地暖陇西寒。

劝君不用分明语，语得分明出转难。

罗隐作诗，一生都少用僻字冷典，这首《鹦鹉》自然也不例外，句句说来，都如街谈巷议一般任人知晓，它无非是在说：鹦鹉啊，你就别再怨恨翠羽凋残地被关押在雕笼之中了，这江南，好歹要比你的陇西家乡暖和得多，我劝你，学人口舌之时，还是不要说得太分明清楚，一旦分明清楚，你就更像一个玩物，更不要指望有朝一日能从这樊笼之中逃出去了。写此诗时，罗隐刚刚投奔在了后来称王的杭州刺史钱镠帐下，自此开始，他终于拥有了之前从来不曾坐享过的悠游时日。而西望长安却不难发现，整个大唐王朝的覆灭几乎就在指日之间，可是，那片摇摇欲坠的土地虽说伤透了他的心，然而，十考不第和颠沛流离在那里，忍辱含羞和遍谒公卿不遇在那里，所以，眷恋、欲走还留和一颗将死未死之心也全都在那里。那诗中，说的是鹦鹉，但又何尝不是自己：刺史大人虽好，可我还是不想将每句话都说得分明清楚，只因为，大唐还未彻底灭绝，我的心，也还未死尽。

当避世的樊笼置身在前，又见得在那广阔的世上，一己之身早已上无片瓦下无立锥，再看笼内，倒有一碟清水和几粒小米隐约入目，到了此时，又有几人能忍住那觊觎与谄媚之心而视樊笼于不顾呢？更何况，该撒的娇也撒过了，他不仅没有被叱责，相反，一段注定流传四方的佳话眼看便要铸成了——投石问路之时，罗隐并不曾少费心机，他先是给身为同乡的钱镠寄去了诗集，《吴越备史》卷一里说："及来谒王，惧不见纳，遂以所为《夏口诗》标于卷首，云'一个祢衡容不得，思量黄祖漫英雄'之句。王览之大笑，因加殊遇。复命简书辟之曰：'仲宣远托刘荆州，都缘乱世；夫子辟为鲁司寇，只为故乡。'"好了好了，这下子，佳话已经掀开了序幕，他便再无不去当那笼中鹦鹉的理由了：

大昴分光降斗牛，兴唐宗社作诸侯。
伊夔事业扶千载，韩白机谋冠九州。
贵盛上持龙节钺，延长应续鹤春秋。
锦衣玉食将何报，更俟庄椿一举头。

年轻时的罗隐何曾想到，有朝一日，自己也会写下这样辞藻堆垒却又空无一物之诗？事实上，在他的生前身后，这一首《钱尚父生日》，以及《暇日投钱尚父》《感别元帅尚父》等诸篇，从来就没有缺少过嘲讽揶揄，说其托小自矮以求荣华者有之，说其将大唐抛之于身后而首鼠两端者有之。要我说，这几首诗倒是并没有以上所言那么下作，它们照旧还是诗，只不过，却已尽失了骨血和气力。事情是明摆着的：伴随着罗隐的步步升迁，从事，给事中，进而掌书记，直至节度判官，渐渐地，他失去了诗。清人李慈铭曾说其诗"虽未醇雅，然峭直可喜，晚唐中之铮铮者"，然而，到了此时，峭直之气，铮铮之鸣，全都消散得一干二净，偏偏那寄人篱下的生涯还要继续，就像一只鹦鹉，在笼子里的时间久了，它的多半心思便要花在把话说团圆上：是的，待在这里是值得的，你们以为主人对我的嬉戏只是玩弄？不不不，你们冤枉他了，他其实是我的知音，你们看，我劝我的主人起兵讨伐篡唐的逆贼朱温，他虽不允，却也再三嘉许了我对故国大唐的孤忠之心；还有，他甚至也写诗给我，在诗里，他说我是"黄河信有澄清日，后世应难继此才"，你们看见没有，你们看见没有，这不是我的知音又是什么？所以，我怎能不回赠他一句"深恩重德无言处，回首浮生泪泫然"，我又怎能不逢人便说起他对我的好，就譬如："不是金陵钱太尉，世间谁肯更容身？"

很显然，当暮年迫近，背负着越来越无力推开的恩惠，以及从这恩惠里长出的自得与闲适，再举目四望，微时的故人，恨过怨过的故国，早已各自分散和倾塌，至此，刺史帐下，吴越国中，真正是，无一处不变作了罗隐作诗时的囚笼。即使与僧道唱和，所谓"歌敲玉唾壶，醉击珊瑚枝"，所谓"打苔想豪杰，剔藓看文词"，如此不知所以之句，哪还有当年写给无相禅师的"有缘有相应非佛，无我无人始是僧"之爽利自然和写给贯休和尚的"飘荡秦吴十余载，因循犹恨识师迟"之直陈心性呢？然而，天可怜见，这笼中的枯燥寡淡和寻章摘句，却是罗隐应得的偿报：是的，够了，这世间的一座座囚笼，他几乎都坐过了，而现在，世道虽乱，饱暖却还过得去，那么，就让他愈加无可救药，且在日复一日的昏聩中迎来最后的善终吧。

有生以来，罗隐被囚的第一座牢笼，其实是他的身体。有唐一代，吏部择人时多秉持四法，所谓"一身二言三书四判"，说的是：其一，体貌丰伟；其二，言辞辩正；其三，楷法遒美；其四，文理优长。偏偏这罗隐，第一道关隘都过不去，所谓"貌古而陋"，对此，他既心知肚明，也只好自轻自贱："终日路岐旁，前程亦可量。未能惭面黑，只是恨头方。"他也有过好运气：僖宗朝宰相郑畋的女儿，就因为实在太爱慕他的诗而想见到他，最后的结果却是："一日，隐至第，郑女垂帘而窥之，自是绝不咏其诗。"人至此境，命是斯命，莫非要就此对这注定的八字和古陋的面容俯首称臣？并没有，那是旁人，却不

是罗隐,他非要反抗这囚笼不可,耿介与乖戾,孤僻与癫狂,凡此种种,全都被他当作了反抗的武器:

> 野云芳草绕离鞍,敢对青楼倚少年。
> 秋色未催榆塞雁,人心先下洞庭船。
> 高歌酒市非狂者,大嚼屠门亦偶然。
> 车马同归莫同恨,古人头白尽林泉。

是的,和大多世人不一样的是,自打离开新城家乡,蝇头小利也好,鸡犬升天也罢,哪怕一样都等不来,罗隐也绝未在忍气吞声里偃旗息鼓,连他自己都说自己"受性介僻,不能方圆,既不与人合,而又视之如仇雠,以是仆遂有狭而不容之说",到后来,排挤与非议越多,他便越发乖戾,越发对这人间世道不说一句好言好语:负尽狂名,总归好过无姓无名;遭人所忌,人们总归还是用忌讳记住了他。后人论诗有云:"许浑千首湿,罗隐一生身。"意思是,许浑作诗离不开一个"水"字,而罗隐,更是"篇篇皆有喜怒哀乐心志去就之语,而卒不离乎一身"。可是且慢,假如将罗隐换作你我,我们的皮囊即是我们生而为人的第一桩大罪,你我难道就此不发一言,直至罪上加罪，直至世人全都忘了你的身却又终日妄言着你的罪？依我看来，他只是可怜，为了挣脱这皮囊的囚笼，他不得不用耸动的声名来当作打开笼门的钥匙，殊不知，这钥匙又是另一座牢笼。想当年，昭宗李晔一度想破格起用他，果然招来了群议汹汹，所谓"隐虽有才，然多轻易，明皇圣德，犹遭讥谤，将相臣僚，岂能免乎凌轹"，此议一出，可能的奇迹自然胎死腹中，他也只好心如死灰地继续他的流离奔走。这罗隐，何尝不是你我：一生中的大多数时刻，我们不过是一只犹豫仓皇的鹦鹉，忽而跳进这座笼子，忽而跳进那座笼子，你以为你是在反抗着尘世和生涯？不，你只是用一座笼子在反抗着另外一座笼子。

就像在滹沱河畔的山岗上，枫树林边，我打开了笼子，等待着那只鹦鹉复归林中，那鹦鹉却断难相信自己的好运，盯着我看了又看，就是不肯踏出笼门一步。不过，我有的是耐心，也不再理会它，而是席地坐下，转过身，也不看它，只是兀自去相信，要么早一点要么晚一点，它一定会从笼子里踱出来。终于，我听到了轻微的声息，如果我没猜错，那声息，应该是它出了笼门踏上落叶之后发出的窸窸窣窣之声，走了两步，它似乎犹豫了起来，停顿了一阵子，窸窸窣窣的声音更加急促了。我以为它正在朝着枫树林狂奔，这才回头，哪知道，我一眼看见的，竟是它重又返回了笼中，而且，再无之前的镇定，不停地走来走去，不停地四处旁顾，很显然，在它眼中，和此前相比，我，山岗，枫树林，乃至一整座世界，都在变得让它越来越难以置信。

这只窘境里的鹦鹉，几乎可以视作是罗隐的化身，而那只将它罩于其内的笼子，放在罗隐身上，不是他物，正是他的"十科不第"，在五十五岁终于将科举之梦彻底了断之前，这"十科不第"，几乎就是他的另一番家乡、身世和姓名——早在咸通四年，罗隐第五次落第，作别长安之时，他写道："愁心似火还烧鬓，别泪非珠谩落盘。却羡淮南好鸡犬，也能终始逐刘安。"是的，纵算愁心似火，别泪如雨，而他在冠盖如云的长安却无米无炊，也只好黯然东归，说起来，实在是连汉时淮南王刘安的鸡犬都不如。但是，时隔未久，仅仅就在第二年春天，他又心急火燎地来了，一如既往，没有任何好运降临，他再次落第，在与友人常修赠别时，他写道："浮世到头需适性，男儿何必尽成功。唯惭鲍叔深知我，他日蒲帆百尺风。"你看他，前两句几乎已经生出了退隐之心，后两句却又对那题名的金榜须臾难忘。果然，第六次科举落败之后，仅仅在家闲居了一年，他又来到长安，参加第七次科举，而当初以诗赠别的友人常修，却已经在前一年得以高中，所以，再次落第之后，还能够临别赠诗的，其实只剩下了他自己：

> 病想医门渴望梅，十年心地仅成灰。
> 早知世事长如此，自是孤寒不合来。
> 谷畔气浓高蔽日，蛰边声暖乍闻雷。
> 满城桃李君看取，一一还从旧处开。

这一首《丁亥岁作》，显然是悔过书，是何以至此的呈堂证供，行至诗末，看似平静地说着桃李，实际上，却又深藏着彻骨的怨怼与愤怒。暂放下罗隐，先来说唐末科举之风，明人王世贞有云："唐自贞元以后，藩镇富强，兼所辟召，能致通显。一时游客词人，往往挟其所能，或行卷贽通，或上章陈颂，大者以希拔用，小者以冀濡沫。而干旌之吏，多不能分辨黑白，随意支应。"是的，诗中那些得以高中的满城桃李，说的不是别人，先是世家子弟，而后便是诸多藩镇门客，两者当道之后，打低门矮户里踉跄而出的人哪还有半条路可走呢？实在是，下河无舟，上山无路；实在是，忍无可忍，则无须再忍。可是，一介书生，风高不敢放火，夜黑不敢杀人，他又该如何是好？思来想去之后，号啕顿足之后，那天性中的棱角与块垒非但没有被按压住，相反，它们全都变作激愤的箭雨喷薄而出，最后的结果是：一只鹦鹉，竟然变作了乌鸦。

他真的变作了一只乌鸦。见到黄河，他说："莫把阿胶向此倾，此中天意固难明。"牡丹花在前，他说："芍药与君为近侍，芙蓉何处避芳尘？"在打败了孙吴的大将王濬墓前，他有奇谈："若是吴都有王气，将军何处立殊功？"过秦皇焚书坑时，他又发怪论："祖龙算事浑乖角，将谓诗书活得人。"就算见到一别多年的歌妓云英，他的心里自然在哭，话到嘴边，却又赶紧换作了嬉笑，换作了一向都是拿手戏的自轻自贱："钟陵醉别十余春，重见云英掌上身。我未成名君未嫁，可能俱是不如人。"然而，出乎意料地，这些沾染着眼泪与火焰的句子，竟然横穿了古今，直至今日，多少走投无路之人，多少泪和血吞之人，仍然在这些句子里看见了自己的真身，又在其中挖出了自己的骨髓。

身为乌鸦，便不必再东家讨好西家卖乖，也不必再用繁丽言辞去阻挡自己跟尘世的赤裸相见。仅以其咏史诗为例，旁人咏史，要么一腔愁绪，要么几声叹息，唯独这罗隐，早早入了戏，或作贩夫和村妇，或为说书人和道学先生，时而指桑骂槐，时而则破口大骂，就好像，他不是在写诗，他是在耍泼、跳火坑和讨价还价。是啊，许多时候，他是在露马脚，在献丑，但他好歹将他这一具永不宁静的肉身丢掷在了世上，还有，隐藏在这具肉身里的良心、苦水和人去楼空也全都被他丢掷在了世上。然而，要我说，如此行径，岂不恰好近于天道乎？在他的咏史诗中，才子与边将，皇帝与佳人，一个个，有冤的喊冤，有仇的诉仇，我以为，这便是诗之天道：最终，死去的人在他的诗里活了过来，当那些句子扑面而来，我们的良心、苦水和人去楼空便也活了过来。既然如此，长此以往，再作诗时，典故是必要的，但还是必须的吗？平仄是必要的，但还是必须的吗？也许，唯一的必须，是继续作乌鸦：所有的飞掠和盘旋，不过是叫人听得懂那些最浅显的话——好日子终将过去，树倒了猢狲们就会散，最后，天下没有不散的宴席。

也为此故，后世里论诗时，颇多人对罗隐之诗大有非议，杨慎的《升庵诗话》里便说"罗隐诗多鄙俗"。更有人说："唐人蕴藉婉约之风，至昭谏而尽，宋人浅露叫嚣之习，至昭谏而开，文章气运，于此可观世变。"麻烦了麻烦了，一个吃饱饭都难的终年奔徙之人，竟然牵动了如此攸关大事，这下子，罪过可就大了，但是，这世上尚存的一桩公平是：一人眼中的罪过，却往往是他人眼中的奖章。于我而言，那些粗陋浅语，那些情急之下的脱口而出，正是一切徒劳的证据和奖章：一年将尽，当我坐在回家的火车上，路过沿途堆满了年货的集镇时，"老知风月终堪恨，贫觉家山不易归"之句，如何不像车窗外的大雪一般如影随形？过了年，为了一点生计，我又出门了，一时坐上北京的地铁，一时又赶上了黄河的渡船，终究还是枉费了心机和气力，这时候，"只知事逐眼前去，不觉老从头上来"之句，岂不正是一枚将我钉得死死的铁钉？然而，出了地铁，下了渡船，新的机缘正在朝我招摇，我也唯有鼓足了气力去奔向它们。直至最后，黄河岸边的小道上，又或北京郊区的小旅馆里，我再一次承认了自己的枉费，又用酒，用药，用罗隐的《自遣》，先是同情了自己，继而又放

过了自己:

> 得即高歌失即休,多愁多恨亦悠悠。
>
> 今朝有酒今朝醉,明日愁来明日愁。

只可惜,我已经放过了自己,那罗隐,却终不肯放过自己,那一只唳叫的乌鸦,最终,还是变回了笼子里的鹦鹉:咸通九年,罗隐第八次科考不第,再次踽踽东归,回到家中没过几天,赶紧凑够了路费,他掉头就再赶往长安,行至苏州,却阻于庞勋之乱,直到次年的考试已经结束,他还滞留在苏州。咸通十年,庞勋之乱总算被平定,得到消息的罗隐立即动身,朝着长安再次进发了,结果,刚到长安他便得知,由于平乱所耗资费甚巨,朝廷已经取消了当年的冬集和次年的科考。这一次前来,他竟然没有得到应试的机会便踏上了返乡之路。回乡途中,新安道上,一株株梅花怒放不止,他当然也为眼前的梅花迷醉不止,很快地,却又在当年寿阳公主梅花妆之由来的典故里愁意难消:"长途酒醒腊天寒,嫩蕊香英铺马鞍。不上寿阳公主面,怜君开得却无端。"从第八次落第开始,直到唐僖宗光启三年下定决心投奔钱镠,二十年中,动乱频仍,大地震堕，各省交通纷纷断绝，为了活下去，罗隐不得不奔走在各个藩镇幕府里讨一口饭吃，即使如此，他还是拼却性命入京参加了两次考试——那座名叫科举的囚笼已经变成了一张巨网，他走到哪里，这笼子也跟着他到了哪里。为了说服自己，也让自己相信等待和指望是值得的，住在笼子里也是值得的，他竟减少了狂恨，哪怕第十次落第，他也只对自己报以了一声轻轻的嘲笑："男儿心事无了时，出门上马不自知。"

事实上，另有一座囚笼，也从来就没放过他，那便是穷寒二字。自他出生，家道便已衰落，为了温饱和应试路费，他不得不长年告贷，在写给盐铁转运使裴坦的求助信里，他曾这样介绍过自己："澶落单门，蹉跎薄命，路穷鬼谒，天夺人谋。营生则饱少于饥，求试则落多于上。"和好友顾云一起落第之时，他也忍不住在《送顾云下第》里写下了自己第二年还能否凑够应试路费的担心："年深旅社衣裳敝，潮打村田活计贫。"就算侥幸有了路费，能够在长安旅社里住下又如何？雪来之时，他也只有这样度过冬天里的饥寒交迫："撅冻野蔬和粉重，扫庭松叶带酥烧。"这两句说的是：大雪封门之后，困居旅社中的他甚至要挖掘冻野菜以充饥，又要靠焚烧落在地上的松针才得取一点似有似无的暖和。在投奔钱镠之前的最后几年中，他一直在各处藩镇之间流转，妄想着得到一个差使，这时候，就连科举的路费都已经不再迫切，最紧要的，只有活命这一件事而已，"当家贫亲老之时，是失路亡羊之日，泪将欲尽，口不敢开"——在写给时任湖南观察使的求职信之结尾处，罗隐已经与之前的他判若两人："但系受恩，何须及第！"所以，就让我们原谅他吧，原谅那个在若干年之后写下了《钱尚父生日》《暇日投钱尚父》和《感别元帅尚父》诸篇的罗隐吧，还是那句话：就让他愈加无可救药，且在日复一日的昏聩中迎来最后的善终吧。更何况，在科举幻梦与杭州刺史这两座囚笼之间，他竟然迎来了一生中少见的清醒和原谅，既原谅了自己，也原谅了旁人和一整座尘世：

> 逐队随行二十春，曲江池畔避车尘。
> 如今赢得将衰老，闲看人间得意人。

不仅这一首《偶兴》，在两座囚笼之间的短暂时日里，好像罗隐早就知道，这已经是他写出好诗的最后时光。自此，凡他足履踏及之处，那些不再怨天尤人的句子，好似接受了命运中的自生自灭，却还是要活下去，于是开始了自凿泉眼，又开始了自行流淌。在它们之中，有的像是冷冻后的岩浆，在涌动停止之处安营扎寨："云外鸳鸯非故旧，眼前胶漆似烟岚。"有的却像是刚刚落发的僧人，你有你的人世大好，我有我的一了百了："至竟男儿应分定，不须惆怅谷中莺。"还有，谁能想到，当年那个对着一只蜜蜂都能吟出"采得百花成蜜后，为谁辛苦为谁甜"的罗隐，此时，再见到头顶上飞过的燕子，他却摈妄想弃讥诮，只说它们"野迥双飞急，烟晴对语劳。犹胜黄雀在，栖息是蓬蒿"呢？最后，在清醒和原谅之后，他竟然获得了前所未得而其后也得不到的身心安顿："隔林啼鸟似相应，当路好花疑有情。"到了这个地步，他其实是朝着这世上重新丢掷了一具肉身，而现在的这具肉身，与万物有旧，与万物也无旧，与诸多因缘有亲，与诸多因缘也无亲，但它们竟然再一回与诗之天道合二为一了：身在其中，死去的人活了回来，活着的人又多活了一遍。如此，罗隐，还有这些句子，终将迎来最后的公正——《唐音癸签》里说："罗昭谏酣情饱墨，出之几不可了，未少佳篇，奈为浮渲所掩，然论笔材，自在伪国诸吟流之上。"更有《一瓢诗话》里也说:"罗昭谏为三罗之杰,调高韵响,绝非晚唐琐屑,当与韦端己同日而语。"

最后,还是回到滹沱河边的山岗上,回到那只因为罗隐的诗才被我买下的鹦鹉身上,枫树林边,经过漫长的等待,它终于踱出笼子,地面堆积的落叶上重新发出了窸窸窣窣之声。为了不生变故,一如此前,我背对着它,强忍着不去看它,也不知道过了多久,骤然间,我竟然听见了它的鸣叫声,这才转过身去,一眼看见它不仅出了笼子,而且,已经飞到了一丛并不低矮的灌木顶上。我知道,即使身在灌木丛顶上,它也仍然难以置信,我猜测,现在的它难以置信的是:在笼子里关押了这么久之后,它飞翔的本能居然没有任何丧失,所以,它要为之鸣叫,为之继续飞翔;所以,并没有与我对视多长时间,它继续振翅,从灌木丛顶上飞跃而出,稍后,缓缓地,但却是笃定地,它稳稳地驻足在了一棵枫树的枝杈上。

也不知是何缘故,那只站在枫树枝杈上的鹦鹉,并没有飞向密林的更深处,而是原地停留,四下里巡看,但见微风四起,所有的树冠发出了轻轻的摇晃,又见远山壮阔,不断绵延向前直通了天际,我便继续猜测:它可能是害怕那些它久违了的所在？想当初，也许，正是在那些更深远的所在里，天降厄运，它被捕获，自此便身陷了囹圄？如果是那样，那些辽远幽深的地方，岂不恰恰是一座座更为巨大的囚笼？好在是，不大一会之后，枫树林里传来了更多的鸟鸣之声，那鹦鹉被更多的鸟鸣声唤醒，先是如梦初醒，而后，忘记了担忧，忘记了可能的叵测，下意识地突然便开始了飞翔，很快，我的视线里便再也看不见它的影踪了，当我确信再也看不见它的时候，一下子，泪水竟然打湿了我的眼眶。

偷路回故乡

要回去,所以我便回去了。只不过,站在故乡里往四处看,这满目所见,早就没了旧时模样。单说这明显陵吧,我记忆里的它,何曾有过此刻堂皇的一小部分?在我小的时候,冬闲时,不知道多少次跟着姑妈前来此地烧过香,我还记得,总是天还没亮,我们就到了,鱼肚白里,乌鸦被我们惊动,从荒草丛里骤然飞出,嘶鸣着冲入密林,总是将我吓得魂飞魄散。然而,这还不够,那些残缺的砖石与影壁,还有那些缺胳膊少腿的凄凉石像,一直在持续加深着我的惊恐和疑惑——既然来这里烧香,为什么连半尊菩萨像都没有见到过?显然,它连一座土地庙都算不上,但是,残存的双龙壁和琉璃琼花又历历可见，那么，这到底是一个什么样的所在？

直到好多年后，我才知道，这一处让人魂飞魄散的所在，正是明显陵，被密林覆盖的那座山丘，不是别的，而是合葬墓的坟丘，坟丘的主人，名叫朱佑杬，合葬者是其妻蒋氏，他们的儿子，便是那位著名的嘉靖皇帝朱厚熜。明亡之际，此处曾被李自成引火焚烧，但毕竟是龙脉身世，虽说江山不断更迭，再加上又缺寺少庙，几百年下来，像我姑妈这样，将它当作了祈福之所一再前去祭拜的人，却也一直不曾断绝。事实上，在我的故乡，关于嘉靖皇帝的种种传说与各种史书所载大不相同，至少，在这些传说中，朱厚熜的孝子之行几乎不胜枚举，倒是不奇怪：唯有回到故乡，人君才重新做回了人子。只是不知道，朱厚熜在天得知，这位在史书中素有暴虐之名的皇帝，当他遥望纯德山的晨霭里渐次燃烧起来的香火，是否会一洒委屈和欣慰之泪呢？

> 旧邸承天迩汉江，浪花波叶泛祥光。
>
> 溶浮混漾青铜湛，喜有川灵卫故乡。

——诗写成这个样子，实在也是没有办法的事，不要说嘉靖皇帝，以寻常的世家子弟论，富贵只要过了三代，一只战靴的样子，一个旧仆的样子，及至一碗粗粮一孔土灶的样子，哪里还能记得清写得出呢？要我说，除了几个马上天子，几乎所有的皇帝写出的诗，都像是一个人写出来的，所谓王气，但凡倾注于诗，多半便是这首诗的败亡之气。作下这一首《驾渡汉江赋诗》之时，正是嘉靖十八年，此时的朱厚熜早已乾纲独断，而他却执意南返钟祥，且不惜违背礼制，在此举行了本该在京师朝廷里举行的表贺大典，说到底，因为这里是他的故乡，而富有四海仍然口口声声宣称自己别有故乡者，据我所知，唯朱厚熜一人而已。所以，这一首诗虽无甚可说，但仍有其执拗动人之处，事实上，直到临终之前，朱厚熜仍然一再思归，甚至不惜口出狂语："南一视承天，拜亲陵取药服气。此原受生之地，必奏功。"——到了此时，故乡不仅是他的病，更是他的药。一句话：要回去，我要回去。

可是，太多的人回不去，君不见，诗词丛林里，往往是走投无路的孤臣孽子写故乡最多最苦乎？唐哀帝丙寅科状元裴说，半生都在避乱苟活，最终决定返回故乡，却死在了回乡的途中，临死之前，他才刚刚作下《乱中偷路入故乡》："愁看贼火起诸烽,偷得馀程怅望中。一国半为亡国烬,数城俱作古城空。"南宋名相赵鼎,饱经靖康之变之苦,孤忠一时无两,南渡之后,因与秦桧不合,被贬至海南,最终绝食而死,虽刚节至此,每于诗中望乡,南国之心时时惦念的,却仍是他的北国本分:"何意分南北,无由问死生。永缠风树感,深动渭阳情。两姊各衰白,诸甥未老成。尘烟渺湖海,恻恻寸心惊。"然而,管他失国还是失乡,一切痛楚、眼泪和热望的深处,都站着杜甫,所以,我们便会经常见到,于那些孤臣孽子而言,故乡入梦之时,往往也是杜甫入魂入魄之时,即使沉郁豪峻如文天祥,乡思绞缠,终须集杜甫之句以成诗:"天地西江远,无家问死生。凉风起天末,万里故乡情。"这些集句诗中,尤以宋末元初的尹廷高所集之《悲故乡》为最工,也最深最切:

> 战哭多新鬼,江山云雾昏。
>
> 馀生如过鸟,故里但空村。
>
> 蜂虿终怀毒,狐狸不足论。
>
> 销魂避飞镝,作客信乾坤。

尹廷高乃浙江遂昌人氏,此地因离南宋临安行在不远,故而屡遭蒙元荼毒，荼毒最甚时，户户绝人迹，村村无人烟，而这一切，不过是杜甫所经之世在人间重临了一遍：新鬼嚎哭，江山黑暗，空村在目，余生只好如飞鸟一般无枝可依，再看眼前，蜂虿之毒，何曾有一日减消？豺狼当道，又有何事堪问狐狸？更何况，疾飞之箭，还要继续夺我魂魄，我的性命，也唯有苟全于在天地乾坤的奔走之间。这些句子，多像是从遂昌境内奔逃而出的人啊，之前它们容身的原诗，不是他处，正是那白刃相接和尸横遍野的遂昌县，唯有逃至此处，它们才能喘息着认清了彼此，随后，心怀着侥幸，也心怀着不管不顾，竟然结成了崭新的血肉和性命——如此遭际，简直与尹廷高自己别无二致，宋亡二十年后，他才敢小心翼翼地返回遂昌县，所以，我总是怀疑，他之所以苦心集句，那是因为，他早已将它们当成了自己，于他而言，故乡早已灰飞烟灭，此时此境，他唯一的故乡，便是杜甫，也唯有在这个故乡里，他自己和遂昌县才能得以残存，他对自己和遂昌县的凝视与哀怜才能得以残存。

所以，要是去诗中细数，不难发现那些回不去的人们多有两怕，一怕雁过，二怕过年。先说雁过，纳兰性德有词云："雁帖寒云次第,向南犹自怨归迟。谁能瘦马关山道,又到西风扑鬓时。"纳兰作诗,常在本该明亮雄阔处至精求细,反至拖泥带水,大雁来去,道来便好,何苦要我们跟着你去了,只看见雁贴寒云,雁阵次第,却唯独看不见故乡和你自己?虽说王国维曾言"以我观物,故物皆著我之色彩",但是,太执一个"我"字,也总不免叫好山水堕入了窄心肠。说起来,我还是认定了那些粗简和单刀直入的字句,类似唐人韦承庆所写:"万里人南去,三春雁北飞。不知何岁月,得与尔同归?"还有,真是要命啊,不管在哪里,你都绕不过杜甫,这次也一样,当你在雁声里不知所从,他却正凝神远眺,穷乱流苦,天下周遭,全都被他写在了头顶上的雁阵里:"东来万里客,乱定几年归。肠断江城雁,高高正北飞。"大雁们不会理会你,它们正渡过它们的苦役,一如你,归心好似乱麻,乱麻作茧,终致自缚,终致形单影只,而这更是无边与无救的苦役,写下它们的,还是杜甫:

孤雁不饮啄,飞鸣声念群。
谁怜一片影,相失万重云?

> 望尽似犹见,哀多如更闻。
> 野鸦无意绪,鸣噪自纷纷。

什么是一语成谶?什么是一语惊醒梦中人?这首诗便是。还有,岂止回乡,又岂止是我,这世上众生,但凡定下一个要去的地方,哪一个,不是先入了那只孤雁的身,再去承接它的命?是的,你要做成一笔生意?你要拍出一部电影?或者只是想混一口饭吃?对不起,只要你有想去的地方,管他西域还是东土,那只失群之雁,便是你身体上的刺青:不饮不啄,为的是埋头苦行,而雁群好似早已消失的同伴和指望,除了你自己,谁还能看见听见你和他们之间已经相隔了云霭万重?望断了天际,我的同伴,我的指望,我和你们也是似见非见,而我,我唯有继续哀鸣下去,因为只有如此,我才能继续欺骗我自己,我是真的也听到了你们的呼应之声——不说旁人,只说我自己,这些年,仓皇之时,这首诗便会常常浮现出来,映照我,见证我:它是苦的,却又像是喝下苦药之前抢先吞下的糖,聊以作甜蜜,渐至于底气,如此,纵算"野鸦无意绪,鸣噪自纷纷",那又有什么大不了?须知你我踏上的这条路,原本就是一条将他乡认作故乡的路,只要不偷路回去,我们便只能和那集句的尹廷高一样,在哀鸣里得以残存,再在"相失万重云"里结成崭新的血肉和性命。

说回来,再说过年。唐人戴叔伦,夜宿石头驿,正逢除夕之夜,留下了"一年将尽夜,万里未归人"的名句,然名句一出则方寸大乱,尤其结束时的那句"愁颜与衰鬓,明日又逢春",既坏前意之空茫自知,又有故意为整首诗强讨出路之嫌,局促之气,终究难免;同为唐人的崔涂,在戴叔伦死后一百年的僖宗朝时,常年流落在湘蜀一带,也曾写下过一首《除夜》,全诗如下:"迢递三巴路,羁危万里身。乱山残雪夜,孤烛异乡人。渐与骨肉远,转于僮仆亲。那堪正飘泊,明日岁华新。"其中,"乱山残雪夜,孤烛异乡人"与"一年将尽夜,万里未归人"相比,虽同为千古名句,却不似后者之几乎人尽皆知,然其一整首诗胜在不惹是非,不作妄想,犹如老实人说的老实话,字字平易,偏又一字不能移,再细看,亲切之气从苦寒却绝不是愁苦中生长了出来,这亲切,先与人亲,再与烛亲,及至窗外的山与雪,无一物不亲,又无一物奔出来另起话头,到了最后两句,近似一阵轻声叹息,又似一声若无之苦笑,笑了长途孤旅,也笑了自己,然而到此为止,接下来,我还要抬起头来,去眺望即将到来的明天和明年,而且,去迎接它们,走进它们。

想起来,我也有过几回除夕里在外过年的经历。其中一回,是困守在一座黄河边的小城里欲罢而不能,除夕那天晚上,风声不断,爆竹声也不断,置身于如此境地里,我分明感到,我的周边里站着三个来自宋朝的人,一个是李觏,他说:"人言落日是天涯,望极天涯不见家。已恨碧山相阻隔,碧山还被暮云遮。"另一个是杨万里,他说:"小立峰头望故乡,故乡不见只苍苍。客心恨杀云遮却,不道无云即断肠。"最后一个,是个出家人师范和尚,竟也尘缘不断,他说:"梦里思归问故乡,明明说与尚佯狂。白云尽处重回首,无限青山对夕阳。"

如此一来,悲怨缠身,我便横竖也睡不着了,稍后,等到爆竹声终于消失,我起了身,踱到窗前,在黑黢黢的夜幕里无所事事地向前眺望,就好像,只要眺望持续下去,我便果真能从夜幕里偷出一条回乡之路,哪知道,黄河上的冰层正在不断发出断裂之声,这断裂之声,浑似鞭子的抽打之声:它们正在用抽打来提醒和催逼着我，那条回乡之路，即刻便要从冰层和波浪里涌现出来，什么都不要再想了，赶紧地，踏上去，回家；一时之间，我的心脏竟然狂跳起来，悲怨之气也变得更加猛烈，黑暗里，我站在窗子底下，走也不是，不走也不是，简直和《诗经》的《河广》篇里写下的如出一辙：

> *谁谓河广？一苇杭之。*
> *谁谓宋远？跂予望之。*
> *谁谓河广？曾不容刀。*
> *谁谓宋远？曾不崇朝。*

—— 谁说黄河过于宽广？一只苇筏也能渡得过去。谁说宋国远不可及？跂起脚来就可以望见。谁说黄河过于宽广？实际上，它多窄啊！窄到一条小木船也容不下。所以，谁说宋国远不可及？只需要一个早晨，我便能够踏上它的土地！以上所言，当然都只可能是痴心妄想，可是，对于那些恨不得马上便要从四下里偷出一条回乡之路的人来说，可有一字不曾令他心惊肉跳？还是说我自己，说说另外一个在故乡之外度过的除夕的正午吧。那是在广东的一个小镇子上，与北地不同，此处气候和暖，满目里也都绿意葱茏，更没有爆竹声噼啪作响，所以，我虽有家不能回，实话说，心底里倒也并未积下什么感触。这天中午，我在仍然还开着的一家小餐馆里吃了饭，喝了酒，一个人返回栖身的小旅馆，没想到，正在一条小巷子里走着的时候，路边的高墙之内，一家玩具厂里，竟然传来了好几个人的乡音，如此，我的身体便蓦地一震，赶紧站住，仔细去分辨，没听两句我便确信了下来，此刻，高墙之内的人正聚在一起喝酒过年，而他们满口里说出来的，正是货真价实的钟祥方言。我干脆没有再离开，就站在一株木棉树底下，一句句地去听他们说话，就像是，一杯杯喝下了他们倒给我的酒。

虽说那句句方言浑似杯杯烈酒，我的满身里都在游荡着醉意，可是，毕竟没有真正地醉去，说是没有醉，奇怪的是，当我不经意地一抬头，去打量眼前的这条巷子，竟然觉得，此处不是别处，它就是我的故乡：来路上的小店铺、竹林和竹林拐角处的一口池塘，还有往前走要经过的夹竹桃、榨油坊和一小片堪称碧绿的菜地，全然都是我每回刚刚踏入故乡小镇子的样子，再加上，不知道从何处传来一阵隐约的涛声，就好像，丰水期的汉江正在朝我涌动过来，这样，我便舍却了高墙内的乡音，忙不迭地疾步往前走，越走，路边的房屋、树木和溪流便渐渐与我的故乡重叠在了一起，最后，当我在一座小电影院的门口站定之时，竟至于激动莫名：是的，我将南国当成了北地，我也让故乡置身在了他乡。在他乡，也是在故乡，溪流哗哗流淌，夹竹桃随风摇动，鸡鸭们闲庭信步，一切该诞生的都在诞生，一切该包藏的都得到了包藏。突然，我急切地想找到一个人来当我的见证人，也不知道怎么了，往日里并不算寥落的小电影院门前，除了我之外，竟然再也没有人聚集经过，为了找到那个见证人，我急迫得几乎喊叫起来，却又生怕我的叫喊声会打破此刻的奇境，想了又想，我闭上了嘴巴，干脆从记忆里请出了一首诗，让它来做这一场勉强的见证——

> 马穿山径菊初黄，信马悠悠野兴长。
> 万壑有声含晚籁，数峰无语立斜阳。
> 棠梨叶落胭脂色，荞麦花开白雪香。
> 何事吟余忽惆怅，村桥原树似吾乡。

好多年过去之后，我还记得，除了这首名叫《村行》的诗，当年，在广东的刹那奇境里，我还想起过那个可怜的唐朝状元裴说，想起过他那酸楚凄惶的诗题《乱中偷路入故乡》。他之偷路，实有两意，其一是，为了回乡，他必须从贼寇们的眼皮子底下偷出一条路来；其二是，他就算踏上了那条路，为了将这条路走完，他也只能偷偷的。其实，在他的前代与后世，谁又不是像他一般鬼鬼祟祟？就说今日，只不过，当年的那些贼寇，现在换作了诸多妄念，这妄念，是做生意，是拍电影，是混口饭吃，要是将它们铺展出去，汽车站与航空港，圆桌会议间和VIP休息室，哪一处不会应声而起地横亘于前，再做让你失魂落魄的混世贼寇呢？一念及此，在离开明显陵的道路上，我不禁加快了步子，只因为，这条回乡之路，也是我偷来的，所以，我既要偷偷地走下去，也要走得更快一些，如此，我才能将更多的故乡风物搬进我的身体和记忆里，并且时刻等待着下一次奇境的降临。

然而，当我站在萧瑟的山岗上与明显陵最后作别，眼看着西风渐起，草木们纷纷踉跄起来，却还是不自禁地想起了嘉靖皇帝朱厚熜，想起了他在嘉靖十八年的汉江上写下的另外一首诗,这首诗的最后四句是:"流波若叶千叠茂,滚浪如花万里疏。谁道郢湘非胜地,放勋玄德自天予。"一如既往,它也不是什么好诗,但那最后两句,却与之前所写的"溶浮溾漾青铜湛,喜有川灵卫故乡"几乎如出一辙,在他心底里,千山万壑,银波金浪,最终都要涌向和拱卫他的故乡,事实上,据《明通鉴》所载,在朱厚熜以取药服气之名再回钟祥的旨意被朝臣们拒奉之后,他仍未死心,"而意犹不怿,时时念郢中不置云"。即是说,一直到死,这一代天子,终未能偷来一条让他回家的路。

救风尘

此处说的风尘，不是"妾委风尘，实非所愿"的风尘，而是"如何对摇落，况乃久风尘"的风尘，也是"山中旧宅无人住，来往风尘共白头"的风尘，小到一己之困，大到兵祸天灾，只要你活着，你便逃不过，说白了，这风尘，就是我们的活着和活着之苦，苦楚缠身，风尘历遍，我们便要赎救，这赎救，除了倒头叩拜的神殿庙宇，总归要有真切可信的人，来到我们中间，又或者，从未打我们中间离开，却让我们笃信：风尘虽说已经将我们围困，在我们中间，有人注定会被吞噬，有人注定要不知所终，但是最终，在漫长的撕扯与苦战之后，我们的身体，我们的心，仍然藏得住也受得起这漫无边际的世间风尘。

可是，这个人是谁呢？谁是那个跟我们一样受过苦，却从未离开我们，既亲切，又深远，让我们望之即生安定和信心的人呢？以诗中气象论，虽说人人都活在杜甫的诗里，但其人实在过苦，就好像，六道轮回全都被装进了他的草木一秋，最后，他也必将成为那个从眼泪里诞生的圣徒；是李白吗？很显然，也不是，他是云中葱岭，是搅得周天寒彻，更是神迹在人间的另外一个名字，面对他，我们唯有目送他渐行渐远，就算失足落水，我们也当他是羽化登仙；那么，这个人，是元稹、白居易吗？似乎仍然不是，这二人，虽说饱经风尘之苦，却也一直费心经营，一个官至宰相，一个以刑部尚书致仕，都算得上苦尽甘来，要知道这风尘之中，有几人能像他们一般等到苦尽甘来的现世报？

说来说去，那救得了风尘的，还是韦应物。唯有这韦应物，未及领受风尘的旨意便已匆匆上路，历经八十一难，却从未抵达过西天净土，宦海里也浮游了一遍，既未沉溺自伤，也未喜不自禁，虽说素有"韦苏州"之称，自苏州罢官时，却连回朝候选的路费都没有，只得长期寄居于无定寺中，所以，这是我们自己人,只有自己人才能救得了我们,只有自己人的诗,才能安慰得了我们:"我有一瓢酒,可以慰风尘。"此二句一出,尤其前一句,就像是呼唤着下联的上联,历朝皆有人上前应对,苏轼对曰:"我有一瓢酒,独饮良不仁。"陆游对曰:"我有一瓢酒,与君今昔同。"就在几年前,这两句被化作为"我有一壶酒,可以慰风尘",在微博上大热之后,竟引来了十万人续写,几同于一场狂欢,也是,所谓我即风尘,风尘即我,那救得了风尘的,肯定也如同天空里的闪电和菜地里的新芽,虽不日日相见,但他们一直高悬在我们的头顶,又或潜伏在我们的脚边,机缘一到,他们便会现出身来,与我们比邻而行,又或抱作一团。

> 一朝铸鼎降龙驭,小臣髯绝不得去。
> 今来萧瑟万井空,唯见苍山起烟雾。
> 可怜蹭蹬失风波,仰天大叫无奈何。
> 弊裘羸马冻欲死,赖遇主人杯酒多。

—— 以上几句,出自韦应物的《温泉行》,遍布惊恐与号啕,它们说的是:敬爱的玄宗皇帝啊,你已驾鹤西去,我这样的蕞尔小臣,到哪里还能继续追随你的踪影呢? 再来这骊山之下,只见故池空荒,苍山如旧,最可怜的是,就算我仰天长号,也无法打消那些淹我葬我的风波,穿的是弊裘,骑的是羸马,如果不是容留我的主人斟酒甚多,玄宗皇帝啊,我也就剩下死路一条了! 其时,韦应物习诗未久,还未学会深藏不露,哭便是哭,怕便是怕,但也钉便是钉,铆便是铆,实在也是没办法啊:韦应物的此一趟骊山之行,仍在安史之乱如火如荼之时,少年锦袍,早就换作了褴褛粗布,粗布之上,遍布着灰尘和血迹,灰尘和血迹所掩藏的,不过一具惊魂未定的肉身,万井渊中,苍山地底,早已埋掉了过去的国家,还有少年时的他。

真正是,欲救风尘,必先葬之于风尘。你道那韦应物是什么人? 自大唐诞生,韦家便是高门望族,所谓"氏族之盛,无逾于韦氏"。他的曾祖父韦待价,曾与薛仁贵一起大败高句丽,武则天时期入朝,任文昌右相;和曾祖父一样,韦应物以门荫入仕,十五岁起即被选作玄宗近侍,是为千牛备身,彼时的不可一世之行状,可用他自己的诗来做证明:"身作里中横,家藏亡命儿。朝持樗蒲局,暮窃东邻姬。司隶不敢捕,立在白玉墀。"他当然不会想到,仅仅几年之后,安史之乱一起,自玄宗奔蜀,他便要沦为丧家之犬,哪怕变乱暂时告歇,玄宗已逝,新主却也尽弃了旧臣,氏族便只好日渐跌落,就算厚着脸皮找到一两个故旧,求借贷,问前程,多半也是入不了门近不了身。只是这样也好,飞阁倾塌之处,流丹积腥之所,正是十字架上,正是菩提树下,此为天命,对它的领受其实并不复杂:活下来,再将自己变成自己人中的一部分,就好像,韦应物在魂飞魄散里写下的这首《温泉行》,震动过多少后来人,也使多少人认清和原谅了那些不堪的时刻——第一回被无故羞辱?第一回家道中落?第一回被死亡吓破了胆子?这一切,韦应物全都经历过,而且,他携带着那些羞辱、沦落和惊吓,活了下来,折节读书,又在诗中接续着古道与正统,至此,飒飒风尘这才给我们送来了那个迟早要回来的人。

船山先生王夫之,论诗之时,其眼光何止是如火如炬?上至两汉,下至唐宋,诸诗皆如层云,一一入胸,又被他刀劈斧削,仅以五言古诗为例,对王维,他直陈其弊:"佳处迎目,亦令人欲值不得,乃所以可爱存者,亦止此而已。"说孟浩然,他更不留情:"于情景分界处为格法所束,安排无生趣,于盛唐诸子品居中下。"如此高迈之人,却独钟韦应物之五言,就算将韦应物与陶渊明并列,他也犹嫌不足:"少识者以陶韦并称,抹尽古今经纬。"在韦应物的五言古诗之中,他最推重的,便是那首《幽居》:

> 贵贱虽异等,出门皆有营。
> 独无外物牵,遂此幽居情。
> 微雨夜来过,不知春草生。
> 青山忽已曙,鸟雀绕舍鸣。
> 时与道人偶,或随樵者行。
> 自当安蹇劣,谁谓薄世荣。

按照船山先生的说法,这首诗,好就好在知耻,且容我也跟着船山先生所言多说几句:人这一世,何为知耻?它当然不是闻鸡起舞,也不仅仅是锦衣夜行,在我看来,所谓知耻,最切要的,便是对周边风尘以及风尘之苦的平静领受,是的,既不为哀音所伤,也不为喜讯所妄,只是平静地领受,当这领受逐渐集聚和凝结,再如流水不腐,如磐石不惊,正统便诞生了,古道也在试炼中得到了接续,这古道与正统,不是他物，乃是两个字：肯定。它肯定了风尘之苦，也肯定了从这苦里挣脱出来的山色与人迹，及至草木稼穑和婚丧嫁娶，唯有被肯定托举，贵贱营生，夜雨春草，青山鸟雀，方才从平静里生出了明亮之色，却又不以为意，最是这一个不以为意，既不拖拽山色强索自怡，也未按压动静一意苦吟，一如诗中最后两句所说，我只是住在了我的笨拙愚劣里，却绝非是鄙薄世间荣华——如果风尘诸劫概莫能外，谁又能说，世间荣华，以及面向荣华的种种奔走流离，不是同样被古道与正统映照的所在？而此等见识，恰恰是韦应物的高拔之处，在他眼里，风尘不问贵贱，肯定不分彼此，而古道与正统的另外面目，还会如微雨一再夜来，也会如春草一再滋生，其中真义，仍如船山先生所说："每当近情处即引作浑然语，不使泛滥。"

后世论诗，多将王维、孟浩然再加一个柳宗元与韦应物并称，是为"王孟韦柳"，理由是这四人均多写田园山水，要我说，这实在是拉郎配和风马牛不相及，王孟二人，多有神形相似之处，至于韦柳，显然别有洞天和筋骨，苏轼论及韦柳之诗歌时曾说，柳宗元"发纤秾于简古"，韦应物则"寄至味于澹泊"，这才是真正的知人，知诗，更知世——那澹泊，看似是谜底,是苦海对岸,实际上,它是客,那至味,才是主:凡我做过的主里,皆有行舟和覆舟之水,皆有呼求和求而不得,一如山水田园,它们是客,我才是主,我既不存,山水田园又将何在?再如我,此处的我,是叫作李修文的我,每入风尘,都当自己是客,等闲变却,抑或平地风波,我都当作自己是路过和绕道,你们且放过我,我也放过你们,浑不知,绞缠只要是命定的,那么,谁也都躲不过,谁也都放不过谁,所以,在求借贷时,我恨不得和对方是血亲,你信得过我,我信得过你,在问前程时,我却恨不得和对方是陌路人,你对付过去便好,而我也对付过去便是,以上丘壑,便是风尘之至味,这至味里有酸有辛有生有死,却没有一座让你轻易歇脚和祭奠的神庙:我们仅有的神庙,就是继续去做风尘的儿子。

所以,韦应物一直是风尘的儿子,既然是儿子,报喜还是报忧,你自己便说了不算,若不如此,你便是那败家子,就算妻子去世,你也得在人前装作无事人一般,背地里,却是"忽惊年复新,独恨人成故"——暂且打住,先说韦应物之妻元苹:韦应物之所以终成我们自己人,首先自然是因为折节读书之功，其次，便是在乱世里娶了元苹为妻，元苹来了，晨昏才变得正当，乱世被遮挡在了门外，乖戾之锋芒才开始渐渐地收拢，自弃的浮浪也化作了蓄势的波涛，而那元苹，自十六岁嫁给韦应物为妻，从未过上一天好日子，最可怜时，一家子人连个住的地方都没有，他们在客栈里住过，在寺庙里住过，在朋友家里住过，三十六岁去世时，连她的葬礼，都是借了别人的房子来举办的，而此时，除了两个未成年的女儿，唯一的儿子还不满周岁，也因为此，韦应物一生难以释怀，此后再未续娶不说，仅在妻丧后的一年之内，他便作有伤逝之诗十九首，就算在几年之后，当长女终于出嫁之时，韦应物写下了送别女儿的诗，字字句句里，仍有妻子的影子：

  永日方戚戚，出行复悠悠。
  女子今有行，大江溯轻舟。
  尔辈况无恃，抚念益慈柔。
  幼为长所育，两别泣不休。
  对此结中肠，义往难复留。
  自小阙内训，事姑贻我忧。

赖兹托令门，仁恤庶无尤。

贫俭诚所尚，资从岂待周。

孝恭遵妇道，容止顺其猷。

别离在今晨，见尔当何秋。

居闲始自遣，临感忽难收。

归来视幼女，零泪缘缨流。

此一首诗，句句都是一个父亲该说的家常话：女儿，你马上就要乘舟远嫁，叫我怎能不身陷在满目悲戚里无法自拔？这么多年，只因你的母亲死得太早，我对你的抚养才日加慈柔，而长姊如母，你也养育了你的妹妹，临别之际，你们二人，又怎能不抱头痛哭？留是留不住你了，而我仍然担心，因为从小就没有母亲的教训，在婆家，你该将如何自处？好在是，你的婆家原是仁慈门第，可能的错误与过失，大抵都能够被原谅，女儿，你也要原谅我，安贫持简一直是我所尚，故此，你的嫁妆，远未能像别人一样丰厚周全，只是女儿，今日一别，我何时才能再见到你？送别了你之后，看见你的妹妹只剩下独自一人，我也只好任由我的眼泪沿着帽带不停滚流——在我看来，这首诗，除了是送嫁之诗，更是告慰之诗，其中句句，除了是在对女儿说，更是在对妻子说：你看，日子没有变得更好，但也没有变得更坏，我们的女儿出嫁了，女儿出嫁了，便是我对你说过的话许过的诺，全都做到了。

　　古今诗人里，笔下深情万端，行止里却又百般轻薄之人，只怕掰着手指头也数不过来，这韦应物，却绝不在其中，让我们回到妻子刚刚去世的当初，再一次成为丧家之犬，作为两女一儿的父亲，其惨痛惊慌，远甚于安史之乱的少年时，但是，他的眼睛，始终没有片刻离开过自己的孩子，在《送终》里，他写到了自己"日入乃云造，恸哭宿风霜"，也写到了孩子们"童稚知所失，啼号捉我裳"，在《往富平伤怀》里，他忆及过当初的好日子，所谓"出门无所忧，返室亦熙熙"，而今天呢？今天却是"今者掩筠扉，但闻童稚悲"，更有《伤逝》一诗，他先是痛诉了自己的"染白一为黑，焚木尽成灰"，却也不忘提醒自己："单居移时节，泣涕抚婴孩。"以上诸句，实在是有信之人写下的有信之诗，古今之诗里，言而有情者常见，言而有恨者也常见，最不常见的，便是那言而有信之人，想当初，在韦应物为元苹亲作亲书的墓志里，他写道："百世之后，同归其穴，而先往之痛，玄泉一闭。"多少人说完这话就忘了，独独韦应物，从未将它当作结果，而是崭新的使命刚刚开始：拖家带口，就是同归其穴，育女哺儿，方为玄泉一闭；要想减消先往之痛，唯一的路途，不在九泉之下，而是携带着悲痛，继续辗转于风尘又搏命于风尘。是为有信，正是这不绝之有信，一一秉持，一一验证，目睹了它们的众生才不至溃散，才终于得救——无需花好月圆，无需登堂入室，仅仅一次女儿的出嫁，我们便得以相信，到了最后，我们一定能够从风尘的苦水里脱身上岸。

于我而言，韦应物的诗从来就不在遭际之外，他所写之一树一雁，全都近在眼前和身边，就譬如，大雨中的北京，我匆匆在小摊上买完煎饼果子，奔向对街的地铁站，抬头一看，对面恰巧是弟弟所住的小区，而弟弟此时却一个人远在比利时，如此，我便慢下了步子，韦应物写给弟弟的诗却不请自来："把酒看花想诸弟，杜陵寒食草青青。"在河北小县城的街头，我竟遇见了多年不见的故人，不仅遇见了，他还将我迎进了自己的家门，割了猪头肉，也给我倒满了烧酒，岂非正是韦应物之"此日相逢思旧日，一杯成喜亦成悲"吗？还有一回，我心怀着厌倦寓居在一座寺庙里，终日无所事事，忽有一天，黄昏时，僧众们突然开始集体唱诵经文，声震四野之后，飞鸟们纷至沓来，落在寺庙的檐瓦上，却毫不喁啾，就好像，它们也全都变作了经文的看守和侍卫，我先是被震慑，继而，喜悦也降临了，一如韦应物写给从弟和外甥的诗："闲居寥落生高兴，无事风尘独不归。"

实在是，甘救风尘之人，风尘也必会救他。韦应物之诗里，何止发妻和故交，如他有难，春寒与秋霜，蓬草和松果，全都会应声而起，再趋奔上前来援救他，在这诸多救兵里，对他最是忠诚的，就是漫漫黑夜：其作现存于世五百余首，关于黑夜之作便有近百首之多，这当然是因为，从一开始，世间风尘便将真正面目示予了他，终他一生，他其实都身在风尘的黑夜深处，而其后又当如何？是方寸大乱，还是强颜欢笑？都不是，终他一生，他都在顺水推舟，有痛有惜，却少怨少艾——既然我注定了只能被风尘赐予黑夜，那么好吧，我便要将所有的风尘全都搬进长夜里来，夜鸟飞掠，我有一声叹息："今将独夜意，偏知对影栖。"与僧夜游，我心一片澄明："物幽夜更殊，境静兴弥臻。"仅以秋夜为例，我忍看了"朔风中夜起，惊鸿千里来。萧条凉叶下，寂寞清砧哀"，却也曾安之若素："广庭独闲步，夜色方湛然。丹阁已排云，皓月更高悬。"你猜后事如何？后事是，在黑夜忠诚于我之时，就像我忠诚于玄宗、儿女和九泉之下，一如既往地，我也忠诚于了黑夜，沿着夜路，我一意却不孤行，但见星月在高处，虫鱼在低处，流萤在远处，青灯在近处，越往前走，我便越是觉得无一物不可亲，无一物不可近，也越是理解和原谅了一切，唯至此时，一整座风尘世界才被我搬进了黑夜和身心，我再写下的，唯有理解和原谅之诗：

独怜幽草涧边生，上有黄鹂深树鸣。

春潮带雨晚来急，野渡无人舟自横。

——说了这么多，到底哪一首诗，才是那首能够救下一整座风尘世界的诗？我的答案，便是这首《滁州西涧》，此处之我，是名叫李修文的我，关于这首诗，我也生怕读错了，常常忍不住去看别人怎么说，有人说它历历如绘，分明一幅图画；有人说它执意从冷处着眼，独得一个静字；甚至有人说它以物寄讽，讽的是小人在上而君子在下，面对如此之论，清人沈德潜嗤之以鼻："此辈难以言诗。"我虽没有沈德潜的意气，却也有自己的知解：这首诗，一如既往，写的是独处，这独处，见识过心如止水，也经得起暗涌突起，它就好似一口古井，当青蛙跃下，当秤砣堕入，它都似见而非见，似迎而非迎：你们只管来，我都接得住；这独处，遍历了风尘里的耻辱，却不将一事一物拖入自己身在的耻辱之中：让胜利的全都去胜利吧，你和我，终将像夕阳，像潮水，像时间，像风尘里无法战胜的一切属于了我们自己。你若晚来急，我便舟自横，你要是春潮带雨，我便是野渡无人，最是这一句野渡无人，你说众生皆苦？我答你野渡无人，舟已自横；你说不见正果？我仍答你野渡无人，舟再自横。境至此境，人成此人，那些霄壤之别，那些天人交战，难道不是被我们在一再的经受中吞咽和消灭了吗？正所谓，欲救世，先救人，人只要救下了，韦应物，这位风尘之子，不就是已经将那救下一整座风尘世界的标准答案偷偷塞给我们了吗？

关于《滁州西涧》，我最深切的记忆，是在多年之前的一个陕北小村子里。那一回，为了一个注定无法完成的电影项目，我提前半年去那小村子里体验生活，但是，自此之后，我和我要完成的项目再也无人问津,期间有好多回,我都想一走了之,又因了各种机缘没有走成,其中的一回机缘,便是因为这首《滁州西涧》。那一天,我原本已经下定决心离开小村子,坐上了去县城的小客车,却听见同车的三两个小孩子在齐声背诵语文课本上的诗:"独怜幽草涧边生,上有黄鹂深树鸣。春潮带雨晚来急,野渡无人舟自横。"一下子,我便呆住了,说来也怪,车窗外焦渴而荒凉的群山顿时消隐退场,我的心魂,却已破空而去,置身在了韦应物任滁州刺史时的滁州西涧边,以至于,等我叫停小客车,重新踏上了回那小村子里去的山路,扑面的尘沙也仍然被我当作了带雨的春潮,那满目的潮气,叫人迷离,更叫人清醒,也不知道是在跟谁说话,反正我一直在说话——你说众生皆苦?我答你野渡无人,舟已自横;你说不见正果?我仍答你野渡无人,舟再自横。

致母亲

农历大年初七，夜深了，小雨不止，阳台上的花倒是开出了几朵，不知道从何处传来一阵男子的哭喊声："妈妈，妈妈！"我隔着窗子向外看，四处都黑黢黢的，终究一无所见——这是武汉因为疫情而封城的第八天，我早已足不出户，所以，我注定了只能听见哭声，却看不见哭声背后的脸。临睡之前，在一连多日的骇人安静之中，我又看了一个视频：一位感染上"新冠"而死去的母亲被殡葬车运走，她的女儿一边追着车向前跑，一边哭喊："妈妈，妈妈！"

——我从来没有像今天这样强烈地想念母亲。

"夜来幽梦忽还乡"，在梦里，漫山遍野都是母亲：幼时坐客车去县城里看父亲，只差五分钱，车费终于没有凑够，我们被赶下了车，一边走，母亲一边哭；少年时，月光下，我守在稻田的边上眺望着母亲，她将通宵不睡，连夜收割完整片稻田，就算她与我相隔甚远，微风也不断送来了她的汗味；大学毕业后，第一次回家过年，年过完之后，我要再去长春，临别时拒绝了她的相送，但是我知道，她一直跟在我的背后偷偷送我，我一回头，她便跑开了。其后，还是在梦里，我忽然开始上天入地，火车上、大海上、新疆边地、沪杭道中……我一步不停，四处游走，但是，处处都站着母亲。

此中情形，白居易早就写过了："鹅乳养雏遗在水，鱼心想子变成鳞。"他是在说：为了让儿女紧随在自己的身后，鹅会将自己的食物嚼碎之后遗落在水面上，而水中之鱼一心只想着子鱼的身上长出鳞片，唯其如此，它们才能算作长大成鱼，是啊，只要雏鹅还没跟上，子鱼尚未生鳞，母亲们便喊也喊不走，推也推不开。所以，管你是在杀伐征战，还是正落荒而逃，反正漫山遍野里都站着母亲，她说你受了苦，你便是千藏万掩，终究也是瞒不住，由是，古今以来，多少笔下云蒸霞蔚之人，只要念及母亲，全都变作了答话的小儿，问你吃了没吃,你就乖乖答吃了没吃,问你暖还是不暖,你就好好说暖还是不暖,再多的花团锦簇,都要听话退下,到了此时,那一字一词,不过是母亲让你咽下的一饭一粥:

> 爱子心无尽,归家喜及辰。
> 寒衣针线密,家信墨痕新。
> 见面怜清瘦,呼儿问苦辛。
> 低徊愧人子,不敢叹风尘。

写下这首《岁末到家》的蒋士铨,与袁枚、赵翼共称为"江右三大家",其母钟氏,绝非目不识丁之人,自己也写有诗册一卷,且律儿甚严。因为家贫,自他四岁起,母亲便以竹篾为器,教他识字,到他十岁,为防他成为膝下之儿,母亲竟怂恿父亲,将他绑在马背上,跟着出门谋生的父亲遍游塞北苦寒之地。出门之前,母亲特地嘱咐他,在路上,不管遇见何等险阻,绝不做惊人之态,绝不发惊人之语,如此,见识方能积成气节;男儿之身,才能安得下一颗男儿之心。果然,就算后来蒋士铨被授翰林院编修,一生作诗也去空疏尚白描,而独重"忠孝节义之心,温柔敦厚之旨"。除了这首尽显人子之心的《岁末到家》，春愁与秋望，灾害与流民，他一一写来，如说家常却莽莽苍苍，实在是母命难违，也从不愿相违，越老，十岁出门前母亲说过的话便越清晰，它们在他的诗里住了一辈子。

晚清之时，翰林院也有一位编修，名叫周寿昌，忠直耿介，无论何人，但凡事非，皆敢犯颜，即便面对煊赫一时的名将赛尚阿，他也直接表奏朝廷，怒斥其作战不力，如此之人，必是群小之忌，非得要除之而后快不可，众口铄金之后，黑的白的全都被涂抹到了他身上，一时之间，人皆不敢近，恰在此时，周寿昌写给母亲的那首《晒旧衣》却不胫而走，多少人读之泣下，这才终于有人站出来表奏朝廷，为他说公道话，这首《晒旧衣》，由此在天下传诵，更是引得当年清明时，诸多不识一字的百姓请人将其写之于纸，再焚烧在至亲的坟头：

卅载绨袍检尚存，领襟虽破却余温。
重缝不忍轻移折，上有慈亲旧线痕。

妈妈，三十年了！你给我缝制的粗绨衣袍一直还在，衣领已残，衣袖虽破，一手触及，却仍有你的体温，妈妈，就算我想将它重新缝补，终究不忍也不敢轻易地将它拆开，只因为那里有你缝补过的痕迹啊，妈妈！这一切，多像唐朝福建的第一位进士欧阳詹所言："高盖山前日影微，黄昏宿鸟傍林飞。坟前滴酒空流泪，不见叮咛道早归。"——妈妈，你看见了吗，黄昏来了！高盖山前的日头也快要看不见了，可是在我的身边，再也没有了你，满山的林子里，只有回巢的鸟在飞来飞去，你在哪里呢？怎么再也听不见叮咛我早点回来的声音了呢，妈妈？所以，和他们相比，我是多么幸运啊，就在刚才的梦境里，稻田边上，我睡着了，猛然惊醒，这才看见，月光也消失了，微风变作了大风；我站在稻田边四顾，全然看不见母亲的身影，一下子，我的心提到了嗓子眼，举步便在稻田里狂奔起来，脚底下，湿漉漉的泥巴飞溅，纷纷扑打在我的脸上和身上，可我什么也顾不上，一意向前，跑两步，再站住，之后又再向前跑，只是母亲在哪里呢？天可怜见，就在我哽咽着几乎要大声哭喊的时候，大风重新变作微风，又送来了母亲的汗味，我循着那汗味上前，一路都踩在母亲刚刚割倒的稻子上，眼泪却终究忍不住涌出了眼眶。

也因此，世间虽说多有堪怜之事，其中最是堪怜的，却是那些终其半生一生都在寻找母亲的人。譬如苏曼殊，其人身世，半生成谜，在故国，他是六亲不认的庶生子，年岁及长，他这才知道，就连庶母也并非自己的生母，直至二十五岁，他才东渡日本，第一次见到自己的生母。其后，谒母几令成病，倏忽之间，他竟七次探母，每一回相别，都是欲狂欲死，哪怕别后，他也要假托母亲之口来作诗："月离中天云逐风，雁影凄凉落照中。我望东海寄归信，儿到灵山第几重？"更有瞿秋白，其母在贫病之中不堪羞辱而吞火柴头自杀之时，年仅四十一岁。闻讯归来，跪倒在母亲身边的瞿秋白写道："亲到贫时不算亲，蓝衫添得泪痕新。饥寒此日无人问，落上灵前爱子身。"自此之后，要我说，这位历劫之子其实早已定居于孤寒之中，诸多因缘与生死，母亲谢世之日便已一一了结，既然已经了结，眼前所见，便无一是苦，也无一不是苦，只不过，就算如此，心中到底还是有一桩事放不下，那就是母亲死后迟迟未能下葬，在写给羊牧之的诗中，这个在未来哪怕死到临头也要耽溺于集句之戏的人，照旧显出了一颗欲了未了之心：

> 君年二十三，我年三岁长。
>
> 君母去年亡，我母早弃养。
>
> 亡迟早已埋，死早犹未葬。
>
> 茫茫宇宙间，何处觅幽圹？
>
> 荒祠湿冷烟，举头不堪望。

子别母尚且如此，母别子又当如何？唐人李贺李长吉，天生"鬼才"，却只得年二十六岁，其母郑氏，儿丧之后，痛不可当，几无生念，恰在此时，半夜残梦之中，她又见到了儿子，儿子告诉她，他之别母而去，不过是天庭里新添了一座玉楼，天帝令众仙作文以志，皆不能令他称意，故而将儿子从凡间召入天庭，现在，赋已成矣，儿子也已位列了仙班，不信你看我生前诗文，世人皆言我"贺诗清峭，人物超迈，真神仙中人"，如今，我不仅没有受苦，反而归于了无尽清虚，真可算得上是难得的圆满——这幻梦一场，是为名典"玉楼赴召"，杜牧逢人便会说起，李商隐甚至将其写进了《李贺小传》，说到底，都是因为不忍，都是因为要代替李贺紧紧抱住尘世里凄凉的母亲。

说回阳间尘世，安史之乱中，李白也亲睹过送别儿子的母亲："老母与子别，呼天野草间。白马绕旌旗，悲鸣相追攀。"宋亡之后隐居不出的于石，在诗中记下过一位被夫家驱逐的年轻母亲，她一边哭行一边回望尚还幼小的儿子："尔饥谁与哺，尔寒谁与衣，明年尔学行，谁与相提携？"还有元代的与恭和尚，纵算有佛法庇佑，人子之心仍然像大雁一样从寺庙里飞出，在母亲去世后的茅屋之上高旋不止："霜殒芦花泪湿衣，白头无复倚柴扉。去年五月黄梅雨，曾典袈裟籴米归。"更有常州黄仲则，年仅四岁，父亲便别妻弃子，撒手西去，此后全赖母亲扶持养大，虽说出世便有一身少年豪气，终敌不过世事寒凉，少年变作中年，豪气渐成穷酸气，瞿秋白论及他时有云："词人作不得，身世重悲酸。吾乡黄仲则，风雪一家寒。"到头来，浑身命数一如其师邵齐焘所说："性本高迈，自伤卑贱，所作诗词，悲感凄怨。"如此一来，时运断绝，他便不得不一次一次拜别老母，四处飘零谋生，才能换回活命的口粮，也因此，其诗《别老母》一出，虽说通篇都是苦寒之语，却叫天下里多少四处奔走又一无所获的儿子们鼻子发酸，背过了身去？正所谓，"唯彼穷途恸，知余行路难"，一切奔走、

徒劳和欲走还留,全都被他说中了:

> 搴帷拜母河梁去,白发愁看泪眼枯。
> 惨惨柴门风雪夜,此时有子不如无。

就是这样:天底下的忠臣孝子,及至走卒贩夫,又有哪一个,或是危急之间,或是一场生涯的真相大白之日,不想重新做回一条细线,再被母亲穿进手中的针孔呢?明末之际的史可法,困守扬州,先后五次拒绝清军劝降,最终大势难支,破城之日近在旦夕,城破之前,他给母亲写下了最后一封信,信中说:"儿在宦途一十八年,诸苦备尝,不能有益于朝廷,徒致旷远于定省,不忠不孝,何颜立于天地之间!今以死殉城,不足赎罪。望母亲委之天数,勿复过悲。儿在九泉亦无所恨。得副将德威完儿后事,望母亲以亲孙抚之。"此一封信,悲意难禁,却又有无尽的慷慨之气溢出纸外,当时后世,但凡读到,有几人不为之哽咽,又有几人不为之胆色一壮?城破之后,史可法被押解至清军统领多铎身前,拒降数十次之后,引颈受戮,因为天气炎热,尸首很快腐烂,直到无法辨认,以至于战后无法收尸,只得以残存衣袍下葬——人间与天上,草木和禽兽，你们何曾有知，离他死去相隔未远，督师白洋河之时，他还写下过给母亲的诗?

> 母在江之南，儿在淮之北。
> 相逢在梦中，牵衣喜且泣。

这一首《忆母》，只有寥寥二十个字，不说儿之将死，只说母亲的喜且泣，句句都是白话，字字里却有乱世：是啊妈妈，莫怪我们只能在梦里相逢，只因为，我除了是你的儿子，还是这满目乱世的儿子！事实上，比写下这首诗更早一些时候，史可法以大学士督扬州，恰逢明将左良玉以清君侧为由进犯南京，史可法只好回师勤王，当他渡江而归，抵达燕子矶时，左良玉早已望风而逃，而扬州势急，他也只好片刻不留，重又挥师渡江至扬州，在燕子矶，当他倚马北望母亲居处，举步难行之际，还曾留下过一首《燕子矶口占》：

> 来家不面母，咫尺犹千里。
> 矶头洒清泪，滴滴沉江底。

两首诗，四十个字，八十年之后，被那位写下过《岁末到家》的蒋士铨读到,恻隐终究难消,径自上了梅花岭去拜谒史可法的衣冠冢。其时乾隆十一年,蒋士铨春闱落第,归途中恰好路过扬州,上了梅花岭,只见残阳如血,人迹与残枝双双萧瑟,满目里唯有孤坟一座,念及阳世之人归家尚有母亲倚门而望,孤魂野鬼却只能在江山易主之后的残山剩水里望江而哭,又念及苏轼名句"岂似凡人但慈母,能令孝子作忠臣"——我的儿,你且行且去,是在尘世做人,还是在地下做鬼,为娘的,什么都遂了你,你要糖,我便给你糖,你要亡,如果,我是说如果,你铁定了心非得要亡,那么,我,也许你去亡。是啊,梅花岭上的蒋士铨所亲近的,不仅仅有一个孤臣孽子,更有孤臣孽子的母亲,她也会和自己的母亲一样,"见面怜清瘦,呼儿问苦辛",但是,她终究是一个孤臣孽子的母亲。是为此故,写下《梅花岭吊史阁部》的蒋士铨竟然一反其崇直尚浅之风,尽显激昂之气,开篇即直斥了致使一位母亲丢失自己儿子的南明弘光朝廷:"生无君相兴南国,死有衣冠葬北邙。"而后才说,"碧血自封心更赤,梅花人拜土俱香。"

——写至此处,天快亮了,而我依然没有像现在这样强烈地思念过母亲。

在幽暗的天光下，我看见阳台上的花朵旁边又多出了一颗花苞，然而，花苞边的枝叶，被风吹动，死死地按压住了花苞，就好像，既然知道灾难近在咫尺，母亲们使出了全身力气，这才惊慌失措地拦下了非要出门的儿子。恰在此时，楼里传来了婴儿的哭声，我知道，这个婴儿的母亲，那个年轻的见人就点头的姑娘，因为成了这场肺炎的疑似患者，此时，一个人正关闭在这个城市的某一处自行隔离，所以一连好几晚，一到后半夜，整栋楼里都会响起这个婴儿的哭声，此中情形，多像清朝女词人倪瑞璿的忆母之诗："河广难航莫我过，未知安否近如何？暗中时滴思亲泪，只恐思儿泪更多。"可是，今晚却有不同，婴儿的哭声之后，我竟然听到了他的母亲，那个见人就点头的姑娘的哭声，猝不及防地，我的心骤然一紧，终究还是放下了心来，随即，我便听到了那姑娘的笑声，之后，那姑娘再接着哭，接着笑，终于还是号啕了起来：如果我没有猜错，那应该是，结束了隔离的母亲，终于回到了自己的儿子身边。

妈妈回来了！还有，妈妈笑了！幽暗里，我的鼻子也在发酸，记忆却不由分说地将我送往了各个与母亲相见之处：还是在幼时，母亲为了补贴家用，挑了一担子的面粉去汉江对岸的镇子上售卖，我也跟着她，亦步亦趋，雾气太大了，上渡船的时候，我几乎看不见她，突然又听见有人落入江水的声音，一下子，我被惊慌裹挟，大声呼喊着母亲，却听不见她的一句应答，我便一边喊，一边在雾气中的人群里横冲直撞，也不知道喊了多久跑了多久，一只手轻轻地搭在了我的肩膀上，我一回头，恰好看见了笑着的、刚刚从江水中爬上船、全身都湿透了的母亲；前些年，正在我债台高筑之际，父亲生病了，我和母亲，全都在北京的医院里陪护，每天中午，母亲都会去食堂里打饭吃，只是每一回都回来得特别晚，这天中午，因为她回来得太晚了，所以我便去找她，半路上，手机响了，我仓皇着去找了一处避风之地接电话，哪里知道，一眼就看见了正在用开水泡着剩饭吞下的母亲，刹那间，我呆若木鸡，然而，此中所见，早已被黄仲则一言道尽——"此时有子不如无"——所以，最后，我并没有上前惊扰，而是跑回了病房里去等她，没过多久，我就看见她挂着一脸的笑回来了。

——写至此处，天已经蒙蒙亮了，妈妈，此时此刻，如你所知，灾难还在继续；如我所见，阳台上的花苞仍然迟迟没有打开。好在是，那啼哭的婴儿已经重新在母亲的怀中入睡，我也要睡了妈妈，但愿不要一觉醒来，再看见殡葬车，再看见有人追着殡葬车一边跑一边喊："妈妈！妈妈！"

雪与归去来

圣彼得堡，丰坦卡河畔，好大一场雪：当我从一家旧货店里出来的时候，不远处，教堂楼顶的十字架被厚厚的积雪覆盖，浮肿了起来，形似一顶高高在上的帐篷。夜晚正在降临，而雪却下得越来越大，雪之狂暴几乎使一切都在变得停止不动：灯火周围，雪片忽而纷飞忽而聚集，就好似一群群正在围殴苦命人的暴徒；远处的波罗的海海面上，军舰们沉默地矗立，似乎大战刚刚结束，又像是全都接受了自己永远被大战抛弃的命运。雪至于此，地面上所有的公共交通都停了，我便只好徒步返回旅馆，可是，在大雪的覆盖下，几乎每条街都长成了一个样子，再加上，地面上的雪也堆积得越来越厚，每一步踏进去，都要费尽了气力才能将双脚从雪地里再拔出来，更要命的是，越往前走，我就越怀疑，我早就错过了我的旅馆，我肯定在离我的旅馆越来越远。也是奇怪和天意，幸亏清朝大须和尚的那首《暮雪》时不时被我想起，这才又振作着一步步继续往前走：

> 日夕北风紧，寒林噪暮鸦。
> 是谁谈佛法，真个坠天花。
> 呵笔难临帖，敲床且煮茶。
> 禅关堪早闭，应少客停车。

关于雪的诗句，可谓多如牛毛和雪片，譬如"地白风色寒，雪花大如手"，譬如"云横秦岭家何在，雪拥蓝关马不前"，可是，在他乡异域的如瀑之雪里，我却偏偏想起了大须和尚的诗，细究起来，无非是想在这首诗里吸入一口真气，好让那微弱的振作逐渐清晰和强烈起来，此一首诗，虽说身在雪中，却始终未被大雪劫持：暮鸦噤口不言，冻笔无法临帖，于大须和尚而言，却恰好是他敲床吟句、自己给自己煮茶之时；更何况，天上地下，早已虚实相应：雪花虽也有天花之名，然而此时却是神迹统领的时刻，一如释迦在世，诸神的心魄被佛法打动，再一次降下了真正的天花，诗至此处，看似生意满目，实则暗藏着紧要的对峙和交融——雪花落下，天花便也要落下，如此，身陷在苦寒里的人才有去向和退路。就像现在，一截突然从路灯灯罩附近折断再坠落的冰凌，一阵隐隐约约传来的琴声，还有大须和尚这首让我在心底里默念了好几遍的诗，都是"虚空乱坠"之天花，都在提醒着我去相信，说不定，穿过眼前的雪幕，我便能一脚踏进我的旅馆。

类似情形，我其实并不陌生。有一年，也是一个大雪天，我在奉节城中搭上了一辆客车前往重庆，入夜之后，风雪越来越大，路上也越来越湿滑，有好几回，客车都趔趄着几乎要侧翻过去坠下悬崖，实在没办法了，路过一个加油站的时候，司机停了车，再通知所有的乘客，今晚恐怕就只能在此过夜了。因为又冷又饿，我便下了车，去加油站的小卖部里买些吃喝，哪知道，一进小卖部，我竟遇见了几个之前在剧组里相熟的旧交，而躲避又已经来不及，我只好横心上前，去接受旧交们的数落，那些数落，我早已听好多人说起过好多遍，无非是：你一个卖文为生的人，何必动不动那么高的心气？又或者：见人就叫一声老板和大哥有那么难吗？再或者：好好写剧本吧，别想当什么作家了，你一家人都打算穷死的吗？诸如此类，等等等等。小卖部里，我也有口难辩，只好苦笑着接受数落，再去看门外的雪渐渐将场院里纷乱的足迹全都掩盖住，眼前所见，就像唐人高骈在《对雪》中所写："六出飞花入户时，坐看青竹变琼枝。如今好上高楼望，盖尽人间恶路歧。"

然而，我的恶歧之路却并没被大雪掩盖住，而且，这条路是自找的——在接受完数落之后，也不知是怎么了，我并没有返回到过夜的客车上，而是一个人走上了山间公路，时而攀靠着山石，时而拽紧了从山石背后探出来的树枝，并不知道要走向哪里，只是一意步步艰困地朝前走，到了这时候，我也必须承认，旧交的数落终究还是让我陷入了矫情和神伤：今夕何夕，而我又何以至此？还有这劈头而来又无休无止的雪，你们自己倒是说说看，我已经是多少回在夜路上与你们狭路相逢了？要到哪一天，你们才肯放过我，好让我不再在你们的围困与裹挟中一回回地去确认，脚下之路，正是走投无路之后的又一条恶歧之路？无论如何，你们要知道，吴梅村的《阻雪》

中所述之境,既是我的囹圄所在,更是我的呼告之所:

> 关山虽胜路难堪,才上征鞍又解骖。
> 十丈黄尘千尺雪,可知俱不似江南。

——清朝顺治十年,前朝遗民吴梅村被迫奉诏北上,之后,他将被清廷授予侍讲之职,继之又再升作国子监祭酒,所以,这一条北上之路,就如同暂时还算光洁的绫绸,此一去,不沾污渍,便沾血渍,若不如此,那绫绸正好变作上吊之物,然而,打明亡之始,他就显然不是殉难求死之人,落到这个地步,就算名节再难保全,就算明知其不可为,他也仍然不敢不为之,所以,关山虽胜,路却难堪,虽说其人作诗也擅自嘲,但那还远是后来的事,现在,一应所见,俱不似江南,十丈黄尘,千尺积雪,全都掩藏不住他的自惭、慌乱乃至恐惧。说起来,我又何尝不是如此:面对这一年年不知因何而起又不知何时结束的奔走流离,我其实已经厌倦了,无数次,我都在眺望和想念那个鬼混与浪迹开始之前的自己,那个自己,未破身世,并因此而镇定,就像吴梅村所忆之未受兵祸的江南,也有雷电袭人,也有水覆行船,但它们好歹都和受自父母的骨血发肤一样不容置疑，因其不容置疑，反倒让人觉得一切都还不曾开始，而现在，身为吴梅村般的贰臣，回是回不去了，我早已变作了从前那个自己的乱臣贼子，山间公路上，哪怕大雪须臾不曾休歇，我也还是一意满怀着自惭往前走，没走出去多远，却耳听得更远处的山顶上坠下了重物，似乎是石头，似乎是雪堆，一并地，慌乱和恐惧在倏忽之间不请自来，我也只好掉转身去，颓然回到了加油站里的客车上去过夜。

话又说回来，这么多年，要是每一场遭遇的雪都要令我大惊小怪，那我岂不是早就已经寸断了肝肠？更多的时候，当大雪像命运一样缠身，除了让自己干脆不问究竟，我也没有别的办法。我还记得，有一回，是在黄河边的旷野上赶路的时候，一上午的飞雪，先是暴虐得如同海陵王完颜亮所写："天丁震怒，掀翻银海，散乱珠箔。六出奇花飞滚滚，平填了、山中丘壑。"过了正午，雪止住了，再看山中丘壑和无边四野，无一处不被那"六出奇花"悉数填平了，举目张望，唯见白茫茫，唯见眼睛里容不得一粒沙子的白茫茫，自然，它们也容不了丝毫别的颜色，且不说那蓝与绿，只说这时节里常见的灰与黑，也都好似尽遭活埋的俘虏，一一消失和气绝，再也发不出任何声息；而我，可能是这一路实在过于难行和虚妄，骤然间便恨上了这几乎上天入地的白茫茫：是的，我偏要找出一丝半点的灰与黑！于是，我折断了头顶的一根树枝，持之于手，再去对着近旁的雪地去捶打，去挖掘，刚要开始，心里却又禁不住一动：人皆言，这世上，再多堆金积玉，再多嗔怨痴苦，到了最后，终不过落得个白茫茫一片真干净，此时之我，难道不正是身在这白茫茫一片真干净之中吗？还有，我不正是在诸般劳苦和空耗到来之前，就提前领受了寂灭、了断和不增不减的真义吗？这么想着，我竟痴呆着扔掉了树枝，就像是脚下的雪地里凭空开出了一朵花，我蹲下身去，对着那不存在的花看了又看，再提醒自己赶紧屏息凝声，可千万不要生出什么动静来坏了这大好河山，其时遭际，似乎唯有写出过名剧《长生殿》的清人洪昇之诗，尚可说清一二：

> 寒色孤村暮，悲风四野闻。
>
> 溪深难受雪，山冻不流云。
>
> 鸥鹭飞难辨，沙汀望莫分。
>
> 野桥梅几树，并是白纷纷。

我得说，这一首《雪望》，好就好在不辨：既不辨认自己，也不辨认别人——你看这悲风与溪水，你再看那鸥鹭与寒梅，满目所至，皆有性命，却又都不以命犯禁，讲规矩也好，装糊涂也罢，一阵阵，一只只，一朵朵，全都安居在"白纷纷"所指示的本分之中。是啊，当此之际，行迹是必要的吗？声息动静是必要的吗？身在天赐的造化之中，我们何不就此沉默，好似重回母亲的肚腹，再一次领受一切都不曾开始的蒙昧之福？我甚至怀疑，这首诗，于洪昇而言，既是他的通关文书，也是他的挡箭盾牌：其人，年少即负才名，却二十年科举不第，家中又屡遭变故，他也只好年复一年来往于京城和杭州之间谋生求食，可谓劳苦备尝，然其人在劳苦之中又始终不脱浑噩之气，这浑噩，少不了悠悠万事一杯酒，更少不了兴与悲俱从中来的自写自话，如是，《长生殿》终于成章，很显然，这《长生殿》，便是他的"白纷纷"，在这"白纷纷"之前，所有的劳苦与浑噩，不过都是讲规矩和装糊涂；再往下，《长生殿》因在康熙皇帝的孝懿皇后忌日演出，洪昇升又因了这莫大的浑噩被劾下狱，自此，一生之命便被注定，正所谓："可怜一曲《长生殿》，断送功名到白头。"而那洪昇，却好似对自己的命数早就了然于胸：这一生啊，要死要活可以过得去，不死不活也可以过得去，至于我，我却无论如何也走不出这一片被徒劳充满的茫茫雪地了，无论如何，蓝与绿，灰与黑，都将被那永无尽头的白所俘虏和掩埋。所以，这洪昇，劳苦在继续，浑噩也在继续，直至康熙四十三年，他自南京乘舟返回杭州，途经乌镇时，酒后失足，落水而死，时人未察，后人不惊，说起来，不过都起因于他在指示与本分中的自我囚禁：有口难辩，那就不如不辩；就连撒手西去，也仍是甘愿被徒劳的茫茫雪地吞噬之后的讲规矩和装糊涂。

果真是，你是什么样的人，你便会遇见什么样的雪。同样是晓来雪起，唐太宗李世民忍不住指点江山："冻云宵遍岭，素雪晓凝华。入牖千重碎，迎风一半斜。"而那穷寒道中的罗隐却只能眉头紧锁："尽道丰年瑞，丰年事若何。长安有贫者，为瑞不宜多。"同为元人，都在大雪中浪游，虞集与张可久却各有心绪，一个分明看见了越是无人之处越要依恃的纪律："惯见半生风雪。对雪无舟，泛舟无雪，不遇并时高洁。"另一个却在"松腰玉瘦，泉眼冰寒"的暗示中发出了一声叹息："兴亡遗恨，一丘黄土，千古青山。老僧同醉，残碑休打，宝剑羞看。"我也何尝不是如此？那一场场穿透皮囊直入了肺腑的雪，它们其实都别有名姓，有时候，它们是别离与哽咽之雪，有时候，它们是痛哭和酩酊大醉之雪；以圣彼得堡街头的这场雪为例，它的名字，几可叫作手足无措之雪——兜兜转转，我似乎终于踏上了我所住旅馆的那条街，一见之下，犹如见到了活菩萨，巷子尽头倒数第三幢楼，应该就是我的旅馆，还等什么呢？就像鸳梦重温和破镜重圆全都近在眼前，我朝着那幢楼狂奔而去，中间还摔倒了好几次，我也丝毫不以为意，爬起来，接着往前跑，终于到了，喘息着，我一把推开门，咚咚咚上四楼，可是，到三楼我便只好止住了步子，只因为，这幢楼压根就没有第四层：我终究还是找错了地方。

当我从那幢找错了的楼里出来的时候，雪下得更加大了，雪上加霜的是，当我沿着来路走出了巷子，正犹豫着去选定一个向前的方向，街灯突然灭了，我愣怔着朝四下里看，显然，一整片街区都停电了，一整片街区都陷落在了黑暗中，我的旅馆却仍在十万八千里之外，到了此时，这场雪，如果不叫手足无措之雪，我还能叫它什么呢？而我，我还将在寻找旅馆的道路上辗转下去，那么，就让我用另外一场别离与哽咽之雪来逃避眼前的这场雪吧——那是六年之前,我加入了一个项目,这项目将我安排进了河北的一座影视城里住下写作,正是冬寒之时,整座影视城里只有一家剧组在拍戏,终日里,乌鸦们倒是接连不断地飞过来飞过去,使得影视城毫无违和地融入了收割之后的华北平原巨大无边的凄凉里。在这里,我孤家寡人,唯一的伙伴,是新认识的一个在剧组里做饭的小兄弟,这小兄弟,天生口吃,几乎很少说话,但肚子里又藏了很多话,每每在我们搭着伴满影视城溜达的时候,他没一句话可说,等到我们各自散去,回到了住处,他却又不断给我发来了短信,这些短信,多半都是告诉我他所在剧组第二天的饭菜是些什么:因为是淡季,影视城里不多的几家餐馆早就关了门回家准备过年去了,在认识小兄弟之前,在我蹭上他所做的饭菜之前,几乎每一天,我都是靠吃泡面打发过来的。

没过多久,我接到命令,去了一趟北京,向几位老板汇报项目的进展,在北京,我接到了小兄弟发来的短信,他跟我说,因为妻子马上就要生孩子,他这两天便得辞工回家去了,我赶紧给他回短信,叫他无论如何都要等我两天,等我回去之后,我要请他去县城里好好喝一顿酒,可是,我在北京还是多耽搁了两天，等我回到影视城的时候，小兄弟才离开了两个多小时，我们终于还是没见上。其时，天色欲黑未黑，唯一的剧组也收了工，偌大的影视城全无一丝人迹，看上去，就像一座辽阔的坟墓，幸亏天上下起了雪，那些雪片无声地降临，落在角楼的檐瓦上，也落在我的头顶和我脚下的牡丹莲花砖上，好歹提示着我，我所踏足之地，确实是人间的一部分，但是，只要一想起自此之后我在此地连个说话的人都没有了，某种确切的孤零零之感还是袭上了身，我恨不得也立刻和那小兄弟一样，收了行李拔脚就走，恰在此时，小兄弟给我发来了一条短信，他说，今天，临走之前，他其实给我做了些饭菜，等我一直未回，而他又非走不可，所以，他便将这些饭菜装在电饭煲里，连饭菜带电饭煲一起，全放进了影视城里最大的那一座大殿之内的龙椅下，因为那里正好有一个插座，所以，饭菜应该一直都是热的，而且，这些饭菜，我应该能吃上好几天。

　　看完短信，我在满天的雪片里突然就哽咽了起来：这辽阔的坟墓，这广大的人间，竟然有一只装满了饭菜的电饭煲在等我！还等什么呢？在渐渐黑定的夜幕里，在雪片落在脸上带来的清醒里，我冲着最大的那座大殿跑了过去，很快便跑到了，轰隆一声，我推开了殿门，借着一点昏暝的微光，我将那只龙椅下的电饭煲看得真真切切，走近它之时，我却想起了白居易写过的一首诗，其中有两句："回念入坐忘，转忧作禅悦。"——那只通着电、显示屏一明一灭的电饭煲，岂不正是我在世间最匮乏处找到的坐忘与禅悦？随后，我走近了它，在它旁边蹲下，良久之后，我掀开了它的盖子，一阵热气直扑过来，更深的哽咽便在这热气里变得愈发剧烈了，因为那龙椅紧靠着大殿的后窗，后窗又没关严实，逐渐大起来的雪片涌入了殿内，我便赶紧盖上电饭煲，拔掉插线，再端起它，生怕被人追上似的往自己的住处里走，一路上，每当雪片落到脖颈上，我不自禁打起冷战的时候，便又忍不住还是要将电饭煲再掀开，让那热气冲着我的脸直扑一阵子，然后，再盖上它，继续朝前走，短短一条路，我竟然循环往复了好多回，自然地，白居易的那首诗里的几句，也像热气一般，直扑和缭绕了好多回：

　　　　　寂寞满炉灰，飘零上阶雪。

> 对雪画寒灰,残灯明复灭。
>
> 灰死如我心,雪白如我发。
>
> 所遇皆如此,顷刻堪愁绝。
>
> 回念入坐忘,转忧作禅悦。
>
> 平生洗心法,正为今宵设。

接下来,再说痛哭与酩酊大醉之雪。那一回,也是因为一部正在拍摄的艺术片,我接受了一个广告公司老板的召唤,陪同他从北京前往山东的一座小县城里去探班,此次前去山东,这位广告公司老板实际上是去充当说客的:某个著名的大公司看中了正在拍摄的这部片子,想要控盘成为这部戏的第一出品方,于是便找到了他,因为这家公司是他根本得罪不起的大客户,他又恰好是山东正在拍摄的这部艺术片的广告代理商,如此,他便非来不可,他之所以找到我来陪同,主要是因为,他那大客户对剧本尚有不同看法,如果合作最终能够谈成,我就会被他留在山东,按他大客户的意思再改一遍剧本。我还记得,从北京的火车站里出发的时候,天还没完全亮,熹微之中,下雪了,雪花飘进候车的站台,地上湿漉漉的渍痕一片连接着一片，当火车行驶到城外的旷野上，雪变大变密，直至密不透风，再紧贴着车窗落下，模糊了车窗和我们的视线，就好似棒打鸳鸯，将一整列火车和无边旷野一刀两断地分割了开来，想起春节正在临近，而每一个剧组里都司空见惯的诸多沟壑和风波还在山东小县城里等着我，我也终不免觉得忧惧，可是，除了硬着头皮前去，暂时我也没有别的路，于是，我干脆掏出随身带的一个小本子，又将唐人罗邺的那首《早发》写写画画了好多遍：

> 一点灯残鲁酒醒，已携孤剑事离程。
> 愁看飞雪闻鸡唱，独向长空背雁行。
> 白草近关微有路，浊河连底冻无声。
> 此中来往本迢递，况是驱羸客塞城。

对，火车越往前去，我的忧惧之感，其实是在变得愈加强烈：同在早发之途上，同是面朝着与返乡大雁相违的方向而去，罗邺尚且有一支孤剑在身，而我，除了一支写写画画的笔，再无长物，那种无枝可依之感又怎不像车窗外的飞雪般一阵紧似一阵呢？如此，即使身在火车上，罗邺诗中的鸡鸣之声也还是被我清晰地听见了，鸡鸣一声，便是胆寒一阵，更何况，我几乎用不着再去以身试法也知道，多少兴冲冲的所在，不过都是悻悻然的渊薮，但凡朝那诸多动了人之心魄的地界走近过去，仔细一看，何处不是"白草近关微有路"？何人不是"浊河连底冻无声"？只不过，这些胡思乱想，我要赶紧打住，纸笔也要快快收好，只因为，当坐在我身边的广告公司老板看清了我的写写画画，又确认了一遍诗之大意以后，禁不住勃然大怒，不断地斥骂着我的乌鸦嘴，我也只好赶紧连连赔笑，为了不再招惹他生气，我一个人跑到了两节车厢的连接处，再去下意识地一遍遍默念着罗邺诗中的句子："白草近关微有路，浊河连底冻无声。"

我们的行程，很快便以失败而告终了：到了小县城，无论广告公司老板如何好说歹说，只差要给剧组里说了算的人跪下，那个年轻而寒酸的剧组，始终都未能答应大公司控盘的要求，在最后的晚餐上，广告公司老板喝醉了酒，号啕大哭着，再将真相和盘托出，原来，他的公司快垮掉了，此次前来，如果能够达成所愿，那大公司会继续给他一笔垂涎了好长时间的生意做，而这几乎是他的公司唯一活过来的机会，可是现在，大公司控盘的要求没有被他促成，他也就只剩下死路一条了。即使如此，那年轻而寒酸的剧组也没有为他所动，那些年轻人，哪怕借钱请我们喝酒，直到晚餐结束，他们也仍然表示，事情绝无任何商量的余地，如此，我和广告公司老板，只好醉醺醺地互相搀扶着走回了我们的住处；一路上，鹅毛大雪又如海陵王完颜亮所写的一般："皓虎颠狂，素麟猖獗，掣断真珠索。玉龙酣战，鳞甲满天飘落。"也不知怎么了，暂时的生计虽说没了，我竟毫不失落，相反，一想起剧组里那些年轻人不惊不乍的样子，某种振作之气便笼罩了我的身体，我甚至想：也许，我也可以像他们一样，在方寸大乱了许多年以后，重新稳定心神，再往自己的身体里搬进一块石头，并以此让自己不再踮起脚来对着满世界东张西望，而是就此安营扎寨于自己对满世界的所知甚少？哪里知道，那广告公司老板，竟然跟我想的也一样，他还在哭，但却哭着对我说：我和他，其实都应该活成那些年轻人才对。到了旅馆门口，他借着醉意，死活不肯进去，而是拉扯着我一起，在雪地里站着，再仰头去迎接接连而至的崭新的雪片，反正酩酊在身，我便听了他的，不再说话，跟他一样，顶着雪仰起了头，虽说站久了之后，寒凉便刺骨了起来，然而，元人孙周卿所作之词《水仙子》中的景象却分明将我一把拖拽了进去：

> 孤舟夜泊洞庭边，灯火青荧对客船。朔风吹老梅花片，推开篷雪满天。诗豪与风雪争先。雪片与风鏖战，诗和雪缴缠。一笑琅然。

可是，一如既往，一如其后，多少刀劈斧锯才得来的顿悟，转眼便变作了腐烂的刨花和兀自奔流的浮沫，有的时候，它们甚至不过是另外一条恶歧之路刚刚展开了自己，就像现在，我这一己之身，好似在奉节，在河北影视城，在山东小县城，仍然要重新回到遥远的圣彼得堡，再一次来经受和直面这场手足无措之雪：事实是，我早就没了自己的旅馆——还是在生计的压迫下，我被人哄诱着来到了这圣彼得堡，看看能不能在此地几个华人投资拍摄的一个电视剧剧组里谋下什么差事，来是来了，好日子却不长，没过几天，投资人之间起了内讧，拍摄终止，我也被他们从栖身的旅馆里驱赶了出来，那家旅馆，不在他处，正是我之前找错了的那幢楼，巷子尽头倒数开始的第三幢楼，它的确没有第四层，而我的房间，正是第三层楼正对着楼梯口的起头一间,此前,其实我已经站在了我住过好几天的房间门口了,只不过,除了对自己说一声,你是住在四楼的,所以,你找错了地方,此外,似乎也没有别的办法。毕竟,我将行李寄存在一家游船公司的行李柜里之后,独自一人,已经在这冰雪大城中,在丰坦卡河畔的各条街巷里游荡了好几天了,但是,是走是留,怎么走怎么留,何时走何时留,我仍然全都一无所知,也定不下任何主意。

好在是,单以此刻而言,北风虽说变得更加猛烈了,雪却下小了些,为了躲避一阵子北风,我沿着街边的台阶往下,一步步蹚到了早已封冻的丰坦卡河边,与停靠在岸边却早已被坚冰凝固住的游船们为伍,再背靠着身后的石壁,这样,我便好似来到了一座洞穴之中,终于不用再任由疾驰之风像刀子一样来割我的脸了,没过多久,一阵细微的声响从近处传来,我先是吓了一跳,而后才发现,在我身旁,那些游船中的一条,就像正在越狱的囚犯,松动了坚冰,若有似无地撞击着岸边的石壁——天知道这是什么原因?是天气在骤然间变得和暖,还是此处的河流原本就没有彻底封冻,抑或是,那条船,一直在越狱,只是碰巧,我来之时,苦心终于等来了偿报，它才刚刚将那坚冰世界撕开了一条口子？刹那间，我竟激动难言，再三盯着它去看，但是，此时仍在停电之时，我看了好半天，却什么也看不清楚，最终，就像是回到了山东小县城旅馆的门前，我仰起了头，去迎接崭新的雪片，似乎只要如此，清醒便会到来，觉悟便会到来，如何自己给自己在这长夜里撕开一条口子，便会到来，说起来，此时要害，多像南宋的法薰和尚所作偈诗中的句子啊：

> 大雪满长安，春来特地寒。
> 新年头佛法，一点不相瞒。

十万个秋天

自从重来敦煌，我便无时不觉得，举目四望之处，甚至在我的体内，实际上有两个秋天——一个秋天，尘沙奔涌，战队疾驰，雁阵高旋，群马长嘶，天子新获了城池，僧人求得了真经，一切都堂堂正正，这堂堂正正来自苦行和隐忍，也来自腾跃、反扑和离弦之箭，所以，无论是一朵花、一滴露水，抑或一排马蹄印，全都包藏着节气和气节的双双威仪；另一个秋天，好似一场疾病，携带着造物的宣告：冬天要来了，"天国近了，你们应当悔改"，像雷电暴雨，像秋意本身，压迫过来，绞缠过来，我们退无可退，避无可避，只好在疾病里领受箴言，又有口难辩，好在是，疾病会令我们的感官变得异常清醒，亡灵的哭泣，剑戟的折断，经文的焚毁，一切微弱的行止和声音，都将被我们满怀着羞惭与追悔重新看见和听见。

就像杜甫，这个总是活在秋天的诗人，秋天便是他的命运，但也正是因为他的命运，那些微末的先天之命，竟然在他的诗里获得了后天穷通，哪怕一只深秋里的蟋蟀，也自行爬进了他的肝肠，而他，他也将那蟋蟀当作了天涯沦落人，既然被他看见听见，他便用字句和热泪擦洗了它，如此，那只蟋蟀发出的幽鸣之声，竟然化作穷苦的信物，供品一般放置在寒酸而郑重的供桌上，令我们一听再听，一拜再拜：

> 促织声微细，哀音何动人。
> 草根吟不稳，床下夜相亲。
> 久客得无泪，放妻难及晨。
> 悲丝与急管，感激异天真。

整个秋天最为深重也最是无人问津的部分，就住在这只蟋蟀的鸣叫声里：在这里，一切皆为零余和弃物，因此才得以遭逢，蟋蟀在野外的草根底下叫不出声，所以来到了夜晚里的床榻之下，正是在此处，它才被久在异乡的远客听见，它才被孤寡的妇人听见，然而，我们又因何至此？当然是因为各自的孤苦，这孤苦，却是战乱流离的本来面目，所以，此刻里，战乱并不在场，但它却又深深地嵌入了墙隙砖缝和我们的身体之中；尽管如此，在"久客"与"放妻"的耳边，一只蟋蟀的叫声也大过了所有的弦管之声，只因为，它们除了天然与真切，它们还是一场证据：蟋蟀在叫，说明它还活着，我们听见了它在叫，说明我们也还活着，是的，这叫声无关多么宏大的旨趣，甚至也不曾带来一切终将过去的信心，它仅仅只证明我们还活着，但是，却大过战乱流离中的诸多凌厉之声自成了正道，这正道的微声，真是应该套用近人乔伊斯的《死者》结尾来作改写：整个秋天，都回荡着这只蟋蟀的叫声，这叫声，回荡在草根，回荡在床下，回荡在旷野上，回荡在河流中……回荡在所有生者和死者的耳边。

然而，秋天也最是充斥着杀伐之气的季节，和"菜花黄，人癫狂"的春天不同，在秋天，当然有人在顾影自怜和扶病登台，也另有一些人，犹如残枝褪尽的树干，重新变得精干和赤裸，是骡子是马，即刻便要见了分晓，于他们而言，这秋天，正是图穷匕见的季节。唐人李密，本出自四世三公之家，身在乱世，终不免起了忤逆之心，与杨玄感一起起兵反隋，旋即失败，只好隐名于淮阳郡，写下了《淮阳感秋》，其中的几句，"金风荡初节，玉露凋晚林"，"野平葭苇合，村荒藜藿深"，几可与建安名句比肩争雄，只不过，再往下，纸里就再也包不住火："秦俗犹未平，汉道将何冀。樊哙市井徒，萧何刀笔吏。一朝时运会，千古传名谥。"到了此时，李密之满目，哪里还有秋天的影子？所谓秋天，不过是翻脸、拔刀和恨意难消的同义词。巧合的是，李密所逆之人，隋炀帝杨广，也偏爱秋日出师杀伐，故此，同样留下了不少写在秋天的诗，据传，其作《饮马长城窟行》便是写在秋季西巡张掖的路途中，端的是威风凛凛，又胜券在握：

> 千乘万旗动，饮马长城窟。
>
> 秋昏塞外云，雾暗关山月。
>
> 缘岩驿马上，乘空烽火发。
>
> 借问长城侯，单于入朝谒。
>
> 浊气静天山，晨光照高阙。

后人论及此诗，多说其"红艳丛中，清标自出"，又说其"气体强大，颇有魏武之风"，凡闻此言，我都不知道说什么好：魏武王作诗，动辄拔刀，却也动辄低头，既斥上天，也怜下民，既有豪横之气，也有刍狗之哀，何曾像此诗，看起来直追魏武，写云写月，写岩写火，实则耽溺于千乘万旗，又自得于单于晋谒，不过是空具了魏武皮囊，骨子里，却终究只是字词与心性的穷兵黩武。实际上，据史载，炀帝此次出巡，全不顾山河飘摇，耗时半年，领军四十万，却不无好大喜功之嫌，倒是恰如其诗：森罗万象，揽云遮月，却偏不肯被实情实境的苦水浸泡，再在苦水里唱出何以为人之歌；只不过，念及其结局下场，倒也真正可叹可怜，在相当程度上，那些在秋日里拔刀出鞘的人，不过是受到了秋天的蛊惑，要知道，古人以五音配合四时，而商音，因其凄厉，恰与秋日之肃杀相匹相配，故有"商秋"之谓，到了此时，最终的谜底终于大白在了天下：李密也好，炀帝也罢，根本上，不过是始为秋意所迫，终又为秋意所伤——你以为你是秋天的主人？不，你只是秋天的奴隶。

　　说起来，秋之别称可谓多矣，萧辰和西陆，素节与霜天，说的都是秋天，就像连日里我在敦煌踏足过的那些沙丘，看似混沌一体，深入打探后才知道，各处里都深藏着异相：有的高耸沉默，像是正在自证自悟的高僧；有的勉强牵连，形如水中浮桥，人一踩上去便要断裂；更有一些沙丘，身似浮萍，却也心意坚决，风吹过来，说走就走，立刻烟消云散，风吹过去，说留就留，倏忽间便又恢复了先前的模样。每逢我目睹了这样的变化，就总是忍不住去想：眼前所见，何止是一座沙漠，它其实是十万座沙漠积成了一座沙漠，就像我身处其中的这个秋天，在它的内部，实际上涌动着十万个秋天，如若不信，且去看古今写诗之人是如何顺从了它们——身在牢狱，骆宾王写下了"西陆蝉声唱，南冠客思深"；有志难伸，刘辰翁写下了"听画角，悲凉又是霜天晓"；登高远眺，王安石禁不住心怀激荡，"萧辰忽扫纤翳尽，北岭初出青嵬嵬"；音容不在，李商隐也只能一声叹息，"远书归梦两悠悠，只有空床敌素秋"。

何止是顺从，那么多诗里，诗人们先似满山红叶，令秋天不证自明，再化作了地底的伏兵，一意掘进，一意命名，如此，时间到了，就像一座座被攻破的城池，十万个秋天顷刻之间便获得了自己崭新的名姓。仅以秋声论，多少人写之于诗，郑板桥看见过秋雨击打芭蕉，所谓"自是相思抽不尽，却教风雨怨秋声"，李煜却从"帘帷飒飒秋声"里坐实了自己的命："世事漫随流水，算来一梦浮生。"初闻秋声，僵卧孤村的陆游竟生出了"快鹰下韝爪觜健，壮士抚剑精神生"之兴，身在晚唐的御史中丞高蟾，却只觉得一切都来不及了："世间无限丹青手，一片伤心画不成。"将那秋声诸句读下来，这才发现，每个人的体内都住着一个独属于自己的秋天，只是如此甚好：微弱秋声，竟使得整个秋天有荣有衰，有兴有亡，多像是一片正在涌动和扩大的铁打江山！自然地，这江山里既行走着凄惶的过客，也行走着满怀了底气的归人，在我看来，蒋捷的那一阕《声声慢》，虽遍诉秋声又被秋声所困，却仍是那手拎着行李和心意的归人——

黄花深巷，红叶低窗，凄凉一片秋声。豆雨声来，中间夹带风声。疏疏二十五点，丽谯门、不锁更声。故人远，问谁摇玉佩，檐底铃声？

彩角声吹月堕，渐连营马动，四起笳声。闪烁邻灯，灯前尚有砧声。知他诉愁到晓，碎哝哝、多少蛩声！诉未了，把一半、分与雁声。

我还记得，初读到这一阕《声声慢》，恰好是十多年前，我第一次来敦煌，在一家小面馆里吃饭的时候，一边吃着面，一边在面馆老板儿子的语文课外读本读到了它，一读之下，既震惊，又相见恨晚：短短一阕，竟有秋声九种，雨声、风声和更声，铃声、角声和笳声，更有砧声、蛩声和雁声，声声交错，却未见丝毫嘈杂，一声将尽，一声即起，像谦谦君子，好说好商量，也像端庄的妇人，怀抱着不幸又忘却了不幸；蒋捷其人，身在宋末元初，是为乱世，一己之身里当然饱含着失国幽恨，这些自然都被他写到了，然而，他却听到了那些细微的、比江山鼎革更加久远的声音，这些声音，来自国破家亡，但它们，又必将穿透这国破家亡，一直绵延下去，所以，它们将永远古老，也永远年轻。小面馆里，有很长的时间，我都沉浸在那些遥远的秋声里无法自拔，其后，当我被一阵汽车喇叭声所惊醒，一想到我和它们即将天人永隔，竟然忍不住地痛心疾首，只不过，我又忽有所悟，也许，那一阵汽车喇叭声，正是而今的秋声，说不定，它们也会像我刚刚作别的那九种秋声一样，像眼前的敦煌、秋天和诗一样，永远古老，也永远年轻下去？恰在此时，一阵驼铃声正从逐渐加深的夜幕里传了出来，我突然想听清它们，我甚至想听清更多这秋天夜晚里不为人知的声音，于是，我出了小面馆，循着驼铃声越跑越远，越跑越远，就好像，只要跑下去，我便能将那宋元之际的秋声带到此刻的沙漠与旷野之上，又或者，只要跑下去，我就能再次回到黄花深巷里，红叶低窗下，去谛听，去服从，去沉默地流下热泪。

是的，无论何时，我们都能告慰自己的是，我们的活着，实际上是在跟那些比我们更加久远的事物走在同一条道路上，哪怕在十万个秋天的内部，除了黄巢所言"待到秋来九月八，我花开后百花杀"之道路，除了刘过所言"拂拭腰间，吹毛剑在，不斩楼兰心不平"之道路，始终别存着另外一些道路，它们从兴亡的缝隙里长出来，从无路可走处的荒林废圃处长出来，每每几近于无，却偏偏一次次无中生有着继续向前伸展，只因为，这世上的老实人呵，总要有一条路走！这些老实人，既未因秋天而狂妄，也不曾被秋天所埋葬，在秋天，与亲人分散,他们便说:"遥怜小儿女,未解忆长安。"想念弟弟了,他们便说:"两地俱秋夕,相望共星河。"大路朝天,我但走我的羊肠小道,城阙高耸,我也只依傍我的草棘桑麻,是的,我相信,和我脚下的道路一样,我的老实,虽说纤弱崎岖,羞于示人,但它终究是强忍了万千不忍,这强忍和执意,其实就是精进,就是从断垣残壁里伸出的一片芭蕉叶:

吟蛩鸣蜩引兴长,玉簪花落野塘香。

园翁莫把秋荷折,留与游鱼盖夕阳。

此一首小令,名叫《西塍废圃》,实话说,诗境与诗艺都算薄浅,可是,我还是会经常想起它,要知道,作此诗的周密,和蒋捷一样,都身在宋末元初的乱世之中,至少在此诗里,兴味确切,一种不为人知的振作之气也明白无疑,如果蒋捷的《声声慢》是疾病和谜面,这一首《西塍废圃》几可算作解药和谜底。在《声声慢》面前,这首小令就像是一条从安静的湖水里突然跃出的鱼,出入之间,世上好歹多出了一阵声响;又像是一个髫龄小儿,误入了邻家的后花园,却自顾自地说话、嬉戏和等着花开,没想到,到了最后,那一朵两朵的花，终于忍不住开了出来。就像我小时候，在家乡，许多个秋天刚刚开始的夜晚里，母亲总是带着我，连夜去给稻田里的稻子们浇水，每一回，当母亲给它们浇完水，那些苦于干旱的稻子就会突然战栗了起来，因为过于轻微，我便总怀疑这只是我的错觉，于是，我紧贴着它们，一看再看，最终还是确信，它们的战栗千真万确，它们最后的生长也千真万确，一想到秋收即将到来，到了那时，母亲再也不用像此刻里一般气喘吁吁，一股闪电般的感激，便在我的体内充盈了起来，因为这让人几乎匍匐的感激，我和稻子，和整个秋天，和即将到来的收成，全都合为了一体。

终于说到了秋收！要知道，在诗里，在世上，再多的征战苦役，都是为了秋收，它是眼泪，也是如来，它是无定河，更是定军山，唯有秋收来临，城池里才有了人，真经才迎来了心，至此，所有的苦行和隐忍，总算等来了堂堂正正；至此，那十万个秋天，才终于凝固成了一个完整的秋天。说起来，古今以来，叙说秋收的诗词虽多，名句却是寥寥无几，倒是也不奇怪，就像释迦牟尼突然降临到我们身前，除了哭泣、口不能言和五体投地，我们哪里还有工夫去从虚空里拽过来几句甜言蜜语呢？就像此刻，在沙漠深处的洞窟里，我刚刚得窥了一幅壁上的秋收图，不自禁便想起了《佛说弥勒下生经》里说起过的极乐世界，在那里，"雨泽随时，谷稼滋茂，不生草秽。一种七获，用功甚少，所收甚多。食之香美，气力充实"。然而，我也知道，不在他处，就在此时的敦煌一带，那些棉花、玉米和葡萄，正在上气不接下气和拼尽了全力才能喘出来的一口气中被收割，被聚拢，被运输，至少在敦煌一带，只怕也是在一整座尘世里，那极乐世界，不可能别存于他处，它只可能存在于我们的上气不接下气和拼尽了全力才能喘出来的一口气之中。

那些棉花、玉米和葡萄，我突然很想亲近它们，因此，我便出了洞窟，出了沙漠，跑上了夜幕降临前的公路，这时候，暮霭渐至，而残阳如血，再看大地之上，不管是弯下腰去的人，还是堆积在田间路边的收成，一概都被血红的光芒映照得温驯、赤裸裸和活生生，对，它们实在是不能不温驯，因为它们全都知道，在此刻，它们已经被征召，正在充当一切眼泪和真经的使徒；而离我最近的一位使徒，正站在一辆刚刚从我身边缓慢行驶过去的农用小货车上，只见那人，站在玉米堆里，迎着风,大口大口地灌下了酒,没多久,酒喝光了,他便扔掉酒瓶,俯身栽了下去,再也不曾起身,就好像,那身下的玉米,已经在顷刻之间变成了酒,不管是谁,也无法劝说他不去将它们当成酒;也不知是怎么了,我突然想沾染上那人的醉意,便也追随着他和他的收成狂奔了起来,跑出去一段路之后,我竟真正地感受到了清晰的醉意,这醉意,既缭绕在我的周边,也飘向了沙漠和旷野,此情此境,多像苏轼写下的那一阕关于秋收的《浣溪沙》啊——

惭愧今年二麦丰,千畦细浪舞晴空。化工余力染天红。

归去山公应倒载,阑街拍手笑儿童。甚时名作锦薰笼。

乐府哀歌

我还小的时候，在小镇上的一条栽满了槐树的巷子里，经常会看见一个戴着眼镜的中年人端着饭碗站在槐树底下哭泣，据说，这个中年人坐了将近二十年的牢，刚坐牢没多久，新婚妻子就跑了，但是母亲一直守在家里等着他回来，只是，母亲苦等了十几年之后，在他刑满释放的三年前，还是先走了一步，死了，所以，哪怕这中年人已经回家了好几年，隔三岔五地，饭做熟之后，一想到母亲没有吃上他做的饭，也不管来往是否有人，他便忍不住伤心，槐树底下一站，就像个孩子般哇哇大哭了起来。后来，他疯了，一年中的大部分时候，他都在满街里奔跑不止，尽管如此，他却又总是记得回家做饭，院子早就荒了，房子也早就塌了，但他总有办法把饭做熟，再端着饭碗，站在槐树底下哭，就好像，母亲一定舍不得他继续哭下去，一定会重新现身，接过他的饭碗。

好多年之后，有一度，我在东京鬼混，回也回不去，留又不想留，就每天去住处附近的一家图书馆里借了中文书回去看，有一回，我竟然借到了一本繁体版的《乐府诗选》，归路上，刚翻了几页，读到了一首诗，可能正好是秋天，秋气迫人，经过一排槐树的时候，我竟恍然以为自己置身在家乡小镇上那条栽满了槐树的巷子里，不自禁地，当初那个戴眼镜的中年人便好像随时都会从街对面走过来，再想起他的平生遭际，一时间，我竟悲慨莫名，而那首诗，哪怕只读了一遍，也像刚刚落下的雨点一样滴滴作响了起来，而实际上，它只是乐府诗里最寻常的一首，名叫《十五从军征》：

> 十五从军征，八十始得归。
>
> 道逢乡里人："家中有阿谁？"
>
> "遥看是君家，松柏冢累累。"
>
> 兔从狗窦入，雉从梁上飞。

> 中庭生旅谷，井上生旅葵。
>
> 舂谷持作饭，采葵持作羹。
>
> 羹饭一时熟，不知贻阿谁。
>
> 出门东向看，泪落沾我衣。

只要你认得这首诗里的字，它之所写是何事是何意，就自当一目了然，而我的断言是，只要你没有忘了它，这一生里，总有一些关头和际遇，你会想起它，会为它悲从中来，甚或不能自已。关于此诗，历朝以来，论说者何止百千，却以清人陈祚明之言为最切："悲痛之极辞。若此者又以尽言为佳。盖言情不欲尽，尽则思不长；言事欲尽，不尽则哀不深。"而我，每读此诗最是不能自已之处，其实是，在"中庭生旅谷，井上生旅葵"与"舂谷持作饭，采葵持作羹"之间，我分明看清了一个早已没有了魂魄的人，因为魂魄俱无，所以便也没有了清醒，甚至也没有伤心，人至斯时，生和死，哪里还会有边界？这个人，像是走在生里，也像是走在死里，所以，一切的行走和劳作，无不迷乱，无不迟缓，又无不化作了再也不问黑白的顺受，若不是如此，他怎么会等到"羹饭一时熟"的时候才看清楚自己"不知贻阿谁"?

之所以这么说,是因为我有确切的证据。倒回去许多年,在那小镇子上,仅仅出自好奇心,我曾有好多回跟踪过那个已经疯掉了的戴眼镜的中年男人:我原本以为,生火做饭时的他已经从疯狂里苏醒了过来,然而并没有,他只是安静了下来,安静地淘米和择菜,安静地看着灶火生起,再安静地等待着饭菜被做熟蒸熟,可是,我却从这迷乱、迟缓和顺受的安静里感受到了疯狂的另外一种面目——疯狂原来跟躁动、嬉笑和斥骂无关,此时此刻,它只跟安静有关,因为过于安静,时间就像被无限制地拉长了,因此,疯狂也被拉得越来越长,直至令我无法忍受;终于,饭菜都熟了,到了这时,他才似乎迎来了让我难以置信的清醒,一刻也不停,双目炯炯地,手忙脚乱地,他端着它们奔向了屋外的槐树底下,只不过,这仍然是疯狂的一部分。也许,他唯一的、真正的清醒,便是他端起饭碗哇哇大哭的时候,那是因为,无论疯还是不疯,无论在阴间还是在阳世,一如《十五从军征》里的那句"出门东向看,泪落沾我衣",一个人,只要他在等待着母亲重新接过去他递上前的饭碗,那么,这个人就是有资格去清醒的。

  由此，即使远在东京，我也将那本《乐府诗选》读下了不知多少遍，越读，越觉得无一首不是哀歌，作诗之人里，不管是那些生于艽野之上的无名氏，还是如曹操、鲍照或李白这样写下拟作的后来者，无不尽露了赤子气，依我看来，是不是赤子，全在自知与不自知，唯有不自知，才是一个人被视作赤子的前提；可信的赤子气，往往又以婴童之气打底，正好，大多数的乐府诗都还没有学会潜藏行迹，甚至没有像那些领受了真相或部分真相的人们一般，执意地去向死而生，相反，生之欢愉与贪恋，无不被再三地赞叹，而对死亡、疾病和灾祸的恐惧与厌弃更是一览无余，并因此而格外明亮，越明亮，就越深挚，再去看它们时，就越不忍；论诗之时，船山先生王夫之尤重乐府，以及从乐府里生长出来的《古诗十九首》，究其因，便是这些不曾潜藏行迹之诗所显露出的明亮、深挚和不忍，所谓"情之所至，诗无不至，诗之所至，情以之至"，就连曹操，马踏河山，杀人无算，在乐府诗里，也绝无王侯公卿式的自矜，更多的，却是被惨状震慑后的脱口而出，是为不自知，那首《蒿里行》，便是清白之人写下的清白之诗，在痛诉了各路围剿董卓的义军之心怀鬼胎以后，他写道：

> 淮南弟称号，刻玺于北方。
>
> 铠甲生虮虱，万姓以死亡。
>
> 白骨露于野，千里无鸡鸣。
>
> 生民百遗一，念之断人肠。

很显然，这便是哀歌，更是其来有自之歌，这首《蒿里行》，是从更早的《蒿里》长出来的，那《蒿里》，只有短短的几句话："蒿里谁家地，聚敛魂魄无贤愚。鬼伯一何相催促，人命不得少踟蹰。"与它同气连枝的，还有一首《薤露》："薤上露，何易晞。露晞明朝更复落，人死一去何时归。"相传，这《薤露》与《蒿里》本为同一首诗，传至西汉，李延年将其一分为二，用作送葬时的哀歌，不同的是，《薤露》送的是达官贵人，《蒿里》送的却是草芥之辈；既是哀歌，多少人便避之不及，唯独曹操，偏要直面一个"死"字，先作《薤露行》，又作《蒿里行》，前者哀王怜上，后者悲下悯民，最是这一首《蒿里行》，以己度鬼，念兹在兹，绝未顾盼自雄，更无狼子野心，而是一意低去，低到了蒿里，低到了白骨，但它们恰恰印证的是曹操之未得解脱,《文心雕龙》评说曹氏祖孙三代之乐府诗时颇有微词:"或述酣宴,或伤羁戍,志不出于滔荡,辞不离于哀思。"言下之意,是说他们尚未抵达中正平和之境,可是,以曹操为例,一个大可扬长而去之人,非要做这哀歌之子,非要在乐府诗初生的荒草枯榛与穷街陋巷之间不得解脱,这难道不就是船山先生王夫之一生推重之"正统"吗?

所以,即使这么多年过去,东京的鬼混也早就成了黄粱一梦,乐府诗,也从来没有打我的眼前和记忆里消失,相反,这些年,当我不停地赶路,眼见得路边的作物从沉睡中苏醒,再从苏醒中沉睡,而晨昏却兀自交替,始终不为大地上的声息与造化所动,又或者,当我找到了歇脚之地,眼见得雨雪从天空里坠落人间,再在人间里化为乌有,而人间生死却犹如罗网,既没放过这个,也没放过那个,我便总是觉得,目力所及,仍是那个乐府诗的世界流淌到了今天,乐府诗就像一幅古久而辽阔的版画,将兴亡,将你我,将桑麻稼穑和流离劳苦,全都凝固在了其中,我们也由此而在天道流转中留存了自己的性命和心意。只说我自己,乌鞘岭上,陕甘道中,总归会想起"悲歌可以当泣,远望可以当归",巫山之下,猿啼声声,我又怎能不想起"巫山高,高以大;淮水深,难以逝。我欲东归,害梁不为"之句呢? 尤其是,每至穷途末路,当我拎着行李不知何从,那首《枯鱼过河泣》便会像突至的阵雨般滴滴作响了起来:

枯鱼过河泣,何时悔复及!
作书与鲂鱮,相教慎出入。

—— 因为后悔莫及,一条枯干之鱼的眼睛里涌出了泪水,就算早已死去,它的魂魄也要修书一封,告诉身后的鲂鱼和鱮鱼们,前路难行,所有的进退出入,还是要请你们慎重为好啊! 对我来说,我要致信的鲂鱼和鱮鱼,却不是他人,而是从前的自己,这些年中,当一场场徒劳来临时,我也终不免去眺望当初的那个自己,想当初,虽说也不值一提,但是,进退出入之间,坚决之气总还算是如影随形,哪里像现在,前一脚才刚踏出去,后一脚便忙不迭收回来,临上车前信誓旦旦,上了车便意兴阑珊,所以,如果我要给从前的自己修书一封,当然也会写下悔意,最深重的悔意,却是自己并未将当初的坚决之气贯穿至今,也只好落得个终日里的旁顾左右,幸而,我的手边还有乐府诗,于是便能时常得到安慰,只说这一句"枯鱼过河泣",要害便在"过河"二字:一条死去的枯鱼尚能过河和哭泣,说来说去,还是要坚决,你坚决地说出来,那条鱼也就坚决地游了出去,果然如此,再看身外:冰雪之下,岂非正是那纵火的所在?烟尘深处,莫不恰恰正在生成着凭空而起的镜花水月?

当然,乐府诗不是《山海经》,也不是《搜神记》,任你云中蛟龙,任你九五之尊,时辰一到,你们都终须跌落到人间的含混与泥泞中来,再与糟糠、牲畜和忽离忽合为伍,直到唱出和听见山前溪畔的一亩三分地之歌,然而如此甚好,在这世上,但凡遇见飞奔和跌落,如果有一双手迎上来又或托举住,总归是好的,那乐府诸诗,未必是酒,却常能当药,药喝下去,我们从伤寒或热燥里脱险而出,终于看清楚自己究竟姓甚名谁,这何尝不是一桩绝大的功德?我有一个朋友,可谓是鲜花着锦之人,这几年,却又无一日不是败走麦城,自打我叫他多读乐府诗,自打他读过了那首《蜨蝶行》之后,它便成了他的药:

蜻蝶之遨游东园,奈何卒逢三月养子燕,接我苜蓿间。

持之我入紫深宫中,行缠之傅樠枦间。

雀来燕燕。

子见衔哺来,摇头鼓翼何轩奴轩!

我的这个朋友,前几年生了一场大病,生病期间,这位家族企业的带头老大在短短时间里便二世为人了:先是身为财务总监的姐姐黑掉一大笔钱远走了加拿大再也不回来,而后公司迅速走向了下坡路,直至难以为继,最不堪的是,妻子带着年幼的孩子先跑到澳洲,又跟了别人,紧接着再借孩子之口每天找他索要更多的钱财,孩子懵懂不知,每天都打来视频电话跟着起哄,到了此时,说他是万箭穿心,一点都不夸张;拔剑而起,赶尽杀绝,这些词都被他一再想起过,且恨不得咬碎了他们,然而终于还是没有,他说,只要孩子的电话一来,他就知道自己完了,他不过是《蜻蝶行》里的那只蝴蝶:是的,我不过是一只无辜的蝴蝶,恰好阳春三月,忍不住去那东园里遨游一番,谁承想,猝不及防地,我便遇见了正在四处捕食回去喂养儿女的燕子,狭路相逢,奈何奈何! 我根本来不及从苜蓿花丛里逃走,就被那原非恶鸟的燕子劫掠而走,虽说一路绞缠,我仍然被叼持着来到了从未踏入过的深宫之中,再被紧紧地缚在了斗拱上的燕子窝边,见我前来,子燕们纷纷雀立,它们见哺心喜,我却早已魂飞魄散,你们吃掉了我,而我的儿女又当如何?子燕们哪里曾理会我的惊恐与号啕,一只只,全都高举身体,叫唤着,摇起了头再鼓起了羽翼!

这首诗里,颇有几处难解,一处是三个"之"字加上末句的"奴"字,余冠英先生解作是只在表声,而无关诗义;另一处,便是那"雀来燕燕"四字,历来是众说纷纭,仍然是余冠英先生,在其一锤定音之前,前人多解为"来往之雀,唯见燕子"之意,即是说,当蝴蝶呼救之时,除了嘴巴里叼持着它的那只燕子之外,檐下还穿梭着别的燕子,最终,余冠英先生乾纲独断,他以为,此处之雀,实为状语:"雀来即雀立,雀踊也。"那"燕燕",实际上等同于表达欢乐之意的"宴宴"二字,余冠英先生不知道的是,只这一解,便在百年之后让我的朋友软下了心肠——如果此句是前人之意,深宫檐下还飞着别的燕子,他便要将拔剑而起和赶尽杀绝这样的词重新捡拾起来,但如果"雀来燕燕"只是在说子燕们的见哺心喜,他也只好将一切忍住，放过，毕竟，打视频电话来跟着起哄的人，是他的儿子。

如果说《蜨蝶行》实在令人伤怀，不要急，无边的乐府诗旷野上，总还有《双白鹄》这样的诗等着你我，读之也觉得酸楚，却总归会生出几分人之为人的信心：分道扬镳者常有，大难临头各自飞者常有，但是，唇齿相依者和相顾无言唯有泪千行者也常有。这首《双白鹄》，说的是："飞来双白鹄，乃从西北来。十十将五五，罗列行不齐。"然而，"妻卒疲且病，不能飞相随。五里一返顾，六里一徘徊"，可怜那雄鹄："吾欲衔汝去，口噤不能开，吾欲负汝去，毛羽何摧颓。乐者新相知，忧来生别离。踌躇顾群侣，泪落纵横随。"生离在前，那雌鹄，却作如此答：

> 念与君别离，气结不能言。
> 各各重自爱，道远归还难。
> 妾当守空房，闭门下重关。
> 若生当相见，亡者会黄泉。
> 今日乐相乐，延年万岁期。

雌鹄之答，句句都平静而笃定，它无非是在说，打今天开始，你我只好各自珍重，归路漫漫，你我也断难再有相见之期，而我，将与此后的空巢同在，活着时再能相见当然最好，就算死了，也自当在黄泉之下聚首会面，另外，记住这今日的最后的欢乐吧，我只愿它千年万年永远存留下去！这一首诗里，两句话最能将我触动，一句是雄鹄所说之"乐者新相知，忧来生别离"，显然，它们来自屈原所说之"悲莫悲兮生别离，乐莫乐兮新相知"：你的山倾之悲，弄不好，说都说不出口，而与此同时，在你的身外，相识和相交，两厢情愿和义结金兰，每一天都会在这世上继续下去。还有一句，便是最后的"今日乐相乐，延年万岁期"，没有怨愤，没有劫持，只说记取此时，一日长于百年，大概正是因为如此，这句话自此扩散开去，成为两汉诗句里常见的结尾，但遇良宴盛会，又或一己之欢，作诗之人总要在最后写道："今日乐相乐，延年万岁期。"为何那么多人喜欢乐府诗？在我看来，这句话便是标准答案之一，乐里有悲，悲又往往不能禁，但它们正是我们必经的日子和遭遇，但凡为人，概莫能外，就好似一年年都要揭下去贴上来的春联，就好似醒悟的浪荡子终于跪拜下去的灵位，唯有跪拜其下，我们才能找得见又接得上自己的出处和来历。

还是以那首《蜻蛚行》为例，历代下来，多少人都写下过同题诗，并以此认祖归宗，南北朝李镜远有句，直陈身世之困："群飞终不远，还向玉阶兰。"明朝李攀龙也有句，是自嘲，也是嘲人："谁忍视蜻蛚，轻薄亦可怜。"就连明亡之际的出家人函昰和尚，也要将东园之蝶比作山河里飘零的自己："人亦尽蜻蛚，东西竟何拟。明月照江山，幽谷终弗弃。"再说诗中那只豪横的燕子，在后世同题诗里，时而被比作小人和凶险前路，时而被比作暴吏和宦海沉浮，也恰是因为如此，短短一首《蜻蛚行》便尽显了乐府诗之宽宥与正大：容得下孝子贤孙，也容得下不孝子孙。而越是如此，要去乐府诗里接续出处和来历的人便越是不绝如缕，还是说曹操，曹操及其子孙，都堪称乐府诗之狮象，虽然谢灵运在论及曹植时有"天下才有一石，曹子建独占八斗"之言，而我，于乐府诗却独钟曹丕，其人，六岁习箭，八岁上马，目睹过流血积腥，三番五次在绝境里保全过自己的性命，如是，再作诗时便甚少飞短流长和凌空蹈虚，沉郁之气，清发之姿，便都一一入了肺腑：

上山采薇，薄暮苦饥。

溪谷多风，霜露沾衣。

野雉群雊，猿猴相追。

还望故乡，郁何垒垒！

——此为曹丕名作《善哉行》之一的篇首，世人多爱紧随的"人生如寄，多忧何为？今我不乐，岁月如驰"诸句，可是，倘若我们凝神静气，便能清晰地看见，其父之骨，其父之血，全都在他的这几句里流淌绵延，它们实在是另一面目的"水何澹澹，山岛竦峙。树木丛生，百草丰茂。秋风萧瑟，洪波涌起"，倘若我们看得再仔细些，也许还能发现，曹丕此诗，与其父相较，实则更加及物，更加贴紧了从大地上长出的一溪一露，如此，肉身也在这贴紧里日渐坦荡起来，还有心，因为更加广大的依存，心抵了处处，处处里便都有了心，而这，即是有别于"汉音"的"魏响"之魂魄，用沈德潜的话来说就是："孟德诗犹是汉音，子桓以下，纯是魏响。"这魏响，就像曹丕的平生功业，它显然扩大了疆域，别开了新声，然而其中周折一似其父之诗，绝非无缘无故，而是来自辽阔的渊源，且经得起身在其中的一再磨损，如此，这曹丕，才铸成了水中黑铁般的心志，才能击败曹植，最终被曹操定作了世子。纯以作诗论，那渊源的起始，和他承接的其父之骨之血一样，仍是广大无边的乐府诗风，实际上，曹丕作诗，尚实重我，又擅将精思逸韵化于无形，这无形，具体说来，不过还是乐府诗里那些风吹草低的所在和"五里一返顾，六里一徘徊"的所在，他只是将它们藏好了以绝人攀跻而已，但是，再持重之人，总有情难自禁之时，一不小心，乐府诗的行迹还是要从他的步履所及之处显现出来：

> 郁郁河边树，青青野田草。
> 妻子牵衣袂，抆泪沾怀抱。
> 还附幼童子，顾托兄与嫂。
> 辞诀未及终，严驾一何早。
> 负笮引文舟，饥渴常不饱。
> 谁令尔贫贱，咨嗟何所道。

说这一首《见挽船士兄弟辞别诗》之前，不妨先看一首曹丕代汉称帝时所作的《令诗》："丧乱悠悠过纪。白骨从横万里。

哀哀下民靡恃。吾将以时整理。复子明辟致仕。"再说《见挽船士兄弟辞别诗》，只要在乐府诗里驻足，光天化日之下，人迹罕至之处，如此哀歌，我们时时都能听见它，这诗中的船夫，与《上山采蘼芜》里的弃妇实为同一人，与《东门行》里那个无衣无米者实为同一人，且不说这些人是否等来了真正的获救，至少，在曹丕称帝之时，那些船夫、弃妇和无衣无米者就生长在他的诗里，是为"哀哀下民靡恃"，更因此，"吾将以时整理"，至此，乐府诗其实成为一场盟约，这盟约的实质，就是让生之欢愉与贪恋继续下去，让那些对死亡、疾病和灾祸的恐惧与厌弃也继续下去，这场盟约，不管谁是甲方谁是乙方，所有人，都早已被一幅古久的版画凝固在了其中，管你甲方还是乙方，全都要匍匐在满目皆是的明亮、深挚与不忍之前而无法自拔——是的，到了最后，不是帝王，不是兵戈，而是乐府诗，是乐府诗托举和包藏了这一切。

　　就好像，前不久，我又回了一趟小时候居住的镇子，显然，当初那条栽满了槐树的巷子早就没了踪影，可是，大清早，当我打听到遗址，置身其上，一棵槐树仍然破空而出，矗立在了我的眼前，很快，我也看见了那个戴眼镜的中年人，他就站在槐树底下，端着当年的饭碗哇哇大哭，我认真地听了很久，因为语不成声，一如小时候，我终究没能听清他在哭喊着什么，然而，当我回头，再去看今日里那些都可算得上宽阔的街道，也不知为什么，瞬时之间，我的体内竟然生出了难言的激动：你看，新生的婴儿正在母亲的怀抱里哭泣，早点铺的油锅已经被烧得滚烫，年轻的丈夫接下妻子递过来的行李坐上了远走的客车，而在街心花园里，蔷薇花上的露水被身在其下的麦冬一滴滴承接了过去——是的，我并不在他处，我仍然身在乐府诗的旷野上，这些婴儿和母亲，这些油锅和露水，我全都认得他们，他们一直都和我在一起，我们还将一起走下去。

追悔传略

绍兴下雨的夜里，他拎着几件行李，来到了春波弄的沈园门前，园子里正在拍戏，而他却怀揣着迟疑在门前来回踟蹰，不知道到底是不是该进到园子里去——拍戏的剧组明显是个草台班子，而作为编剧之一的他却始终不肯为一个掏了钱的本地企业家加写一个角色，下午，出品人终于告诉他，你可以滚蛋了。可是，当他将要坐上离开绍兴的车，巨大的追悔还是来临了，他禁不住再三问自己：类似如此之事，在你身上已经发生了多少次了？此行既为谋一口饭吃而来，你为何就不能好好待在饭碗的旁边？还有，此一去后，你再去哪里端上新的饭碗？这么想着，他便最终没有上车，而是回到了旅馆，去找出品人道歉，听说出品人去了沈园，连行李都来不及放下，他转身就出了旅馆，雨太大，又坐不上车，他便拎着行李步行，到了沈园门口，他的全身已经淋得透湿了。

然而，在门口，他还是止了步，另一种追悔，伴随着对此时此刻的厌倦，一起降临，令他寸步难行，他只好一遍遍去看沈园，这沈园也不是别处，却是"追悔"二字的祖庭和渊薮，单说这条街的名字，春波弄，显然来自陆游的名句"伤心桥下春波绿"，早在写下这句诗的几十年之前，陆游访沈园，恰巧遇见已经另嫁他人的前妻唐琬，被巨大悔恨催生的"错错错"与"莫莫莫"之句，但凡稍稍读诗之人，几个不知几个不晓？所以，就像是被来自宋朝的悔恨投射于身，他也只好一遍遍地埋怨着自己：这么多年，罔顾左右，顾此失彼，你为何就不能浑似一枚铁钉，死死地钉在你的心意已决之处？还有，就算你是一条狗，四处乞食之余，总归要有一户看门的人家，那么，这户人家是不是恰恰被你逐渐变软的骨头弄丢掉的？

是啊，追悔之所以一再降临，多半都是在恼怒自己于要害之处变软的骨头，可偏偏，当追悔犹如破案的警察就要在诸多形迹里抽丝剥茧之时，骨头却还是看不见。一个个的，怪时运，怨命数，就是不问自己何至于此。以明末清初的钱谦益为例，观钱氏一生行状，真可谓迷蒙难辨。明朝未亡时，他既当东林魁首，又在暗中结党逐私；明朝亡后，他原本与柳如是约定投水而死，到了池边，他又嫌水太冷而不肯跃下池塘；而后剃发降清，降清之后却又好似如梦初醒，多年醉心于反清复明——莫不是，越近日薄西山，他才越明白，人人都其来有自：南明弘光朝廷所苦苦支撑的那一片残山剩水里才埋葬着真正的、受自父母的骨血发肤？又或者，唯有到了此时，他才得以看清，真正的回光返照，不是改弦更辙，不是凭空里降下一个新世界，而是床下子孙还在，堂上牌位犹存？顺治十七年，郑成功与张煌言所率水陆大军北伐，先小胜再惨败，钱谦益闻讯，泪如雨下，续写其《后秋兴八首》，题中自语为"大临无时，啜泣而作"，其中一首写道：

> 凌晨野哭抵斜晖，雨怨云愁老泪微。
> 有地只因闻浪吼，无天那得见霜飞。
> 廿年薪胆心犹在，三局楸枰算已违。
> 完卵破巢何限恨，衔泥梁燕正争肥。

无非是，江山易新主，故国空余恨。雨怨云愁之中，谁会在乎几颗从干枯的眼眶里涌出的眼泪？犹如一颗卧薪尝胆之心，终会像输掉的棋局一般再无重来，我也只好将眼前所见指点给你看：你看，完卵已经破巢，燕子正在争肥，真正是，一切都完了。可是对不起，这些哀叹和眼泪总像是贴了金粉，抑或擦了胭脂，往来之人多有不认，乾隆朝的赵翼便直陈钱谦益其人"自托遗老"，实则"借陵谷沧桑之感，以掩其一身两姓之惭"。说起来，钱谦益一路，绝非空穴来风，其先有之，其后更有之，且不说大节亏不亏，只说这诗中景象，看似我闻我见，却又独不见一个"我"字——棋局虽输，棋子却照旧黑白分明；燕子衔泥，不过就是寻常的做窝，此中真义，不过是尽个本分，本分叫你投水，你便要投水，本分叫你拿刀子捅自己，你便要拿刀子捅自己，如此而已。可是，这世上偏偏有许多哀叹和眼泪不打本分里而来，也不往本分里而去，一如黄宗羲论及钱谦益时所说"既未入情，也未穷经"，内心的机关始终绷得紧紧的，却又在脸上连写了好多沧桑，再逢人便说：你看，完卵已经破巢，燕子正在争肥，真正是，一切都完了。

所以，若说起江山易主之悔，谁也比不得亡国之君的真切，世所公认的是，并非所有的亡国之君都是无能之辈，明朝崇祯皇帝自缢之后，就连李自成的诏书中也承认前朝"君非甚暗，孤立而炀灶恒多；臣尽行私，比党而公忠绝少"。唐昭宗李晔，一心图治，驱阉宦伐西川，终究还是敌不过大势已去，几番被藩镇所挟，他在被囚于华州期间，作有《菩萨蛮》一阕，先说"登楼遥望秦宫殿，茫茫只见双飞燕"，又说"远烟笼碧树，陌上行人去"，最后也只好空对河山发出无解之问："安得有英雄，迎归大内中？"时人闻之，无不倍感凄怆。然而，在诸多叹惋失国幽恨的诗词中，自打南唐后主李煜和宋徽宗赵佶一出，后世的亡国之君便只得绕道而行，南唐后主自不待言，一入开封，字字难以诉尽阶下之痛；就连那平日里惯作绮丽之语的宋徽宗，一旦身陷囹圄，其诗常见的春柳与秋果悉数凋尽，宫墙和御花园也纷纷退隐，其言其声，与长夜苦旅上的平常人再无二致："彻夜西风撼破扉，萧条孤馆一灯微。家山回首三千里，目断天南无雁飞。"更有梁简文帝萧纲，本是诗中之高鹤，却生在帝王人家，终致屠戮，事实上，在肉身灭尽之前，他已先行屠戮了自己：

> 恍忽烟霞散,飕飕松柏阴。
>
> 幽山白杨古,野路黄尘深。
>
> 终无千月命,安用九丹金。
>
> 阙里长芜没,苍天空照心。

此为萧纲之绝命诗,深埋着真正的悔意:烟霞早已散去,徒剩松柏在侧,古老的白杨仍会长青,旷野上的道路却被黄尘覆盖,再看我,既无长寿之命,何来九转金丹?举目所见,全都被高高的荒草没了顶,悠悠苍天啊,你所映照的,不过是一颗再也无法跳动的心——人之将死,他却抢先一步杀死了从前的自己。要知道,这位萧纲,可是写下过"梦笑开娇靥,眠鬓压落花"和"簟纹生玉腕,香汗浸红纱"之句,被唐人魏征直斥为"亡国之音"的萧纲,到了作此诗时,死亡,以及死亡无法掩盖的周遭一切,已经使他在屈指可数的人间时光里重新做人了,荒草之中,苍天之下,身世消散,名姓俱无,而两汉心志和建安风骨却重入了字词,"幽山白杨古,野路黄尘深"一句与《十五从军征》里的"中庭生旅谷,井上生旅葵"已经几无分别。是的,真正的追悔绝不是树梢上的黄鹂,说一声东家败落，又叹一声西家沦亡，也不是在浊浪激流里打转的漩涡，自顾自地埋头，自顾自地空转抑或打结；相反，它是一把治病的刀子，直插入身，为的是剔除骨头与骨头之间的多余之物，它是打掉牙齿和血吞之后的崭新气力，只要你还撑得住，这气力便会将你送上从天而降的崭新道路。

就像沈园里的陆游，《钗头凤》之后，唐琬郁郁而终，而陆游的追悔之意越来越浓，在接下来的大半生中，一再前往沈园几乎成了他给自己定下的又一个除夕，今年要过，明年也要过，尚能饭时要过，尚能饭否也要过，除去著名的《沈园二首》，除去名句"此身行作稽山土，犹吊遗踪一泫然"和"伤心桥下春波绿，曾是惊鸿照影来"之外，得年八十五岁的陆游一直到辞世的前一年还在沈园里盘桓终日，且写下了悔意依旧缭绕的《游春》："沈家园里花如锦，半是当年识放翁。也信美人终作土，不堪幽梦太匆匆！"陆放翁何以如此？就让此刻那个满身狼藉站在沈园檐下的后生小子来作答吧，依他看来，唯有来到沈园，一生抗金之志难酬的陆放翁才能提醒自己，你还别有一场仗要打，即，你活下去，唐琬才能在你的诗里继续活下去。所以，这无尽悔意，实际上是生机，反过来，这生机又会如影随形，跟着他出福州，入剑门，这便是崭新气力为他送来的崭新道路，个中滋味，就如他六十三岁时，有人送来一个菊花枕头，一枕上去，他便双泪不止，二十岁时和唐琬一起缝制菊花枕头的情形又开始历历在目——

少日曾题菊枕诗，囊编残稿锁蛛丝。

人间万事消磨尽，只有清香似旧时。

一旦想到这首诗，他，那个沈园檐下的后生小子，就像确切地闻到了远从宋朝而来又穿透了雨水的香气，似有似无，却令他愈加不知何从：他是该横下心来，进沈园，去道歉，然后接着谋下一口饭吃，还是该掉头而去，继续在这世上一边东奔西走，一边又东张西望？说起来，尘世虽大，他却从未给自己制造一座随时携带着上路的沈园，就好像在祁连山下，他被追悔裹挟，狂奔着追上了一辆小客车，一坐上去，却又被沿路的梨花摄去了魂魄，几乎再也想不起来他到底在为何郁郁寡欢；又好像冬天的黄河上，他挤上过河的轮渡，终于离开了他无日不想离开的地方，可是，当满天的雪花飘下，他却转而在雪花里变得痴呆和欲罢不能，就仿佛，转瞬之间，雪花之内自成了一番尘世，雪花之外的，那个叫他恨不得拔脚就走的尘世已经无影无踪了。

这些年，还有更多的地方，戈壁滩上，青纱帐里，无尽悔意一再到来，却又一再离开，说到底，他不过是一块被流水经过的石头，也动过心，也起过念，终了还是如如不动，那些一再缠绕他的悔意，既未能像降至于钱谦益之身，刹那间便生出了浓荫般的心思和言词，更未能变作被菊花枕头的香气所环绕的陆游，越老，悔意就越是变作了精进的丹药。一路走下来，他没有看见伤心桥，没有看见春波绿，所以，这世上从来就没有一座沈园在等着他。说起来，古今写诗之人里，也并非是每个人都能像陆游一般，口中总能饱含着一团真热之气，这世上的万千追悔，也像是春风里的柳条，垂下池塘之后，好看是好看，却也常常挡住了池中之鱼的去路，甚至令它们产生错觉，以为食物来了，终日在其周围头晕目眩地打转，却注定了求而不得，最要命的是，遇到狂风大作，诸多柳条纠结成团，将那些打转的鱼裹挟其中，一条条的，再也驻足不前，就此便丢却了性命。

比如李商隐，其《嫦娥》一出，无边无际的追悔之海里，才算是横添了一条马里亚纳海沟。世人论及其"如百宝流苏，千丝铁网，绮密瑰妍"之诗，多半都要陷入谜团般的窘境，字字都看得明白，字字又看不明白，就连梁启超也大叹，除了一个美字，李商隐诸诗都让他无从理会。然而，就让那沈园之外的后生小子再发妄言吧：李商隐之诗，虽说谜团交错，雾气弥天，莫可名状之物常常影影绰绰，又欲盖弥彰，但是，那无处不在的悔意，仍可算作我们稍微攀附的路边藤条，只要跟着它们，往前走，我们最终，哪怕只有极少一部分，总能窥得他的门径——可以说，李诗中，唯有无尽追悔，既是来历，又是去处，既是他躲雨的檐瓦，又是他跪拜的陵寝，真正是，"碧海青天夜夜心"。只是苦了他自己：此起彼伏的追悔，既让他化作了每每在迷乱与疑难处驻足探看的青鸟，也最终令他又逃不过这重重迷乱与疑难，到最后，谜团越来越多，一口真热之气却迟迟未聚，谢世之时，他仅有四十七岁。

是为此故，在关于追悔的诗句丛林里，李商隐留下的枝枝丫丫最多，绿意饱满只待红花降临者有之，干枯嶙峋只待付之一炬者有之，不管是"夕阳无限好，只是近黄昏"和"沧海月明珠有泪，蓝田日暖玉生烟"，还是"新知遭薄俗，旧好隔良缘"和"春心莫共花争发,一寸相思一寸灰",一入山门,只见那悔意,一寸寸,一滴滴,从林泉地底里涌出,从溪水雾气中溢出,无时无地不在宣告:大错已经铸成,更多的错误还在到来的路上,我们的一生,不是在此处追悔,便是在彼处追悔,可是,当追悔来临,千万不要避之不及又或囫囵吞下,而是要就此扎下根来,看着黄昏临近,再看相思寂灭,就在这诸多的临近与寂灭之中,越来越多的莫可名状之物渐次显露了真身,正所谓,"莺啼如有泪,为湿最高花",说的是,只要你既不仰面倒下,也不踮起脚尖去旁顾左右,而是一意端正了自己的身体和心神,认了错,再在错里接受发落,那"最高花",或许是牡丹和芍药,或许是纲常和真理,就定当会示现,就定当会被幸存的泪水打湿。对,就是这样,在李商隐的笔下,追悔其实是幸存的另一面,而幸存的唯一证据,便是追悔:

> 怅卧新春白袷衣,白门寥落意多违。
> 红楼隔雨相望冷,珠箔飘灯独自归。
> 远路应悲春晼晚,残宵犹得梦依稀。
> 玉珰缄札何由达,万里云罗一雁飞。

这首名叫《春雨》的诗,仍然留给那个沈园之外的后生小子来作浅薄而狂妄的解语吧,只因为,这么多年,不管在何处厮混,也不管是春雨秋雨,只要大雨当头浇下,悔恨在身体里发出锥心之痛,他便会想起这首诗,在他看来,这首诗所写,何止是错爱余恨,它所写的,其实是他和众多将山河踏破却又一无所获之人的身世,不见有悔,但处处皆悔——在他的身世里,几乎屡试不爽的是,只要他在一地奔走,此地便会变成"意多违"的"白门";作为一个多年写不出小说的小说家,他和他写过的小说,还有那些想写又写不出的小说,又有哪一刻不是"相望冷"和"独自归"?还有这些年,黄土塬上,云贵道中,哪一条路不是远路?哪一个耿耿难眠的长夜里,他不是像在沈园之外,一再半途而废,又一再恶狠狠地清点和厌恨着自己犯下的错?所谓的"玉珰"和"缄札",又何曾只是一封信,那分明都是似是而非的指望,因为注定了不能实现,它们只好变得更加似是而非,到了最后,他也只有拿它们当作理由,怀揣着,紧抱着,像那大雁一般,在从未出声的哀鸣中继续步步向前。

实在是,不见有悔,但处处皆悔。那一年,在延吉,春雨滂沱的夜里,他从一座车站赶往另外一座车站,雨水太大,他的满身都被浇得透湿,退堂鼓敲响,他终于不再想往前多走一步了,好在是,李商隐,《春雨》,全都破空而来,且纠缠不去,他便只好对自己说:实际上,不光这春雨秋雨,还有雨中的群山,群山环抱的村庄,在村庄里熟睡的人们,也许全都如他一般,各自深陷在自己的追悔中,白袷衣、红楼、珠箔飘灯、正在歇脚的大雁、还未做完的残梦,一应俱在,只不过被大雨短暂地掩盖了,如此说来,在更加广阔的河山里,通途与窄门,独木桥与商务区,及至沉睡的青苗,正在长成的牡丹,凡此种种,不过都是追悔的另外一个名姓?就像那些隐约的指望,于他,是一次次踏上远路,于种田之人,是手中的镰刀和锄头,对打铁的人来说,是凭空里飞溅的火星子,凡此种种,看似全无机缘,实则又同心同德:只要有指望,你我便都是在指望里受苦的人;一如世间的追悔,只要你我尚在追悔,我们便全都活了下来。

那么,继续在这世上厮混,继续去读更多关于追悔的诗吧。其实,他甚少与人提及的是,有两句诗,他经常当作干粮,紧紧攥在手里,既舍得吃,又不舍得吃,是为:"花竹每思初种日，江山重来独见时。"这两句，出自清末民初俞明震之《重至金陵故居吊刘姬》，本是怀人之作，在他看来，却和陆游的《沈园二首》一样，道尽又罗织了世间所有追悔的渊薮——前朝胜迹也好，命里沈园也罢，但凡花竹初种，追悔便同时萌发，这追悔里本就躲藏着我们的江山和性命，只要你余兴未了，只要你还想撑住一口气，你便只能一遍遍地去而复返，一回回地独见江山。就像他，那一年，在柳絮飘飞的东北小城中，他住在一家装修尚未完工却已提前营业的小旅馆里，终日和装修的工人们一起吃喝，有一回，他和兄弟们都喝醉了，油漆工拿起油漆刷在墙壁上胡乱涂抹，他也在烂醉中抢过油漆刷涂抹了几句："花竹每思初种日，江山重来独见时。"还有一年，北京的春天，他在夜晚里路过了一位死去兄长在世时的私人会所，但见月光清朗，又见人去楼空，倾塌的门窗上早已蛛网暗结，唯有门前的小河一如既往地向前流淌，在冷风里，他瑟缩着掏出了手机，打开备忘录，再一回写下了那两句："花竹每思初种日，江山重来独见时。"

也像此刻，雨越下越大，最终，那个满身狼藉之人还是将行李举过了头顶，去挡那无论如何都挡不住的雨，然后，他跑进了沈园，回廊里的地面太湿滑，三两步之后，他便滑倒了，硬生生地砸在了地面上，但是，恰好一道闪电当空而下，令他得以看清了眼前的道路，他问自己：这一条眼见得的追悔之路，莫不是崭新气力送来的崭新道路？那么，爬起来，继续往前走吧，一边走，他又一边对自己说，此一去，多半仍是竹篮打水，只是那又如何呢？那也不过是"红楼隔雨相望冷，珠箔飘灯独自归"；那更不过是"花竹每思初种日，江山重来独见时"。

墓中回忆录

呔！后生小子，名唤李修文，是也不是？区区唐寅，一字伯虎，又字子畏，一连多日，见你抱着我的诗愁眉不展，不知道从何落笔，心生恻隐，故而现身指点你一二，感谢的话不用多说，如你所知，我也不在乎。你问我打何处来，对你说也无妨：显然，我已长生不老，就算肉身消亡，我的魂魄，却早已在无尽清虚里进出自如，是为出神入化。不相信？小子，你到底是个凡胎，和世人一样，都被我晚年之号"六如居士"给蒙蔽啦，殊不知，佛禅一道，不过是我的酒；清虚之学，才是我的药。吾友祝枝山，到底是知我晓我，在给我作的墓志铭里，他早已经写下了如斯之言："其学，傍及风鸟、壬遁、太乙，出入天人之间，将为一家学，未及成章而殁。"

祝枝山又说："其于应世文字、诗歌不甚惜，意谓后世知不在是，见我一班已矣。"这句话的意思是，我不大看得上我写的诗，非也，枝山这话，只说对了一半：岂止是我的诗，当我在世时，心神气魄，手足肝胆，乃至整个一场生涯，我都看不上。还记得我的绝命诗吗？它是这样写的："生在阳间有散场，死归地府也何妨。阳间地府俱相似，只当漂流在异乡。"后世之人论及此诗，多半说我颓丧恨世，非也，提醒你小子注意，最后一句，"只当漂流在异乡"，其中大有沟壑，这个"异乡"，可不是在说什么家破人亡之恨，它实际上是说，我的肉身，就是我的家乡——此生将了，来世俱在，而我已自足，我已圆满，心头的佛道因缘，人间的花鸟虫鱼，不过是我自足圆满之后的手足和肝胆，我说它们在，它们便都在；我说它们不在，它们便都不在；所以，这"异乡"之句，不是哀号，而是喜悦；不是一声叹息，而是一缕青烟。

小子，你也不必惭愧，看不透我这几句的人多了去了，我谁也不怪，人这一世，苦啊！举目四望，何处不是遮了我们耳目的业障？道家所言之五劫，佛家所言之七苦，看那花间枝头，再看那眼前腮边，可有一处不曾沾染？穷苦放在一边，只说富贵人家，一个婴儿呱呱坠地，锦衣玉食在等他，皇帝宰相的女儿在等他，所有的点将封侯之地都在等着他，可是千万不要忘了，必将消散的宴席也在等他，生也生他不得和死也死他不得都在等着他，旁人不说，只说我，年方十五，即以第一名考中苏州府学，彼时之我，不管六字真言，还是释迦教化，哪一阵风吹过来，不是我的耳旁风？上得山去，以为自己能看见金銮殿，下得山来，直道自己不过是风尘暂住；剑刃上的白肉，我是踮起脚便去够，烈火中的蜜糖，我是低下头便去尝。对了，那阵子我写过一首诗，《夜读》，想来你也该是读过多少遍了：

> 夜来欹枕细思量，独卧残灯漏夜长。
> 深虑鬓毛随世白，不知腰带几时黄。
> 人言死后还三跳，我要生前做一场。
> 名不显时心不朽，再挑灯火看文章。

如你所见，这几行诗，写的绝不只是我，更是天底下多少未开天眼的入世之人，如若不信，你就好好看看你的身边，又有哪一个不想将腰带染黄,不想再大做一场? 要么西装革履,要么衣衫褴褛,一个个,都在兴冲冲地出门,都在热烘烘地厮混,忽而马云和马化腾,忽而 CBD 和 P2P,管他老的少的,人人都要做那得陇望蜀的斜杠青年,这一切当然并不新鲜,放在明朝也是一样:赶考路上,深一脚浅一脚;皇榜之下,人多得挤破了头。而今再要我说,我却不会再说他们看不穿,要我说,这便是铺天盖地的可怜,不论旁人,只说我,仍是在我的墓志铭里,祝枝山上来便说我少年时"一意望古豪杰,殊不屑事场屋",别小看这几个字,他可算是说到了要害:彼时之我,除了马踏飞燕的豪杰,除了红袍加身的状元,眼睛里哪还看得见半行俗世人迹? 人这一世,都说穷酸气误人,要我说,无缘无故的英雄气却是误人最深——万物始末,都发于幽微,幽微运转,至深至切,譬如朝露,去日苦多,譬如天之穹庐,转眼便化作铺天高墓。既然如此,就只有入乎其中,出乎其外,方能算一场生涯。而我呢? 我的眼里却只有我,未曾匍匐于任何幽微之处,看见白马,便以为自己是那马上的英雄,看见朝靴,便以为它们在等着自己穿上去登堂入室,至于那白马之侧的白骨,朝靴底下的蚁虫,我都当作没看见,又或是,看见了也当作自己并没看见。

何以说天之穹庐,转眼便化作铺天高墓?且让我一一指点给你看:江山辽阔,却是兴亡之墓,一草一木,自生自灭,不管刀剑破空,还是火炮连营,我都只管容下,哪曾管过你改朝换代?反过来,这一兴一亡,总叫你玉砌不再,朱颜更改,天损了一角,地残了一方,它难道还不能算作是辽阔江山之墓?不说远了,只看近处,只看自己的身边:河水为溪水之墓,镜子乃人子之墓,树木以殿宇为墓,殿宇又以火光为墓,可说是无边无际,又无休无止,此中真意,我早已有醉后之诗以为证:

>坐对黄花举一觞,醒时还忆醉时狂。
>丹砂岂是千年药,白日难消两鬓霜。
>身后碑铭徒自好,眼前傀儡任他忙。
>追思浮生真成梦,到底终须有散场。

——黄花之前,还是再干一杯为好,只因为,醒是醉道理,醉是醒家乡,小子,用你们的话说,那么,就活在当下吧,反正丹砂也做不成长生不老之药,鬓上之霜本就是白日所添,你叫它消，它如何消得了？所谓身后碑铭，不过是自欺欺人，可是眼前众生，又有哪个不是在这自欺欺人里忙碌未休？到了此时，再看这一辈子，从头到尾，不过是梦中之梦；小子，再次提醒你注意，一如既往，要害来了，"到底终须有散场"，你不妨将"散场"两个字与我之前所说的"异乡"二字相映相照，它们一样大有沟壑啊，你且仔细看，仔细听：黄花与酒，醒与醉，更有千年药与两鬓霜，生前幻影和死后真梦，哪一个跟哪一个不是互为彼此之墓？而唯有"散场"既是墓，又不是墓，说它是墓，因为它埋葬了我，说它不是墓，因为我也埋葬了互为墓穴的一切，甚至连同我自己，到了此时，你大概已经恍然开悟：唯有在"散场"里住下，此身才能因缘具足，才能孑然一身，浑不顾是谁埋了谁，反正我早已埋了我，不是吗？

说起来，我一头扎进峰冢高墓，是在我二十四岁的弘治九年。那一年，先是我的父亲中风而亡，要知道，我虽为长子，打小却是父亲的掌上之珠，他这一去，等于是我胸前的骨头被抽空了，面对他的死，我目瞪口呆，吓傻了，可是，我都还来不及伤心，紧接着，我肋间的骨头也被抽空了，那便是，我的母亲也跟着父亲走了。自此开始，我上半身的骨头一概被抽尽，再走路的时候，每往前一步都是踉踉跄跄，当我抬头看天，只见得重重浓云遮住了人间的大半截，且似乎随时都会俯压下来，黏稠地但却是牢牢地将我盖住；还有我的脚，我的脚自打踩进了一个"死"字，就像是踩进了越陷越深的泥淖；果然，没过多久，我的腿骨，我的踝骨，全部离开了我的身体：母亲死后不久，内人死，内人死后不久，儿子死，儿子死后不久，妹妹死，小子，听我说，那是真惨啊，骨头被抽空之后，我早已变成了一缕全无人气的游魂，可是，这行尸走肉还要躲避天上的层层浓云，对，这浓云，仍然是一个"死"字，它一时如恶龙翻卷，一时又像张开了血盆大口，我走到哪里，它便跟到哪里，可我又能怎么办？也只好拖着残存的最后一口气，在这里躲，在那里藏，终有一日，我实在逃不动了，我已经没有力气了，扑通一声倒在地上，心里却在喊：我实在跑不动了，天上的墓啊，你早些降下，早些将我埋了吧，然而，如你所知，我竟然活了下来——可是，活下来了又怎么样？活下来，终我一生，我也是个活死人，这莽荡人间，不过是我的活死人墓。

后人论诗，多半对我闭口不谈，其因有二，一是我惯于白话入诗，面对我，准备了诸多文言的先生们哪里有下刀之地呢？时间久了，诗之一途上，我便变作了一个妾生子，有衣有食，已经是上天开恩，那深宅华屋里的张灯结彩，怎能和我再有半点干系？二来是，还是因为白话入诗，望之浅显，一石一砾皆是脚边之物，又多发意气之言，如此一来，就算有人冒着大不韪去言说一二，都只好钻在我的意气之言和几桩横加我身的风流韵事里出不来，人说我为人轻浮，他们便说我作诗也轻浮，人说我癫狂无行，他们便说我果真不堪入目，真是笑话，我对他们只能报以一声冷笑：这些人，没有像我一样全身的骨头都被抽空，没有像我一样躺在地上绝望地等待死亡掐住我的喉咙，所以，他们哪里知道，我诗之浅白，不过是身怀了菩萨一般的心肠，既可怜自己，也可怜旁人，再挤干了诸多血泪、典故和似是而非，见山是山，见水是水，如此，才免除了触及我诗之人再入了执迷和魔障呢？当然，我也不怪他们，他们和所有根底浅薄之人一样，唯有用轻慢和中伤才能掩盖他们的不得我门而入。

可是小子，你我有缘，是也不是？因此，我便要对你道明：之前，我的确对你说过，我的诗，我的手足肝胆，我都看不上，那不过是我明心见性之后的不惹尘埃，但是，当我天眼未开尘埃遍体之时，诗，仍是我的裹尸布，仍是我的墓中回忆录，甚至不止于此，这么说吧，几乎每一首诗里，我都在当叛徒，当反贼，马上马下，都跳跃着一颗僭越之心——白话入诗，说来简单，在我之前，哪个不是遮遮掩掩？哪个如我，早早横下了一条心，将那诗里的绳索，譬如韵脚，譬如对仗，一一悉数割断，在最没有诗的地方写出了诗？实话对你说，我哪里是在写诗？我是在造反！造谁的反？造死亡的反！唯有如此写诗，我才能够些微觉察到自己的这具躯体上冒出的丝丝热气，好似枯木上钻出的一点两点的新绿，好歹都是生机和生趣。

所以，后世写诗之人里尽管也有几个仿我肖我者，但是多不切肤，也就遁入了浮萍之境，就说清代的宋湘吧，他的那些句子，譬如"酒行可起只须起，不唱一声行路难"，譬如"我与青山是旧游，青山能识旧人不"，看似不增不减，实则有泥有水，多不称我的意；在我死前三年出生的徐渭徐文长，据说半生为我倾倒，惯用我之语气作诗，忽而"嫁后形容难不老,画中临榻也应陈",忽而"怜侬正是文君辈,不嫁成都渴死人",对不起,这不过是照猫画虎,空有皮相,究竟还是自说自话的疯言疯语;还有人说我与前人黄巢颇有契合,"待到秋来九月八,我花开后百花杀"也好,"记得当年草上飞,铁衣著尽著僧衣"也罢,其流风余韵在我的诗里多有见到,对不起,我还是不认账,黄巢之诗,多狂多妄,狂妄未尽,再转作了余恨,而我,我说了那么多,其实无非只在说一句:好好待着吧,不然你想怎么样,你又能够怎么样? 就像下面这首诗:

一上一上又一上,一上直到高山上。
举头红日白云低,四海五湖皆一望。

你看看,来便来了,去便去了,除了来去,别无一字,世间的可怜人等,不要着急动容,这红日白云,这四海五湖,何曾为你有过半点动容? 你的长袖善舞,你的意兴阑珊,全都被它们看在眼里,然而,仅仅是看在眼里,说到底,你不过是来到过它们的跟前,又从它们的跟前离开了。好了,闲话休提,小子,你可能要问,既然如此,我写了那么多诗,难不成全是无心插柳和水波不兴？果然如此的话，我写的诗，和那些和尚们写的禅诗又有何不同？少安毋躁，且让我再说与你听——我诗之第一处关隘，不在他处，首先便在一个"死"字上，暂不说那些赤裸之语，类似"积金到斗都是闲，几人买断鬼门关"和"草里高低多少坟，一年一半无人扫"，只说那些吟风弄月之句，类似"今日花开又一枝，明日来看知是谁"和"花前人是去年身，去年人比今年忙"，字头句尾，无不都藏着一个"死"字：我唯有先在"死"字里扎下根来，当更多的死亡甚至是我的死亡袭来，我所扎根的那个"死"字才能被我操持于手中，当作盾，当作方天画戟，当作金刚不坏之身，之后，再直迎了更多的死亡，去抵挡，去消磨，去刺破，最终，它们都会迎来气血难支之时，双双仰面倒下，相互抵消，彼此投降，而我，一个活死人，终将能够继续活下去。

说完了"死"字，单说一个"秽"字，你没看错，我要说的，就是污秽。书接上回，话说从头，让我们从清虚之学说起——"以污试诚"四字你可曾听过？要是不知道，我便与你说清端详：古今道教，多以世俗为污为秽，所谓世俗，既是在说世俗之人，也是在说世俗之心，而在这世上，如此之人与如此之心难道不是鳞次栉比吗？如此一来，在我们的修炼之途中，注定就要遇见千疮万疮，怎么办？也唯有一条路而已，那便是，走近了它们，再抱紧了它们，然后，要么一口吞下，要么埋头舔舐，就好像王重阳死后，仍以棺中散发恶臭的尸首试验众弟子，众弟子却绝不撒手，棺木继续向前，最终，弟子们的鼻前，迎来了缭绕不去的幽兰之香。我也是如此，一段广为人知之事是，三十岁那一年，我赴京会试，和江阴巨富之子徐经一同被卷入科场弊案，随后被逮入狱，在狱中，终日里我都"举头抱地，涕泪横集"，不用说，终日里我也都身在污秽之中，只是，我要感谢那遍地污秽，是它们，让我觉察到自己的不清洁，并以此告诉自己，这一生，你也要继续不清洁，唯有如此，再往下过，当污秽扑面而来，我才能对它们说：我早已身在污秽之中，我们其实是一伙的。

　　对，我和污秽，是一伙的。小子啊，你再看，到了此时，我是不是就像善用了一个"死"字去抵消死亡，又用一个"秽"字抵消了遍地腌臜？有关此字，我曾留下不少艳诗浪语，我不再举例，你且自寻佐证吧。什么什么，你说那首"碧桃花树下，大脚墨婆娘，未说铜钱起，先铺芦席床"？那才哪里到哪里？而且，这个"秽"字，绝不仅仅说的是淫秽啊，说得过分一点，我的哪首诗不是将那花好月圆扔进了污秽，再带着花好月圆，就像带着私奔的新娘一样从污秽里脱身而出？好啦小子，这话题到此就打住了，接下来，我要再对你说起一个字，这个字，叫作"癫"。让我们先从一首诗来认识它，这首诗，作于江西宁王府，其时，宁王朱宸濠向天下文人士子亮出了招贤榜，鬼使神差，我竟动身前往，未几便踏上了归途，宁王府里消磨时，我作了这首《诗赠宁王》：

> 信口吟成四韵诗，自家计较说和谁？
> 白头也好簪花朵，明月难将照酒卮。
> 得一日闲无量福，作千年调笑人痴。
> 是非满日纷纷事，问我如何总不知？

——吟诗作赋，不过信口胡言；自酬自唱，浑似自斟自饮。白头之上，也要插上红花，明月当空，依然照不亮我空荡荡的酒杯，此事真是古难全啊！怎么办？那就安居于无是无非之中，再写两句笑人痴笑我呆的诗吧，何必非要迎来那是非当头和图穷匕见之时？果真到了那时，你再来问我谁是谁非，我又能去问谁呢？小子，你可能又要忍不住问了，此一首诗，无非是几句警世叹世，何来一个"癫"字？不要急，我再慢慢说与你听：你道那宁王是什么人？那可不是诗里的反贼，那可是世上的反贼！入他王府不久，我便察觉到了他的谋逆之心，几乎与此同时，"癫"字即上了我的身：高朋满座之间，我敢起得身来厉声斥骂；千金名媛之前，我敢当众撩起衣袍；直至后来，我将自己脱得一丝不挂，当街里裸奔不止，是的，你没听错，就是裸奔，一边裸奔，我还一边叫嚣：我，唐伯虎，宁王的贵客，就算我指天欺地，尔等之中，又有哪一个能奈我何？暗地里，我却心细如发，当宁王不信我是真的已入疯癫境地时，我也作诗给他，好让他相信，我时而癫，时而不癫，如此，才能算作真正的癫。

小子，好险哪，装疯卖傻了好一阵子，我才被宁王放归，不久之后，宁王果然造反，终不成气候，早早便被那个著名的王阳明掐死在了腹中，你看，一如既往地，就像我用"死"字去抵消了真正的死亡，用"秽"字抵消了满目的秽乱，这一回，我又用一个"癫"字逃过了化作现实的癫狂，至此，关于我的诗，我已经告诉了你全部的正确答案——我的诗，就是我的人；我的人，就是我的诗。死，秽，癫，这三个字，既是我人活一世的难关，也是我难关前的长矛和云梯，将它们放置于诗中，它们也讲韵脚，只不过，这韵脚是活死人的行囊、酒壶和笔墨纸砚，它们也讲对仗，只是这对仗单单奔向身外与心内之苦，再与之耳鬓厮磨，一直到双双都化为了乌有，到了最后，如我之前所说，我便埋葬了一整座尘世，我只剩下了一个《五十言怀》里的我，正所谓：

> 笑舞狂歌五十年，花中行乐月中眠。
> 漫劳海内传名字，谁论腰间没酒钱。
> 诗赋自惭称作者，众人多道我神仙。
> 些须做得工夫处，莫损心头一寸天。

咄！后生小子李修文，我的诗，我的人，我就对你说到这里了，此番前来与你相谈，不过是我动了凡心，起了妄念，以为人间仍有知我解我之人，可是，我见你始终瞠目结舌，心中便已数次暗道了不好，说不定，我之轻言细语，偏偏被你当作了当头棒喝，我之电光石火，却又一再被你轻易放过，这也不怪你，这也不怪我，人间天上，终究都是自说自话，就像我，我以为的出神入化，弄不好只是把眼睛蒙上了的画地为牢；就像你，看上去的冥顽不化，弄不好恰恰是看清了一个我自己也没看清楚的我，到头来，人间天上，无非是：你去找你的下榻处，我去回我的桃花坞，小子，你告诉我，是也不是？

自与我周旋

某兄冬安。这段时间里，前后两次，我接到了你的电邮，第一次是在一个月之前，你在信里谈起了诗。恰恰那时候，我刚来到这与蒙古国交界的边地小镇不久，几乎一落脚，我便开始忙于了生计，所以只是草草回复，紧接着，你又第二次写信来，而我一直不曾再回信给你，至今日，我在此地的工作已经结束，同来的伙伴们都走了，我回家的路最远，火车票也最难买，所以，这家小旅馆里，此刻只剩下了我一个人，不过这样也好，此地虽说早已入冬，满目里未见任何绿意，草原上的黄草也早都被收割殆尽了，但是，耳听得大风终日呼啸，又见满目群山或雄踞或蛰伏，一道道，如不说话的义士，又如刚刚愈合的伤口,哪怕远远相隔,它们和那些高耸的草堆一起,还是齐齐朝我的身体里灌注了不少底气,如此,我便开始守着炉火和烈酒给你回信,心底里,实在欢喜得很。

在第二次的来信里,你直陈了自己的诸多疑难,就比如,这些年,忙忙碌碌却一事无成,生趣与生机,全都遍寻不得,更有好多次,你干脆想将尘缘了断去遁入空门,所以,你尤其想要让我抄给你几首诗,那些诗人们自己写给自己的诗,好让你时常念及再时常背起来,只因为,你最大的苦恼与愤懑,就是往往看不清自己。而后,你又问我,我在上一封信里的回复——诗之于我,是镜子,是鞭子,是手里的武器——这几句,究竟是何意?那么,某兄,此刻,酒还未喝干,炉火也还猛烈,我就趁着这酒意与暖意来跟你说一说那些诗人们写给自己的诗,再将它们当作你之所问的答案吧。闲话少说,且先看这一首唐伯虎的《伯虎自赞》:

> 我问你是谁?你原来是我。我本不认你,你却要认我。噫!我少不得你,你却少得我。你我百年后,有你没了我。

这几句大白话，近似于儿歌或民谣，却一直不缺少将其当作谜团破解之人。世人多说，"我"即是肉身，"你"便是魂魄，对唐伯虎生平际遇有知的人也作如此解：唐伯虎生前，早已活成了一个传奇，艳闻缠身，轶事如麻，如此，当时的世上便有两个唐伯虎，一个唯有自知，一个唯有他知，这段话，便是自知者说给了他知者去听。而我，我却以为，那个"我"当然是唐伯虎自己，也是我们所有人，那个"你"，说的其实是世间万物。不说远了，只说前几天，我从县城回到镇子上，九级大风，狂沙扑面，平日里烂熟于心的道路，全都变作了刹那间便会吞人性命的巨口，每一回，当我瑟缩着判定一个方向，走出去老半天才发现，我根本就走错了路，可是，我也不知道，哪一条路才是真正能够将我带回到镇子里去的路，渐渐地，清晰的绝望之感便诞生了，我怀疑，我可能会冻死在毫不休歇的风沙之中。

然而，伴随着绝望，我也突然想起来，即使风沙将我深罩于内，但是，慌乱之间，我似乎也影影绰绰看见过西北方向的一道山梁，只要顺着那道山梁往下走，我总会能回到镇子里去，于是，我便闭上眼睛安静了下来，沉默着喘息了一阵子，重新睁开眼睛，果然，那道山梁一下子便被我模模糊糊看见了，紧接着，我二话不说，撒腿便朝着它之所在狂奔而去了；只是事情也没有那么简单，跑了一阵子，风声愈加凄苦而尖厉，尘沙也几乎在我的方寸之内组成了一堵沙墙，我只好再一回停下了步子，走也不是，不走也不是，然而，这时候，几蓬乱草，突然从我的头顶上掠了过去，看着它们远走，我先是愣怔，而后又突有所悟，干脆不管不顾地追随着它们继续向前狂奔，没想到，根本还没跑多远，西北方的山梁便又出现在了我的眼界里。某兄，你肯定不会相信，在近三个小时里，那几蓬乱草，像是铁打钢铸，一刻不曾分散，一路指引着我，让我看见了山梁，慢慢从黑云里浮现出的月亮和离我越来越近的小镇子。

最后，在小镇子之外，在我已经清楚地看见小旅馆里的灯火之时，就像油尽灯枯，那几蓬乱草终于解体，变作了一根一根，须臾间便被逐渐小下来的风沙席卷，彻底消失了踪影，然而，我知道，它们就是一面镜子，不仅它们，连同山梁、月亮和我刚刚挣脱的那条风沙苦路，全都是镜子，只因为，我的性命既附着于其上，又奔走在其内，某兄，你说，它们不是我们性命的镜子又是什么？你且听我说：就像晨起之后的对镜自照，唯有照过了，我们才知道，脸该洗了，胡子该刮了，一如在山梁、月亮和风沙苦路做成的镜子里，我们又看见了自己，在那里，我们吞下了苦水，也喝到过苦水尽头的蜜糖，歌笑哀哭，丧乱流离，尽在其中，然而，恰恰如此，我们才得以捂住胸口告诉自己，性命还在，心魂也还在；再看映照我们的镜子们，枯荣之间，它们来自亘古又贯穿了亘古，于是，我们的一切秘密与指望，尽在它们的洞悉之中，它们托住了我们的生，还将包藏好我们的死，只因为，它们是慈悲的，它们将在越来越深的沉默与慈悲中，化作真理，唯有化作真理，在我们死去之后，它们才能继续循环往复，去照见，去托住，去包藏循环往复的生和死，所以，"我少不得你，你却少得我"，所以，"你我百年后，有你没了我"。

那么，何以说，那些诗也是我的鞭子？某兄，想来你其实也知道我为何这么说，无非是，这些年，当我身陷在各种凄惶与荒废里，又或在旁顾左右与自暴自弃之时，它们都曾噼啪作响着横空而来，对准我，狠狠地抽打了下去。且不妨，让我们继续以那些诗人们写给自己的诗为例，你和我，都来将自己的左右为难重新检点一番——官职在身,岑参对自己说:"涧水吞樵路,山花醉药栏。只缘五斗米,辜负一钓竿。"欧阳修却对自己说:"官居处处如邮传,谁得三年作主人。"老之已至,刘克庄仍自勉不休:"天若假余金石寿,所为讵肯止于斯。"陆游却是圆满自足:"堪笑此翁推不动,地炉无火画寒灰。"更有一生将尽之时,有人早已心惊胆战,有人偏偏又不闻不问,比如黄庭坚,这边厢,他才说完了"万事令人心骨寒,故人坟上土新干",那边厢,他的老师苏轼却对着金山寺的画像自题道:"心似已灰之木,身如不系之舟。"

人这一世,实在是,魔障何其多,面目便也何其多,只以清朝的李鸿章一人一时一地而论,道光二十三年,二十一岁的李鸿章自安徽入京,作有《入都》十首,诗虽共名,心事却杂乱纷纷,此一首里,他刚掩面长叹:"白下沉酣三度梦,青衫沦落十年人。"彼一首里,他又虎躯一震:"倘无驷马高车日,誓不重回故里车。"某兄,你我又何尝不是?扪心自问:我们浪尾的行止,岂不常常在讽笑浪头的端倪?我们是不是刚刚抱紧了劫难之后幸存的肉身,然而,机缘只要一来,我们又得眼睁睁看着它去饱受它们的啃食与磨损?所以,那些诗,那些鞭子，便只能噼噼啪啪地响彻在我们的躯体之上，可是，面对它们，你我却反倒要甘之如饴：是它们，使苦役现形，令我们知晓，令我们无可遁逃，唯其如此，我们才有了在漫无边际的焦渴里吞下一口泉水的可能，只要我们吞下了一口泉水，它们，便既是苦役本身，又是真金白银。说到此处，再以我为例，于我来说，白居易的那首《喜老自嘲》，就是我的真金白银，我也录下几句送给你——

>　　周易休开卦，陶琴不上弦。
>　　任从人弃掷，自与我周旋。
>　　铁马因疲退，铅刀以钝全。
>　　行开第八秩，可谓尽天年。

"周易""陶琴"之句，外加"铁马""铅刀"之句，都算浅直晓畅，我就不再多说，单单说"任从人弃掷，自与我周旋"这两句，仍以我为例：这些年，我常常觉得，在这世上流离逃窜的，实际上有两个我，一个我在讨论会、项目推进会或拍摄现场里被骂得狗血喷头，另一个我却在戈壁滩、雪山下乃至家乡的桃花林里神游八极；另有一些时候，一个我被夜路羁绊被大雨浇淋被诸多迷障折磨得不知何从，便忍不住去眺望另外一个我，那个我却早已习惯了斥骂习惯了被赶出门去习惯了将所有的失败率先领受下来，如此，不管在哪里，倒是总能从顾此失彼里给自己拽过来一丝如如不动，再持之于手，抑或活活吞下了腹中。然而，时间久了，两个我还是要聚首、撕扯乃至拔刀相向，往往是，一个要仰天出门，一个要自立门户，好不容易冰释了前嫌，两个我却搂抱在一起，你先灌我一口，我再敬你一杯，直至阴阳不分地沉沉睡去。一觉醒来之后，又像两个被大部队远远甩掉的人，缠斗与周旋便重新开始了，往往是，你才骂我了一句，我便挥去了一拳，其中滋味，一如庄子在《齐物论》里说及的地籁之风："是唯无作，作则万窍怒呺。"直到最后，两个掉队的人干脆沉瀣了一气，闭上眼睛，再也不看不管大部队越走越远。

我与我周旋得最苦之时，是在出门做编剧的头一年。别的不说，只说那一回锦州之行——跟着几位制片人，我兴冲冲地去了锦州，去拜见当地的一位投资大哥，每逢喝酒之时，那大哥一旦喝高兴了，便要叫我过去，站在他的身后，再去给他揉肩膀，如此，我便起了奔逃之心，终究又舍不得可能的机会，便赖在锦州一直没走，最后，机会没有等来，我倒是先等来了一场多年不遇的大雪。一个大雪天，那大哥，大中午就喝醉了，到了下午，却非要带着我和几个制片人去看景，虽说项目的八字还没有一撇，为了不减大哥的豪兴，我们还是全都陪着去了，最出人意料的，是看完景之后的归路上：在车上，我睡着了，那大哥喊我去给他揉肩膀，我没听见，那大哥一怒，叫司机停下车，先是把我叫醒，而后，竟然将我赶下了车，要我自己走回城里去。几个制片人当然也劝说了一番，那大哥却越来越生气，再加上，他们与我，也不过是萍水相逢，如此，大哥既然不听劝，他们也就全都闭上嘴巴，沉默地讪讪对我笑着，也对大哥笑着，终究还是坐在车里跟着大哥一起走了。

必须承认，在那一晚的大雪中，我曾无数次地去怀疑：这辈子，我恐怕再也走不到城里去了。除去大雪仍然在继续，我的身体，一阵哆嗦紧似一阵哆嗦，最让人绝望的，是脚下的积雪，那积雪，就像是被雪层覆盖住了的钢板，在持续骤降的气温里变得越来越坚硬，让人几乎停不住脚，每走几步，我就得砸倒在地一回，可是，道路尚遥远，城中灯火压根一无所见，到了此时，两个我便出现了，一旦出现，两个我便又一如既往地反复缠斗和周旋了起来，直至我再一次砸倒在地，再无了起身的心意，一个我便喘着粗气对自己说："算了吧，死在这里吧。"另一个我也喘着粗气，站在雪幕之外，身影仅只依稀可见，却对自己说："我跟你说最后一次，你呀，把哭丧，把对自己的心疼，全都丢掉，再也不要拿自己当个什么东西，然后，你再看还能不能再往前多走几步？"

某兄，这真是死马被当作了活马医，可是，不去听信另外一个我，我又能如何？于是，我强撑着，咬着牙再次起了身，你猜怎么样？白居易的那两句诗，"任从人弃掷，自与我周旋"，竟然被我一下子想了起来，而后，哽咽连连，几乎不能自制，你猜我因何而哽咽？不不，不是因为心神重新被坚固了，也不是脚下的路变得好走了，而是，我终于明白了白居易到底在说什么 —— 是的，"自与我周旋"，是结局，不是历程；是苦水里开出的花，却根本不是家传的粮仓。要想"自与我周旋"，唯有"任从人弃掷"，如此，一个我和另一个我才能双双得以全存，我也才有了自己与自己周旋的可能，到了此时再去放眼打量，风还在，雪还在，可是路也在，我也在。某兄,你说,这一句"任从人弃掷",岂止是抽打我的鞭子,它不简直就是我救下自己性命的武器吗?

说及救命的武器,我得承认,诗人们写给自己的诗,除了白居易的那两句,另有许多,多出自普通名姓之手,在"吾丧我"的关口上,又或在"我丧吾"的泥淖里,它们却常常会像菩萨示现一般从天而降,被我当作了赖以护身的刀枪剑戟。困守在小旅馆里喝闷酒度日之时,刘曾璇的"得米如添新宝物,看书似遇故乡人"几能促人镇定;终日在生计里俯身埋头却又一无所获之时,我也似乎可以对自己说上一句朱颖的"记得渭南诗句好,书生饿死亦寻常"。有那么几年,总是春节还未过完,我便从老家的小镇子出发,远去了千山万水之地,每回出门,我都要先在镇子的东头坐轮渡过汉江,再去县城里换乘长途客车,如果天气和暖,春意来得早,汉江渡口上的桃花便零星地开了,看着桃花们在江风里摇动不止,我便会暗暗念起李端的句子:"风尘甘独老,山水但相思。"只是,春节里出门,汉江恰在枯水期,轮渡多半会在江中搁浅,总是徒劳地打转了好半天,也终于无法动弹,眼见得船边的漩涡迅速凝聚又迅速分散,再念及此一去多半仍是镜花水月,心底里难免神伤起来,每逢此时,岸边的桃花便摇动得更加急促,似乎是在提醒我:当此之时,你一定要记得,赶紧将那些句子从记忆里翻找出来,再拿在手里当作武器,就譬如方干的那两句"诗句因余更孤峭,书题不合忘江东",还譬如诗僧齐己的那首《自遣》:

> 了然知是梦,既觉更何求。
>
> 死入孤峰去,灰飞一烬休。
>
> 云无空碧在,天静月华流。
>
> 免有诸徒弟,时来吊石头。

某兄,炉火已残,酒已喝干,这边地的长夜正在越来越深,有个好消息,我要跟你说,刚刚,旅馆的老板来敲门,说是明天一早,有一辆大货车将从本地出发,前往距此最近的城市,到了那里,我再想回家就会变得容易许多;旅馆老板又说,他见我一人留在此地实在可怜,所以,来找我之前,他已经跟货车司机说好了。听到旅馆老板的消息,我当然在惊喜里千谢万谢了他,却也在骤然里涌起了对他、对这旅馆和一整片此地的不舍,而这不舍,我知道,又断断不能变作沉溺令我欲罢不能，所以，在睡下之前，我还想和你一起，在那齐己的诗里来做一番打捞——此诗，其实不难说清楚：大梦自是一生，既已觉醒更有何求；死之既至，且将我埋入孤峰，一烬之后，肉身与万事皆休；你看那天空，云走了，天会变得更蓝，就像月光，唯有在安静里，它才会绽露和流淌巨大的光华；算了吧徒弟们，我走了，你们千万不要像那石头和尚希迁的门人一般，为我建塔，对我凭吊，是的，我不需要。

这些话，齐己在对自己说，更在对徒弟们和一切欲走还留之处说，他其实也是在对你我说，和你一样，我也常常遍寻不见生趣和生机，又何曾稍稍分明地看清过自己？然而，齐己这一首诗的玄机正在于此，一眼看去，字字都是结局，字字都已自证了因果，屏声静气之后再去看，却发现字字皆有风浪，风浪之下，全都是正在闯关的孤舟：你我是谁？你我就是那还在做梦的身体，也是那被万千诉求碾轧与推动的不知不觉；你我还是那不肯走的云，以及不肯安静下来的眼前周遭，就像石头和尚的那些徒弟，建塔和凭吊，哪里是在顺从他最深的心意？那反倒是在打他的脸，又在砍他的腿。那么，你我的生趣和生机究竟在那里？某兄，请跟我一起，紧盯此诗中的"知""觉"和"无""休"诸字，是的，这几个字便是反抗，便是将此身与此生先行看作荒唐，再从荒唐里拂袖而去，果能如此，我们才真正算作是自己种下了自己的田，自己又掘开了自己的墓，而这种下与掘开，它们不是别的，它们的另外一个名字，就叫作生趣和生机。

某兄，话说至此处，我就该睡下了。搜肠刮肚之后，我已经将我能记住的所有诗人们写给自己的诗都翻检了出来，再写给了你，说起来，那些诗人们，连同我，不过是在跟你说同一句话：如果我们不反抗，不拂袖而去，那么，我们就找不到亲手制造的生趣与生机，如果我们不能亲手制造它们，我们也将永远无法看清自己。只是，我们如何去制造又到哪里去制造这些生趣与生机呢？还是以我和我之所在为例吧：此刻，窗外的风更加大了，在暴风的卷席下，路上的冰层也在愈加变得坚硬，有一匹不知何故流落在街头的马，如同当年夜路上的我，正在反复被砸倒，又反复趔趄着站起身来，然而，它却没有嘶鸣，只是一意地站起，一意地向前，目睹着它，我竟在霎时间陷入了狂想，莫非是，它也正在迎来两个它？一个它在让自己认命，另外一个它却给自己背起了诗？要是真的如此,哪一首诗才能配得上此刻里的它,就好像,还有哪一首诗,能够让我在一觉醒来之后的长路上背给自己?某兄,如有神助一般,我竟然真的想起了一首诗,它甚至可以被视作所有关于生趣与生机的标准答案,也是巧了,它的名字,也叫作《自遣》,是唐朝的另一位诗僧归仁和尚所作。那么,我就将它写在这里,送给你,送给我,也送给那暴风中的马匹——

> 日日为诗苦,谁论春与秋。
> 一联如得意,万事总忘忧。
> 雨堕花临砌,风吹竹近楼。
> 不吟头也白,任白此生头。

陶渊明六则

那年冬天，他的父亲在北京住院，渐渐地，他便交不起医疗费了，虽说正是大雪扑面的时节，他也只好满北京城乱转，想去找认识的人借一点钱来，却始终没有借来，别无他法，他便干脆去旧货市场卖掉了自己的笔记本电脑，没想到，买他笔记本的人，是个卖血的血头，说是血头，其实也穷得很，要不然，也不会为自己远在河南乡下的女儿买一个旧笔记本。

难得的机缘是，因为血头总是带着一帮兄弟流窜在各医院，所以，在他栖身的那家医院，他也会经常遇见他们，时间长了，他和他们从一开始的点头之交慢慢便相熟了起来，有时候，当他们卖完了血，在医院外的小餐馆里加餐的时候，他们总会叫上他，和他们一起吃猪肝，说起来，那段日子里，他真是吃了不少猪肝。可是，他也是个要脸的人，总在吃别人的猪肝，自己却拿不出什么来跟他们同享，惭愧逐渐加深，这以后，他们再招呼他的时候，他便总是扯了一堆理由不去了。

这天又是一个大雪天。他接到了血头的电话，说是一帮兄弟聚在一处喝酒，这次他无论如何也要来，因为有个兄弟洗手不干了，要回老家好好过日子去了，按惯例，但凡遇到这样的时候，朋友兄弟是要一醉方休的。接完电话，他犹豫了很久，还是出门了，坐了地铁，换了公交，又步行了好半天，终于顶着雪走到了一排破落的平房前，血头早就在大雪里等着他，见到他，不由分说地，先塞给他一瓶酒，再拉着他，进了一间小平房。房子里没有暖气，但是，因为生了炉子，倒也热烘烘的，见他来了，兄弟们纷纷与他碰杯，又扯了牛肉羊肉给他，酒一下肚，莫名的豪气不知因何而生，他干脆放开了襟怀，跟兄弟们一起，吵嚷着，敬了这个，再敬那个。

后来，有人唱起了歌："实心心不想离开你，一走千里没日期，莫怪哥哥扔下你，穷光景逼到这田地……"唱完了，又有人另起了一首："井坪子的树上长花椒，绿绿的叶儿红红的椒。两眼往上瞟一瞟，哎哟，繁繁的籽儿对人笑……"可能是酒气已经彻底帮他冲破了寒酸气，在唱歌的人里，数他扯着嗓子喊出的声音最大，可是，唱着唱着，有个年轻的小伙子却哭了，那小伙子哭着走到血头的跟前，去敬血头的酒，说自己一辈子都不会忘了他，将来，等自己有了钱，会年年都记得给血头上坟的。到了这时候，他才注意到，血头其实从头到尾都没喝一口酒，不祥之感袭来，他的全身上下不由得打了一个激灵，转过身，一把掐住了血头的脖子，问对方，那小伙子到底在说什么，所有人都沉默了下来，都不说话，终于，血头开口了，告诉他：自己其实是得了治不好的病，所以，只好回家去等死了。

听完血头的话，他当然呆若木鸡，看看血头，再看看手里紧攥着的酒瓶，一句话也说不出来。倒是那血头，短暂地哽咽了一下子，笑着拍了拍那小伙子的肩，紧接着，却对所有的兄弟大吼了一句："喝起来呀！"得到了命令的小伙子稍微愣怔了一阵子之后，赶紧听话，带头碰起了杯，其他人也纷纷跟上，刹那的工夫，平房里重新喧嚣起来，酒，牛肉，羊肉，又纷纷被大家送进了自己的嘴巴；而那血头，却示意他，让他跟上自己，两个人，悄悄地来到了血头的床铺前，血头从床铺上拿起一个早已收拾好了的包裹，递给他，他打开包裹，低头去看，里面除了一件还没穿过的毛衣，多半都是些吃的，有红枣，有老家寄来的锅盔，还有两瓶没开过封的瓶装榨菜。过了良久，他才抬起头，却没去看血头，只盯着窗外去看，窗外的大雪正在越来越密集，也越来越磅礴，就好像，除了此处的兄弟、炉火和醉意，整个尘世都被大雪阻隔在了外面；随后他又听见血头说，自己的病不传染，给他的东西，他可以尽管放心地去吃去穿——他想哭一场，然而并没有，也没顾得上去应答血头的话，倒是陶渊明的诗不请自到，就像一块锅盔，被他攥在手里，咬了再咬，嚼了又嚼：

> 人生无根蒂，飘如陌上尘。
> 分散逐风转，此已非常身。
> 落地为兄弟，何必骨肉亲！
> 得欢当作乐，斗酒聚比邻。
> 盛年不重来，一日难再晨。
> 及时当勉励，岁月不待人。

最后，他默念了一遍"得欢当作乐，斗酒聚比邻"，对着血头笑了起来，见他笑了，血头便也笑了。既然如此，他便拎着包裹，抱着酒瓶，重新回到了兄弟们中间，恰在这时候，窗子哐当一声掉落在了地上，风和雪全都像决堤的洪水般涌进了小平房，兄弟们全都奔向了窗子，要去将它再装好，可是且慢，他挡住了兄弟们，学着先前的血头大喊了一声："喝起来呀！"兄弟们先是不明所以，而后，全都哈哈笑着，也跟着一起喊："喝起来呀！"一个个的，全都喝完了，这才像罗汉一般，冲向了窗子，冲向了浊浪一般翻卷的风和雪。

自此之后，也不知是时运使然，还是命中早已注定，他的双脚所及之处，陶渊明之诗就好像是一路上的车站，总能在千山万水里与他相见，也好像是沿途的桃花梨花，晴空之下，又或是在深重的夜幕里，它们要么就在车窗外被风拂动，要么隔了老远也会被他闻见隐隐的香气，到了后来，他甚至越来越认定了一桩事：那些诗不是别的，那就是他的命数，挂着露水的草叶前，后半夜的山岗上，及至更多荒僻与旷远之处，只要他未能更改他的命数，它们便会破空而出，来与他破镜重圆。

就好像他在重庆的嘉陵江边之所见 —— 他有过短暂的一

阵子好时光，在那段时间里，他经常跟随着几位影视大佬前来此地的一家酒店里住下，谈项目，开策划会和剧本会，等等等等。没过多久，好日子风流云散，那几位待他甚厚的影视大佬，坐牢的坐牢，死去的死去，他也只好拎着几件行李重新开始了河山里的奔走。几年后的这一晚，他又来到了嘉陵江边，入夜之后，一念及物是人非，他便悲意难禁，干脆步行五公里路，径直前往了当初的酒店。可是，当初嘉陵江边几乎被视作传说的那家酒店，而今早已成了鬼影幢幢的所在：温泉池水早已干涸，西餐厅里蝙蝠们飞来飞去，从青砖铺就的幽径小路底下钻出来的荒草，足足有半人高，还有他当初住过的房间，在被渍水长时期地浸泡之后，已经长出了青苔，此时此境，多像陶渊明在《拟古》里写下的那些句子啊："迢迢百尺楼，分明望四荒。暮作归云宅，朝为飞鸟堂。山河满目中，平原独茫茫。"

可是，在茫茫的雾气里，他却似乎分明看见了当初那些和他把酒言欢的人。有的正走在前往SPA区的路上，有的在温泉池里游泳，有的则信步闲走在林间小路上打电话，电话里说着的，都是动辄便要投资上亿的大项目。当然，对于眼前所见，他难以置信，可是，在他反复确认了好几遍之后，他终于相信，此刻，他是真的看见了那些早已风流云散的人。一旦看见了，他又生怕他们就此凭空消失，所以，他没出声，只是悄悄地跟着他们，在雾气里兜兜转转，过了假山，再过了几幢民国年间的老别墅，一阵急雨当头降下，伴随着急雨，闪电也噼噼啪啪地来了，等他在老别墅的屋檐下躲了一阵子闪电，再走出来，SPA区，林间小路上，温泉池里，那些故人们竟然在一瞬之间全都看不见了，他在原地站着，慌忙四顾，远远地，似乎听到一阵微弱的哭声从西餐厅里传了出来，于是，他赶紧疯狂地跑向了西餐厅，到头来，终究还是一无所见，只有被他惊扰了的蝙蝠訇然起飞，在他头顶上四处打转，他也只好步步后退，后退之间，之前的《拟古》里没有背完的几句，掺杂着越来越强烈的悲意，不自禁地便从头脑里涌现了出来："古时功名士，慷慨争此场。一旦百岁后，相与还北邙。松柏为人伐，高坟互低昂。颓基无遗主，游魂在何方！荣华诚足贵，亦复可怜伤。"

还有一回，是在遥远的张掖。到了张掖，在诸多不足为外人道之时，他自然常常念起陶渊明的句子，所谓："少时壮且厉,抚剑独行游。谁言行游近? 张掖至幽州。饥食首阳薇,渴饮易水流。"然而,这些句子不仅未能令他的行色为之一壮,反而增添了更多的百无聊赖:作为一个被纪录片剧组派来打前站的人,他已经在这张掖城中浪迹了多日,而剧组却迟迟未到,几乎每一天,除了饱食终日,除了站在城外的一座土丘上向前张望,转而又在张望里陷入悔恨,他唯一的打发,便是前往城西头,付一点微薄的钱,去听一个瞎子说评书。那瞎子只有他这一个听众,三番五次都说不再收他的钱,但他还是执意给了,因为有肺病在身,那瞎子其实每说几句便要剧烈地咳嗽起来,如此,他听咳嗽的时间其实远远长过了听评书的时间,但如此又甚好:在这举目无亲之处,在这大风从早到晚呼啸不止的边地小城中,他和那瞎子,好歹都还有个将这眼前光阴苦熬过去的伴儿。所以,渐渐地,他再看那瞎子时,不管对方是不是咳得上气不接下气,他都觉得对方是可亲的,有时候,一个说完了,一个听完了,两个人便一起喝起了酒,一边喝,他一边给那瞎子背起了陶渊明的诗,那瞎子竟然听一回就被那些句子打动一回,总是沉默一阵子,再对他,也像是对着一整座尘世说:"可不么,可不么。"

瞎子死的那一天，恰好是剧组来的第三天，他和全剧组都去到了距张掖城六十多公里之外的一个村子里拍摄，风太大了，他的耳边除了风的呼啸之声，几乎再无别的声音，所以，手机铃声响了好多遍，他都没听见，等到拍摄实在无法继续的时候，他跑了老远，找了一座土丘，在它的背面蹲下，这才接到了那瞎子的邻居打来的最新一遍电话，在电话里，邻居对他说，以后他不必再去找瞎子听评书了，只因为，昨晚上，那瞎子，咳嗽了一整晚后，死在了家里，现在，已经被送去殡仪馆火化了。突然听见瞎子邻居传来的信，他甚至都来不及惊惧，胸口便钻心地疼了起来，随后，他腾地起身，即刻便要奔向张掖城内，可是，就在这时候，远处的导演打着手势，对所有人发出了命令：拍摄马上重新开始，所有的部门，各就各位。最终，他还是觉得害怕，不是害怕见到死去的瞎子，而是害怕丢掉了眼前的生计，所以，在几乎可以就此将人埋葬的大风里，他并没有跑向张掖城，而是跑向了开工的地方，一边跑，他的眼眶里一边涌出了眼泪，偏偏此刻，陶渊明的那首诗又像燃烧的木头般，在他的体内噼啪作响了起来，于是，那眼泪，不管他怎么擦，总也擦不尽：

少时壮且厉，抚剑独行游。

谁言行游近？张掖至幽州。

饥食首阳薇，渴饮易水流。

不见相知人，惟见古时丘。

路边两高坟，伯牙与庄周。

此士难再得，吾行欲何求！

死，甚至只是可能的死，实在是一件躲不过去的事，所以，陶渊明的诗便也躲不过去。这一回，他是寄居在陕北一座镇子上的小旅馆里，说是旅馆，实际上不过只是几口窑洞而已，唯一的服务员正在村里忙着秋收，打他住进来的第二天起，他就再也没有见到过服务员了。而他非住进来不可：在此前的浪迹中，他一直发着高烧，却没有去理会，等他来到这小镇，全身上下终日里都在寒战不止，常常是，正在当街里走着，身体一软便要倒在地上，如此，他便只好住进了这小旅馆，稍微有些气力的时候，他便勉力起身，到镇子上的一家小诊所里去输液，可是，一周下来，他的气力竟然没有得到任何好转，最难熬的是夜里——当寒战一阵更比一阵剧烈，而他却寸步难行，只能听任着满身的汗水逐渐变冷，再将变冷的汗水重新捂得滚烫，到了此时，死，这个字，就像他身在其中的这口窑洞，摇摇欲坠，随时都有可能倾塌下来，有好几次，对着那个字，死，他伸出了手去，既像是抓住了它，也像是没抓住。

最要命的，还不是高烧不退。这家旅馆里除了他，还住着几个终日里在各个村庄里做传销的人。那几个人，可能是怕他给他们惹出什么麻烦，总要时不时地拉拢他，也不管他是不是起得了身，隔三岔五地，他们便会呼喊着闯进他的窑洞，再扔给他几个苹果或红枣，他也没有气力去推辞，便只好眼睁睁地看着他们今天扔过来明天再拿回去。最不堪的一回，是那几个人赚到了满意的钱，决定离开小镇子的前一晚，他们在院子里的一棵白杨树下置了酒菜，全都喝多了，喝多了之后，一个个闯进了他的窑洞，要拉着他起来，跟他们一起划拳，他当然连说不必，直至哀求，但是对方却说，他要是不肯起身划拳，他们就将他抬到院子里去。实在没有别的办法，为了那个字，死，不被他紧紧抓住，他也不知道怎么了，竟然鬼魂附体一般，起了身，跟他们一起来到了院子里，院子里的白杨树一入眼帘,陶渊明的诗便像月光一样洒落在了他身上:"荒草何茫茫,白杨亦萧萧。严霜九月中,送我出远郊。四面无人居,高坟正嶣峣。马为仰天鸣,风为自萧条。"可是,当此之际,他又能如何是好呢? 还是为了那个字,死,为了让它离自己远一点,他只好横下了一条心,去抖擞,去划拳,去喝酒,心底里,那首诗里剩下的句子却好似地底的岩浆,正在和他脱口而出的酒令去争执,去撕扯,直至迎来了兀自的奔涌:"幽室一已闭,千年不复朝。千年不复朝,贤达无奈何。向来相送人,各自还其家。亲戚或余悲,他人亦已歌。死去何所道,托体同山阿。"

尽管如此,要他说,那陶渊明的行踪,却绝不单单是只站在一个"死"字里,相反,那些诗,无非是一个常人端出了自己的常心,佛家有云:"是诸众等,久远劫来,流浪生死,六道受苦,暂无休息。"既然如此,是诸众等,又该如何是好? 要陶渊明说,那便是先在"死"字里容身,却又要在"死"字里作诗、饮酒乃至嬉笑,而后,一个常人才能在世上苟全,所谓"人生归有道,衣食固其端",所谓"开春理常业,岁功聊可观"。而后,一颗常心才能从迷障里脱落而出,所谓"桐庭多落叶,慨然知已秋",所谓"纵浪大化中,不喜亦不惧"。如是,如果要他再说,他便说:那陶渊明,绝非是坟前的判官,更非是驾鹤的上仙,他所踏足过的道路,指点过的江山,既是囚笼,也是道路,既有猛兽四伏,也有萤火明灭,终了,是诸众等,还须自己怀抱自己的因缘,自己挑破自己的性命——"同物既无虑,化去不复悔。徒设在昔心,良辰讵可待?"

就像他在川滇交界处的深山里度过的那一夜。因为连日阴雨不停,山间的铁轨被山洪冲刷得七零八落,所以,着急赶路的他等不及铁路再次开通,四下里打听了之后,终于打听出一条山间小路,一个人,前往了他要去的地方。那一晚,头顶上虽说只有零星小雨,他每往前走一步却都异常艰困:举目四望,无处不是黑黢黢的,周遭里,除了他碰撞山石与枝丫发出的声音,一概都静寂无声,只是这静寂又会被注定了要到来的各种杂声打破,不知名的虫子,不知名的鸟,不知名的走兽,总是在骤然之间便鸣叫又或唳叫了起来,那鸣叫和唳叫总是让他吓得一哆嗦,却又赶紧提醒自己,一定要乖乖站好,一定要不发一声。就这样,他的行旅好歹缓慢地向前继续着,远远地,他已经看见了一盏忽明忽暗的灯火,如果没猜错,那应该就是他打听路时就已经得知的林场场部所在地,从那里开始,路便会变得好走起来,也是被急火攻了心,他竟然不再小心翼翼,隐约认准脚下的路之后,撒腿便朝着林场场部狂奔而去,哪里知道,没跑几步,他便跌下了一条深壑,一路跌下去,他狂乱地叫喊着想抓住什么,但是,身边的灌木和荆条全都长着刺,他什么都没抓住,只好闭上眼睛,任由自己跌倒哪里算哪里。

还好,最后,他抱住了一棵柏树,身体戛然而止,性命之忧也就此戛然而止。他先是被这突至的好运吓呆了,随后,又喘着粗气,继续环抱着柏树,朝四下里张望,没过多久,他竟然听到了流水的声音,而且,这流水声正在越来越清晰,与此同时,他能看见的地界也正在越来越清晰,看着看着,他禁不住嘿嘿笑了起来:却原来,之前的跌落,非但没有要了他的性命,相反,还将他送上了一条近路,现在,仅离他几步路远的地方,就有一条河,河上有一座木桥,过了那座木桥,便是林场场部,也就是说,接下来的坦途,离他其实只有几步之遥了。这下子,他不再忍耐了,兴奋地、狠狠地击打着眼前的柏树,又不管不顾地喊叫了起来,可是,当他离开那棵柏树,瑟缩着试探着，也是边走边唱着走向了那座木桥，陶渊明之诗，却像那木桥下的河水，在密林里，在整个天地间流淌不止：

> 今日天气佳，清吹与鸣弹。
> 感彼柏下人，安得不为欢。
> 清歌散新声，绿酒开芳颜。
> 未知明日事，余襟良以殚。

最后，还是说一说那黄河边的小城吧。有一年的冬天，春节临近之前，他被一个剧组叫去救急改剧本，哪里知道，他前脚才到，后脚剧组便解散了，他却没有来得及脱身，因为剧组欠了当地不少钱，他便和所有未及脱身的人一起，被关在了小旅馆里，寸步都走不出去，虽说最后他还是逃出了生天，但是，关押一开始的时候，因为从不曾给自己备下什么零食，说是差点饿死也毫不夸张。实在饿极了的时候，他便冲着把守在铁门之外的看守们大声呼求与喊叫，最后的结果，却是对方的置若罔闻，除了更加感到饥饿，他并未迎来任何可能之外的造化。

这一天，他又喊叫了好半天，铁门外的看守们干脆打起了扑克，可偏偏，当他颓然退回到自己的窗边，不经意地往外看，却恰好看见一个卖莜面窝窝的老太太正从窗子下面经过，那老太太的腿脚不是太灵便，又推着小车，走得便缓慢，小车上冒出的热气却令他又一次忍无可忍，果然，他不再忍耐，推开窗子，不管不顾地冲着那老太太呼求与喊叫了起来，老太太似乎听明白了他到底在喊叫着什么，却也没有半点法子，只在原地里站着，抬头去看看身在二楼的他，再看看自己的莜面窝窝，最后也不知道该如何是好，过了一会，听见了动静的看守们蜂拥前来，对着那老太太训斥了再三，如此，他便只好死命地吞咽着唾沫，再眼睁睁地看着老太太走远了。

半夜里，他被饥饿折磨醒了过来，房间里只剩下一瓶酒，为了果腹，他干脆一口口喝起了酒，越喝越饿，越饿便越继续喝，醉意很快袭来了，还有干呕，也伴着醉意一起袭来了，为了让自己好过一点，他从行李里取出了毛笔，在几张报纸上涂抹了起来，终是无济于事，他还是忍不住想要呕吐出来，于是，他丢掉毛笔，惊慌失措地奔向了窗子边，可是，当他推开窗子，霎时之间，就像是一声响雷当空而下，正好将他击中，他的手脚停顿了，他的心思停顿了，他的饥饿也停顿了——窗台上，竟然散落了一堆莜面窝窝！他突然明白了什么，全身战栗着，借着一点街灯的微光向下看，却没看见那将莜面窝窝扔上了窗台的老太太，眼前所见，唯有小雨仍在降下，天地之间，那老太太，满街的房屋，及至这世上从未停息的美德，全都消隐在重重雨雾里。到了此时，他便什么都不再管了，呕吐之意也消失了，径直抓起莜面窝窝，哽咽着，二话不说地，将它们一个个生吞了下去。

醉意仍未消退，他便一边吞咽着莜面窝窝，一边拿起毛笔，饱蘸了墨汁，在对面的墙壁上，也像是对着一整座尘世，涂抹下了这首诗：

> 饥来驱我去，不知竟何之。
> 行行至斯里，叩门拙言辞。
> 主人解余意，遗赠岂虚来。
> 谈谐终日夕，觞至辄倾杯。
> 情欣新知欢，言咏遂赋诗。
> 感子漂母惠，愧我非韩才。
> 衔戢知何谢，冥报以相贻。

拟葬花词

更能消几番风雨,最可惜一片江山。这两句词,分别来自辛弃疾的《摸鱼儿》和姜白石的《八归》,近人里,要数梁启超最是喜欢,常常用它们来作联句,先是"燕子来时,更能消几番风雨;夕阳无语,最可惜一片江山。"至晚年,妻子故去,梁启超又作联句:"春已堪怜,更能消几番风雨;树犹如此,最可惜一片江山。"此中情境,多像今天的武汉——农历庚子年正月十三,一场大疫还远远没有来到它的尽头,燕子们却回来了,树木的葱茏之色也日渐浓郁,绿树掩映里,花朵们慢慢显露出了开放的迹象,然而越是如此,满目风物便越像是一场巨大的浪费。

至于我，却是百无一用，到头来，只能写下几行这庚子年的《葬花词》——封城以来，与我做伴的，唯有楼下草地上几朵刚刚开出来的花，每天的放风时间，我都会站在阳台上和它们相顾无言，而后又赶紧回到房间里去：因为我的楼下已经出现了一家四口疑似病例，所以，每天的放风时间只能越来越短促。今早醒来，可能是周边的疑似病例正在增多，我看见有人不停往草地上喷消毒液，没过多久，那些之前开得像哪吒一般的花，渐次枯萎，终于全都死去了，最终，我决定，回到房间里去，为它们，也为所有正在独自度过这个春天的花朵，写下几行字，以此为观赏和亲近，也以此为不值一提的薄奠。

那些我不知道名字的花在上，我就先从油菜花说起吧，只因为，它们是穷苦人的花朵。宋末元初的黄庚有诗云："田园空阔无桃李，一段春光属菜花。"清代的熊琏也说："朝来不厌临窗看，也算贫家一段春。"是的，桃李无踪，菜花才入了人的眼帘，薄凉的确薄凉，但菜花之命不就是穷苦人之命吗？试问穷苦人，就算满目珍馐，你是不是也要等到别人意兴阑珊之时，才敢偷偷伸出筷子？再问穷苦人，这世上的高头大马还将来未来，你是不是早已偷偷地藏好在了无人之处？三问穷苦人，田埂上，茅屋外，荒山顶上，小河沟边，是不是只有在这些地方，你才觉得踏足在自己的地盘上并且一再认定了自己的命数？而以上诸地，恰恰就是油菜花的行踪所在，好在是，穷苦人也要生火做饭，灶膛里一样会升腾起火苗，锅盖一掀开，此处的热气和金銮殿里的热气也别无二致，就像穷亲戚抱紧了更穷的亲戚，你抱住了油菜花，油菜花便会还你一个金銮殿里看不见的人间神迹：

> 一望金铺，接段分邱，长堤短塘。美欺桃压李，连天烂漫，迎风著露，遍地飘飐。挑荠才过，踏青至此，试戴钗梁问可妨。花间谱，便君臣悬隔，欲赛姚黄。
>
> 何须列幕登场。但唤彻、提壶醉斜。看村村榆社，陈茵布褥，年年弄月，趁暇寻忙。寄语高人，莫怀兰菊，妙手唐垓写素肠。留春住，诓菜园羊踏，梦落沧江。

——宋人张夏的这一阕《沁园春》，难道还不能为人间神迹做证吗？欺桃压李，连天烂漫，长堤短塘，陈茵布褥，那么，且让我先来为它们做证吧：在我的故乡，每到油菜花开，大地上就像是终日涌动着黄金做的波浪,风吹起来,一浪便高过了一浪,人也好,村庄也好,全都被它包藏在其中,同时被包裹的,还有走过的路,流过的泪,诞生过却又最终消失的愿望;实际上,这油菜花不是别的,它是你怕过的鬼,跑断了的腿,还有说不出话的嘴,就像王阳明之诗:"闾阎正苦饥民色,畎亩长怀老圃心。"现在,当它们化作铺天盖地的被褥从天降下,好人们和坏人们,聋子们和哑巴们,是哭是笑,是拔腿撒欢还是仰面睡倒,你们看着办,一切都由你们自己说了算,油菜花可以和列祖列宗一起做证:过了这个村,你就再也没了这个店,油菜花一谢,你们就要去山东卖米,去山西卖面,聋子们要做回聋子,哑巴们要做回哑巴,唯一可以继续指望的是,接下来还有春天,只有在下一个春天里,你拜过的菩萨,你吃进肚子里的雨和雪,才会化作"一望金铺"的油菜花卷土重来,到了那时候,你们才能再去说媒,再去怀孕,再去生下好儿郎或不孝之子。

说完了油菜花,再说杜鹃花。关于杜鹃花的来历,古蜀与闽浙各不相同,闽浙之地的传说与背叛有关:一对好兄弟,唤作杜鹃和谢豹,谢豹被判死罪入狱,杜鹃前去探望,哪知谢豹谎称要去剪头发，让杜鹃替他坐一天牢，之后却一去不回，直至最后，杜鹃做了枉死鬼，杜鹃死后，变作了一只怨鸟，终日啼哭着想要找到谢豹，却始终没有找到，而它终年啼哭着落下的血泪，终于化作了杜鹃花；蜀地的传说却有不同：望帝杜宇让位于贤，化身为鸟，终不舍故土故人，常常夜啼"不如归"三字，直叫得吐出了血来，血滴之处，长出了杜鹃花。两地传说虽然不尽相同，但这杜鹃花，当它作苦楚之花总归不会太错，所以，诗里词里，但凡踏上了长路羁旅之人，总少不得将那一腔悲辛托于杜鹃花；这些年，不知道命犯过什么，我忽而南北忽而东西地踏遍了河山，自然见过不少杜鹃花，在杜鹃花的身边，多少会想起那些关于它们的词句，就譬如宋人舒岳祥《杜鹃花》里的几句：

> 此花开时此鸟至，青枫苦竹为其家。
> 锦官玉垒不可念，翠华黄屋天之涯。
> 不闻十月杜鹃鸟，只见十月杜鹃花。
> 何必看花与听鸟，老夫日日自思家。

寄身于南宋之末的舒岳祥，半生都在逃难流离，人是丧乱之人，诗中便多有悲鸣之声，其《春雪》中的"或言白骨如白雪，雪亦有仁遮白骨"一句，一打眼便叫人触目惊心，这首《杜鹃花》虽不曾捶胸顿足，却有无尽悲凉盈荡于字里句间：锦官城玉垒山早已遥不可及，天子的銮驾也逃到了海角天涯，徒剩下满山的杜鹃花不知改朝换代之苦，竟然在十月里开了第二季，所以，杜鹃鸟自然没有与之同来，开了的花和没有来的鸟啊，用不着你们来啼唤来招摇，我的身体里也装着早已失去的家——虽说没有像舒岳祥一般生逢乱世，但是每每读到这几句，我的心底里倒是总会涌起几许兔死狐悲之感，只因为，和他一样，我也看见过当年里开出过第二季的杜鹃花，那是在河南和陕西交界处的一座深山里，我被关着禁闭写剧本的小招待所之外，因为气候一直反常，我的窗子前，杜鹃花竟然在深秋里开了，满山满坡全都红成了家乡在春天里的样子，可是，问我归期未期，如此，每日里端坐在杜鹃花前，我都心烦意乱，恨不得它们赶紧凭空消失，没料到，过了没几天，当它们行将枯萎之时，我却又每天深夜里都还在它们之中兜兜转转，就好像，它们就是仅剩的念想，就是最后的火焰，当它们消失与熄灭，所谓穷途末路，所谓一语成谶，也就真的避无可避了。

其实,杜鹃花也不仅仅只生长在长路羁旅之上,唐人曹松便赞叹说:"谁家不禁火,总在此花枝。"白居易尤其喜欢它的另外一个名字,是为"山踟蹰",一生为其作诗有近十首,首首都像是在对着时刻准备背弃的枕边人说话:"今日多情唯我到,每年无故为谁开?"唐宪宗时期的状元施肩吾更说:"丁宁莫遣春风吹,留与佳人比颜色。"然而,杜鹃花之于我,在许多年里,一似被我住尽了的小旅馆,又似被我踏遍了的种种荒僻所在,总归是逃不脱,我只要在路上,它们便一直长在路旁。记忆里最深切的一回遭遇,是在川西的一个小镇子上,因为谋生之难,一开始,我也对举目皆是的杜鹃花置若罔闻,其后不久,连可能的谋生之途都彻底断绝了,究竟是走是留,思来想去,到底茫然不知,到了这时,那些司空见惯的杜鹃花才变作些微的安慰,将我拽到了它们的身边,其中一丛,长在早已废弃的供销社的墙根处,一回回,我都觉得它已经死了,然而它又一回回地活了过来。

小镇子上的雨终日不停,尽管如此,我也每日里都打着伞去看那丛杜鹃,直至迎来确信:它们再也活不过来了。然而,就在我打着伞，百无聊赖地蹲在它们身边刷微信的时候，不经意一抬头，竟然一眼看见新叶在转瞬之间长了出来，虽说开花还早，可是，那些新叶，却像是豆荚炸裂，一颗颗豆子蹦跳着来到世上，颗颗都难为人知，却全都指向了锋利的要害：你信它死而复生，它便教你重新做人。是的，在雨伞底下，在安静而慈悲的要害前，我盯着那几片新叶看了又看，就好像，雨伞底下已经长出了血染一般的杜鹃花，个中心事，唯有宋人杨巽斋之《杜鹃花》可以道尽：

> 鲜红滴滴映霞明，尽是冤禽血染成。
> 羁客有家未归得，对花无语两含情。

说完了杜鹃，再来说桃花。古今以来，诗人词人里，说起写桃花，可真算得上是猛将如云谋臣如雨，再论及写桃花的名句，也几乎像星辰和雨水一般繁多，仅以唐朝为例，崔护之"人面不知何处去，桃花依旧笑春风"，白敏中之"凭君莫厌临风看，占断春光是此花"，更有刘长卿托物言志之五言："四月深涧底，桃花方欲然。宁知地势下，遂使春风偏。"以上诸句，更多种种，浑似桃花本身，一旦从枝头上下来，便要飘飘洒洒，过了东家，再过西家；也为此故，诗里词里，常常要叹其轻薄，鲍照之妻张文姬便说："不学桃李花，乱向春风落。"就连格外喜欢桃花的杜甫都承认："颠狂柳絮随风舞，轻薄桃花逐水流。"

要我说，这也绝非是桃花的错。春天到了，桃花开了，王侯公卿们当然要去看，但世上也有如唐伯虎之桃花坞那般的所在，正所谓："桃花坞里桃花庵，桃花庵里桃花仙，桃花仙人种桃树，又摘桃花卖酒钱。"更何况，唐伯虎还说了："若将富贵比贫贱，一在平地一在天；若将平地比车马，他得驱驰我得闲。"西蒙娜·薇依有云："爱是我们贫贱的标志。"改她几个字，也可以说："桃花是我们贫贱的标志。"将她的话再改下去，大概可以这么说："并不因为桃花爱我们，我们才应当去爱桃花，而是因为桃花爱我们，我们才应当爱自己。"君不见，"花红易衰似郎意，水流无限似侬愁"乎？君不见，"湖上小桃三百树，一起弹泪过清明"乎？却原来，那桃花也是一杆秤，它称着富人，也称着穷人，因此，它既可作岁朝清供，也可被弃之如糟糠。如若不信，且看生活在唐末与五代之际、"十考不第"的可怜人罗隐之解：

暖触衣襟漠漠香，间梅遮柳不胜芳。

数枝艳拂文君酒，半里红欹宋玉墙。

尽日无人疑怅望，有时经雨乍凄凉。

旧山山下还如此，回首东风一断肠。

——天气渐暖，桃花坠下枝头，落在衣襟上，散发出悠长香气，梅花树遮不住，柳树也挡不住，花影灼人，引得卓文君当垆卖酒，而那东家之子，被满墙红艳撩拨，禁不住要一窥再窥墙内之人。饶是如此，凄凉的日子终归会来到：一日过尽，无人问津，你只好怀着满腹心事去东张西望，大雨浇头，你和世间万物一样，也不过是巨大凄凉的一部分，就算回到被移栽之前的旧日山下又当如何？不过是一再听到东风要来的消息，但是，它总也来不了。好吧，既然话说到了这里，现在，就让我们拿桃花比作你我，比作这世上所有的受苦人吧：寒凉消退，天气渐暖，一个个的，全都趁着兴抑或怀揣着指望出门了，此一行，青山遮不住，毕竟东流去，而我们比那东流之水更加急促，急促地踮起脚来打探生计，又是锣来又是鼓；再急促地俯下身体去寻找活路，又是斧子又是锹，可是，就像被敌军绕道甩掉的埋伏者，我们要见的人呢？我们想喊出来终又未能出声的指望呢？之后，大雨落下了，而你照样无法脱身，仍只能硬着头皮，继续这注定了有去无回的行程，不然怎么办呢？难道要掉头回返吗？算了吧兄弟，还是继续往前走吧，就算你扬长而去，不管走到哪里，末了，你也不过像那桃花，一再听到指望和东风一起到来的消息，但是，它们最后也来不了，不是吗？

说完了桃花，总要说起梅花。先看长词八百，再看短诗过千，冬日里的几株寒梅，多半都被当作了言志的托物，一一道来，无非是说它孤高自洁，就如郑板桥之《山中雪后》所说："檐流未滴梅花冻，一种清孤不等闲。"无非是说它坚志难移，就如谢枋得之《武夷山中》所说："天地寂寥山雨歇，几生修得到梅花？"诸多咏梅之人，最堪怜的便是这谢枋得，抗元兵败，妻儿被俘，他干脆逃入了武夷山中再举义军，只可惜天命难违，他终于还是落入了元军之手，继而被押解入京，直至绝食而死。只是梅花树下的亡魂们在上，在你们之中，可佩的当可佩，堪怜的亦堪怜，但我还是偏偏喜欢"驿外断桥边，寂寞开无主"之梅，以及那"明朝望乡处，应见陇头梅"之梅和

"寻常一样窗前月,才有梅花便不同"之梅。何以如此? 要我说,都是因为它们寻常,寻常的驿站,寻常的生机,寻常的举目无亲和进退无路,所以,在诸多咏梅之诗里,柳宗元的《早梅》最是经常浮上我的心头:

> 早梅发高树,迥映楚天碧。
> 朔吹飘夜香,繁霜滋晓白。
> 欲为万里赠,杳杳山水隔。
> 寒英坐销落,何用慰远客?

多么寻常啊! 你看,高高的枝头上开出了最早来到世上的梅花,映照得楚地的天空更加碧蓝,一夜大风,驱使着香气四处流散,更使得早晨的繁霜变得越来越白,亲爱的兄弟,譬如和我同贬边地的另外七司马们,我当然想以一枝两枝相赠,可是,这念头自有千山万水去打消,到头来,我也只好眼看着它们各自消亡,只不过,再寄信时,我再拿什么去给你们送上微不足道的安慰呢? 要知道,作此诗时,柳宗元就算已经远谪至穷山恶水的永州,朝堂之上,衮衮诸公,仍然在纷纷谏言,都说八司马皆可杀,然而,此一首《早梅》,字字写来，风暴远在千山外，此地空余黄鹤楼，可算得上是无惊无乍，无宠无辱，却又有物有我，更有物中之我和我中之物，所谓我中之物，一如王国维所言："以我观物，故物皆著我之色彩。"所谓物中之我，是我早已经在梅花和高树、夜风和繁霜及至穷山恶水中的一切里打碎了自己，到了此时，梅花的香气便是我的精气，忍看寒英销落便是我的朝堂与课堂，而我，现在的我是安静的，虽然无法给远方的兄弟寄去梅花，但是，我可以给他们寄去我的安静，还有这从安静里重新长出的身体。

只是，让我们回到此时此刻，农历庚子年的正月十三，试问在我眼前已经死去的花，再问所有在疫情当中死去的人，自此之后，你们的安静从何而来？你们的身体，又当从哪里重新长出来呢？人道是"草木一秋"，可是，当草木再度易色，有一些人，再也走不进你我的队伍了。所以，我所写下的这些百无一用之字，这一份不值一提的薄奠，既要献给那些不知道名字的花，也要献给那些不知道名字的死去的人，惭愧的是，寻常之人，见过的、写下的，也无非是些寻常之花，好在尚能聊以自慰的是：你我寻常之人，就算走到了黄泉渡口，奈何桥头，在那渡口与桥头，满眼能见到的，只怕还是些梅花和桃花，只怕还是些杜鹃花和油菜花吧？那么，临别之时，且让我最后一次以诗相赠，是为唐人张祜的《邮亭残花》：

> 云暗山横日欲斜，邮亭下马对残花。
> 自从身逐征西府，每到花时不在家。

——白云转作暗淡，日头已经快要坠下山岗，而我，我却不管不顾地亲近了邮亭里的残花，那不是因为别的，那只是因为，自从我们开始在这世上颠沛奔走，就再也没有看见过家中花开的模样了！那些不知道名字的死去的人啊，假如你们在天有灵，你们应当知道，这首诗在赠与你们之时，也在赠与仍然活着的我们：我们应当记住，今日之我已非昨日之我，今日之我们也非昨日之我们，此一去后，无论每年的花开成什么样子，我们中的一部分也再看不见它们了，而我们，我们唯有继续苦熬下去，直到等来真正的春天，等到山河大地上而非一张白纸上的梅花和桃花，还有杜鹃花和油菜花。

唯别而已矣

那一日，正是初夏季节，当我从太白山中的小车站里走出门去，人群里，竟然巧遇了几个故交，一见之下，自是大欢喜，啸聚着，赶紧跑到了距车站不远的一处农家饭庄里去喝酒。这处农家饭庄坐落在半山腰里，房前屋后，全都被红花环绕，红花绿树之下，又暗自流淌着一条浅白的小溪，喝酒的时候，微风阵阵拂来，蝉鸣也远远未至聒噪，一切都是初夏该有的样子，他乡畅快竟能至此，怎不令所有的人都忘了即将在此地展开的生计？

只不过，时间长了，我的酒力实在难支，踉跄着，就在厨房外面的柴火堆里睡着了，等我醒来，故交们却早已离开，山风浩荡，鸡鸭安宁，唯有灶膛里的余烬还在发出若有似无的声响。我给故交中的一个打去了电话，哪里知道，他却从对面山峰上的一道花墙中探出了身体，虽说看得清清楚楚，但山路毕竟难走，我要赶上他们恐怕也得要好一阵子，索性不再追赶，眼看着他们继续向前，纷纷消失在了花墙中，唯见那道各种杂花交织而成的花墙，沿着山脊向前伸展，又好似火烧连营，映照得山下的湖水和湖水上的渔船全都红彤彤的。如此一来，唐人许浑的那首《谢亭送别》，便也变得红彤彤的，写在了湖面上：

> 劳歌一曲解行舟，红叶青山水急流。
>
> 日暮酒醒人已远，满天风雨下西楼。

这首诗，便是我喜欢的别离之诗。所谓劳歌，说的是南京的劳劳亭中唱起的送别之歌，而那诗题中的谢亭，位于宣城，和劳劳亭一样，都是著名的送别之地，谢朓曾经在此别友，亭名故为"谢亭"，李白也曾于此一再别友，且写有"客散青天月，山空碧水流"之句；然而，要知道，许浑作此诗，时在晚唐，山河破碎，人如草芥，于彼时之诗中四望，家国与字句实际上串通了一气，多卑弱，少兴味，多是一己之身，几无身外之意，此前之诗里那些苍茫宽阔的造境，至此沦为了一处处逼仄的所在，就连许浑自己，除去名句"溪云初起日沉阁，山雨欲来风满楼"之外，诸诗之中，常见埋头苦对，却也"工有余而味不足"。独独这一首《谢亭送别》却大是不同，未写倚楼远望，只写独自下楼，其间之别意，犹如江上峰青，欲了未了，欲绝未绝，又独不见一个"别"字，而盛唐和中唐时的灞陵折柳与马上相逢尽在其中，"西出阳关"和"君向潇湘"也尽在其中，也难怪，明人唐汝询在《汇编唐诗》里会说其"立意既新，调复清逸，堪与盛唐争雄"。

如若有意来检点别离之诗，其实不难发现，它们别非他物，就是我们走过的路和遇见过的人。走在我们身旁的，有长子，也有幼子，抬头看，桃花开了，油菜花也在开。早在南北朝，江淹便在《别赋》里写道："黯然销魂者，唯别而已矣。"又说"别虽一绪，事乃万族"，或是"龙马银鞍，朱轩绣轴，帐饮东都，送客金谷"，或是"边郡未和，负羽从军，辽水无极，燕山参云"，总归是："别方不定，别理千名，有别必怨，有怨必盈。"然而，世间别离却并不回回都是抽刀断水，怨气常有，豪气更常有，那豪气，并非是一语既罢便跳上马去，倒有可能是马放南山刀枪入库，就像刘长卿在送别一位征南老将时所写："独立三边静，轻生一剑知。茫茫江汉上，日暮欲何之。"那豪气，甚至有可能只是别而不得，就好像塞上岑参，毕竟是冰雪入了筋骨之人，哪怕写过"上马带吴钩，翩翩度陇头。小来思报国，不是爱封侯"这样的赋别诗，最是让人如临真境的，却还是那句"山回路转不见君，雪上空留马行处"。

只不过，这世间儿女，总归都是肉骨凡胎，在此处消磨，在彼处苦熬，该来的总也不来，该到的总也不到，如此也就罢了，我们都受得了，但这还远远不够，怨憎会与爱别离都还在列阵排队，都还在等着像篾片或刀刃一样割过我们的身体，最是一个别字，一来再来，我们便要对这一回回的丧失一忍再忍，是的，所谓别离，就是"丧"与"失"，只要别离来到，多少血气充沛之人，也无不顿时明白：我们的一生，确实只有向死而生这一条路，而死，除了肉身的寂灭，更有这纷至沓来的"丧"与"失"。所以，要写诗，写诗即是挽回，即是提前的祭奠，即是自己把自己救出来。正因为如此，任你百战骁将，还是当朝宰相，只要别离之途近身，空中的飞燕，近旁的花朵，路边的流水，你都要化作铁匠，再对着它们狠狠敲击，直到飞出挽回、祭奠和赎救的火星子——一代圣人王阳明，作别龙场之时，面对入门弟子的相送，虽说溪云压帽，风雪满鬓，满山里回荡的，却仍是一颗眷恋不去的人师之心，对弟子们说完了"相思不作勤书礼，别后吾言在订顽"，他又接着说："莫辞秉烛通宵坐，明日相思隔陇烟。"更有耿介孤僻如王安石，要想真正识得这位众口纷纭的铁石心肠之人，非得要去他的诗里不可，唯有在他的诗中，云雾散尽，真身才得以显露，却原来，他不是别人，他只是一样在分别里落泪的儿子、兄长和父亲：

> 荒烟凉雨助人悲，泪染衣襟不自知。
> 除却春风沙际绿，一如看汝过江时。

时在宋元丰五年，王安石罢相至金陵谪住已有七年，恰逢弟弟王安礼赴京，长兄如父，他便亲身将弟弟送往了龙安津渡口，再看着弟弟渡过江去，却想起了自罢相以来已经七年未见的长女，他忍不住对女儿说：亲爱的女儿，这冷雨，这从雨中升腾而起的烟雾，怎能不令人悲伤，直至衣襟都被泪水打湿，我也浑然不知。你的叔叔已经走远了，眼前周遭，除却春风吹绿了沙边的青草稍有不同，这一切，多么像我当年看着你过江出嫁的时候啊！

事实上，早在写下这首诗之前的嘉祐年间，王安石即将出使辽国前，见到过自己的妹妹，而相见之日即是分别之期，兄妹二人的短暂相逢却令王安石倍觉暖怀，在奔赴辽国的路上，他写诗寄给了妹妹，诗里说："少年离别意非轻，老去相逢亦怆情。草草杯盘共笑语，昏昏灯火话平生。自怜湖海三年隔，又作尘沙万里行。欲问后期何日是，寄书应见雁南征。"——老实说，我早先在读林语堂之《苏东坡传》时，常觉书中的王安石干涩寡淡，甚至不可理喻，唯有读了他的诗，才又作如此想：妹妹与女儿，杯盘和灯火，青草与激流，大雁和尘沙，全都刀刻一般装在他的身体里，细致时如丝线绷紧，再微小的物事都有相宜的位置；粗放时也未作一句狂语，就算大雁当头，尘沙扑面，他记着的仍是许给妹妹的归期，这样的人，这样的宰相，肚子里怎么可能撑不下几条船？

所以，别离诗中，最贴人心的，反倒不是那些如有神助之人所写，以李白为例，别句甚多，别意甚少，只因为，于他而言，每一条即将踏上的路都是要被他重新命名的路，凡他过处，草木摇动，鸟兽惊慌，纷纷物事，连同他脚踩的道路，反倒都会齐齐地涌向他，最后，它们必将全部化作他的一部分，"请君试问东流水，别意与之谁短长"，又或"仰天大笑出门去，我辈岂是蓬蒿人"，以上诸句，实际上，都可看作是踩在风火轮上写出来的。可是毕竟，如辛弃疾所言"别有人间行路难"，另有一些句子，出自低门矮户，但却守着本分，路上有酒，它便说有酒，路上有兽，它便说有兽，一切好走与难留，它都照实说来，不掩不藏，如此，那些句子便如三两行李，如芒鞋布衣，人们走到哪里，它们便跟到了哪里。就像唐人李频在湘江之畔与亲旧别离之时，别愁虽在，却被眼前所见尽数收纳，这样，别愁反倒变成了谦谦君子，不说话，不号啕，时间一到，该走就走："中流欲暮见湘烟，苇岸无穷接楚田。去雁远冲云梦雪，离人独上洞庭船。"类似情境，还多见于辛弃疾的别离之句，这些句子里，虽说沉郁之气常在，一颗被愤懑包裹的心也常在，但是，一句句如实道出，反倒如同李白，别造了新路，这路上，站着世间几乎所有的远行之客，还有他们的心事——

唱彻《阳关》泪未干，功名余事且加餐。浮天水送无穷树，带雨云埋一半山。

今古恨，几千般，只应离合是悲欢？江头未是风波恶，别有人间行路难！

此一阕《鹧鸪天》，作于宋孝宗淳熙五年，辛弃疾从豫章赶赴临安的途中，在此之前，辛弃疾数十次表奏朝廷，直陈自己的上阵杀敌之心，却始终未能如愿，即使转任了地方，或毁于群议，或得罪了公卿，他也只能一回回挂冠而去。然其人是谁？不同于诸多写诗之人，为了抗金，辛弃疾二十一岁便已募兵两千，为了惩治叛逆，他领着五十人便敢直入敌军大营，最终亲手将叛逆亲手缚回，交与朝廷处治；论其词句，近人钱基博有云："弃疾之词，恣肆而为楂丫，其势横。"又说其"纵横跳荡，如勒新驹，如捕长蛇，不可捉摸"，实在是隔世知音的入肝入肠之论。然而在这一首《鹧鸪天》里，虽说短短一阕皆为名句，"浮天水送无穷树，带雨云埋一半山"一联更是堪作绝唱，最动人心的，却是最后两句："江头未是风波恶，别有人间行路难！"——当我们踏上路途，我们其实都知道，前面的路不好走，朔风狂雪在前，险关猛兽也在前，不管是横下了一条心去，还是闭上眼睛自己骗自己，只要性命在，一切苦厄终能渡得过，可是，谁能想到，这"行路难"里还另有一难，名唤人情风波呢？与之相比，江水里的浪头浪尾算得了什么？一切离合之悲欢又算得了什么？君不见刘禹锡之"长恨人心不如水，等闲平地起波澜"乎？君不闻白居易之"行路难，不在水，不在山，只在人情反覆间"乎？所以，须臾之间便要别过的兄弟啊，你我二人，《阳关》唱彻又如何？双泪未干又如何？我，辛弃疾，那个一心想要"了却君王天下事"的恨意难平之人，却早已看清了自己的"刚拙自信，年来不为众人所容"，那么，既然时至如此，势至如此，我也别无他法，我也唯有劝你，功名自是余事，多喝酒，多吃饭。

古今别离之名句，可谓多如箭雨，也不知道是何缘故，偏偏辛弃疾的别离之句总是被我记得牢牢的。仍是在太白山中，小镇子上，我遇见过一个丢了儿子的人，这人终日喝醉了便站在街头破口大骂，非要说他的儿子就在这镇子上，只要不把他的儿子交出来，这里的人就都是有罪的，他迟早要一家家寻上门去报仇，时间久了，几乎人见人厌，也没人理会他。

这一天，他又喝得不省人事，躺在地上无法动弹，恰逢大雨突至，他被浇淋得全身发抖，可就是起不了身，只好继续躺着，任由大雨浇淋，渐渐地，颤抖就变作了抽搐；而我，这些年，旷野上，小城镇里，诸多仓皇奔逃的长途中，遇见最多的，就是这些四处寻找自己丢掉了的儿女之人，大多跟我一样仓皇，个个却都比我更加失魂落魄，于是，我走上前去，将他搀起来，带回旅馆，又给他买来了药，待他清醒和安定下来之后，他却从自己的上衣兜里掏出了一支笔，还有一个湿漉漉的笔记本，叫我无论如何也要给他一定能找得回来的儿子写句话，按理说，我当然要给他的儿子，也给他，写上几句宽慰话，不知怎的竟然没有，眼见得风雨如晦，又见山重水复，想来想去，我还是给他写下了辛弃疾在送别范廓之时所赋《定风波》中的一句："无情对面是山河。"

可能是因为：这些年里，我所踏足之路，多是无名无姓之路，我所遭逢之人，也多是无名无姓之人，所以，在离别诸诗里，我总是不自禁地去着意那些无名氏们的句子，这些句子，如兵马俑，人形具足，只差开口说话，事实上，就算说了话，也只怕早已被宰相状元们的文章驱赶到了人迹罕至之处;又如战争之后被弃置在一旁的刀枪剑戟,只剩得铁锈丛生,铜痂郁结,但是说回当初,战阵里,风声中,无论胜败,哪怕终生都被操之于人手,它们也都亮出自己的身体和心。是的,生而为人,哪怕籍籍无名,眼见的也是晚云与朝露,头顶的也是朗星与白日,早在先秦之时,无名氏所作的《白云谣》里便如此说:"白云在天,丘陵自出。道里悠远,山川间之。将子无死,尚复能来。"你看,句句都是实话,句句都堂堂正正,无名百姓这么说话,九五之尊恐怕也只能这么说话,而且,这些话,既可以对人说,也可以对一路经过的白云、丘陵和山川说:只要你不死,你就还能再来;只要我不死,你我也必将还有再会之期。另有三首无名氏所作之诗,假托为栖身异邦的李陵写给即将回到中土的苏武,是为《李少卿与苏武三首》,首首都悲意萦怀,却又不入激狂,读下来令人顿生恻隐之心,兹录其一:

良时不再至,离别在须臾。
屏营衢路侧,执手野踟蹰。
仰视浮云驰,奄忽互相逾。

风波一失所,各在天一隅。

长当从此别,且复立斯须。

欲因晨风发,送子以贱躯。

实际上,李陵确实为苏武写过诗,名曰《别歌》,诗里写道:"径万里兮度沙漠,为君将兮奋匈奴。路穷绝兮矢刃摧,士众灭兮名已隤。老母已死,虽欲报恩将安归?"李陵毕竟是武人,除了几句接近号哭的怨愤之语,满腹奇冤竟无一字能拔剑自救,难怪梁启超说此诗"质直粗笨"。世事往往如此:多少一意求得的公允,根本不在朝堂上,根本不在史册中,却丝丝缕缕地深扎在无名无姓之人的心底里,其时之李陵,身为敌国之降将,早已无名无姓,就算有名有姓,也叫作逆臣贼子,能救他的,能在悠悠千载里让他渐渐水落石出和起死回生的,唯有那些假托他之手口的无名氏们,只因为,我所看见的你,其实就是我自己,或早或晚,我也可能像你一样有口难辩,我也可能像你一样忍气吞声而再强颜送别,一如诗中所写:好时候再也没有了,唯有离别才是必然,才是命运,抬头看,你我多像那疾驰的白云,忽而跟随,忽而逾越,最终,我们只能失去所住，再在各之所在里眺望对方，只可惜，复可恨，我身不似飞鸟，不能因风而起，再以这贱末之躯送你往前一程了！

何止于一颗公允之心，许多时候，正是因了那些无名氏的吟唱，正道的丛林里才横添了几可与史志对峙的殿宇楼台——有一桩故事，说的是，卫宣公之子朔，因觊觎异母兄弟伋的储君大位，与母合谋，骗伋出使齐国，意欲在路上杀死他，而朔的同母兄弟寿，却与伋情谊深厚，当他得知母兄之计后，立刻告诉了伋，且阻止他上路，然而，伋却言君命不可违，一意前往齐国，别无他法之后，寿干脆窃走了伋的出使节凭，代替他乘上了出使的小船，而后果为母兄所遣之人击杀于舟中，其后，伋也乘船追了上来，一见寿之既死，悲痛至极，也愤恨至极，径直跟对方说，你们要杀之人，其实是我，既然如此，你们将我也杀了回去复命吧，如此，伋与寿，这一对异母兄弟，竟双双死在了舟中。

但是自此开始，一首名叫《二子乘舟》的别离之诗便开始了吟唱流传，直至被收入了《诗经》里的"邶风"篇，这首诗，只有短短数行，却好似一张山水画：乍一看去，湖光与星火之外，尽皆留白，这留白里，又无一处不是凶险，无一处不是情义。不仅如此，这首诗里，最迷人也是最让人动情之处，不单在那一对前后赴死的苦命兄弟，更在岸边送行人发出的悲声，读过的人总是忍不住要去猜，岸边的送行人是谁？是二人的生母吗？是剩下的兄弟姊妹吗？我也曾猜测过许多遍，而我的答案是：那些送行人，可能是生母，可能是兄弟姊妹，更可能是那些古今以来的无名氏，那些活剥了生离、生吞了死别，且注定了一遍一遍要去反复经受这些生吞与活剥的无名氏：

> 二子乘舟，泛泛其景。愿言思子，中心养养！
> 二子乘舟，泛泛其逝。愿言思子，不瑕有害！

说起来，这些年里，一路走下来，我也遇见过不少这世上的无名氏。还是在太白山中，我遇见过一个半辈子都喜欢作诗的人，几十年里，五言七律写了二十几大本，但是，要是让我如实说，那些诗却几无可观之处，绝大部分都近似于大白话。然而就算如此，他还是写了不少诗来赠给我，且要我也与他唱和，我实在没有这样的本事，只好一次次婉拒了他，他也丝毫不在意，仍然不停地写诗给我，不停地请我去他家中喝酒。有时候，当我们坐在灶膛前喝酒，他根本不管我到底在听没在听，一首首将他赠给我的诗背了出来，眼睛里发出的光，简直比灶膛里的炉火还要热烈；我也只好任由他去，直到双双都酩酊大醉，我才摇晃着走出门去。

只是这一回，就在我要与他和这太白山作别的前一晚，我明明喝了很多酒，明明就坐在灶膛前，寒意还是袭上了身，我知道，这寒意，固然是因为天气正在转凉，却也更是因为近在眼前的别离，所以，破天荒地，我竟然想为他，为这太白山，更为自己的过去，写下一首别离之诗。此时此刻的几颗残星之下，江山虽然辽阔，多少人春宵恨短，多少人一夜白头，而我，却只能在火焰、穷寒和别离里扎定了自己的营帐，然而，越是如此，出乎意料地，某种逐渐清晰的信心，伴随着某种逐渐强烈的为眼前周遭做证之心，却反倒越加强烈，霎时里便充盈在了我的肺腑之间；紧随其后，就像火焰升腾，又像凉风扑面，诸多词句都好似睡着了刚被叫醒一般，纷纷涌向了我，在酒意的加持下，我的头脑里，一时飞沙走石，一时大雨如注。可是，很遗憾，我终究还是要承认，自己实在没有写诗的本事，直到最后，我也没有能够完整地拼凑出一首诗，但是如此也好，我反倒轻松下来，看向了那个依然还在火焰边背诗的朋友，再继续去听他的背诵；这时候，他刚刚背完一首纪念去年闰七月的诗，又背起了下一首，诗里有田埂和抽水机，也有寒霜和来年的收成，我便去想象着它们，在酒意里闭上了眼睛。入睡之前，我对自己说：也许，一觉醒来，到了明早，到了真正的别离之时，我也能够像他一样，写出一首诗，再身怀着信心与做证之心，奔跑着，成为无数无名氏中间的一个。

酒悲突起总无名

是的，杯莫停——赶了一整天的路，入夜之后，我终于来到了这个祁连山下的小镇，时值四月，满目里的油菜花开得正好，而小酒馆外的狼毒花也开了，大风将花朵的香气送入了小酒馆，再落入我的酒杯，竟使得那便宜至极的烧酒变得越来越好喝。油腻而逼仄的小酒馆里只有一张桌子，我又来得晚，原本已经没有落座的地方，哪知道，围坐在桌子边的陌路兄弟们竟招呼我在他们中间坐下，我也就没客气，坐下来跟他们攀谈，这才得知，他们都是在附近修电厂的民工，既有本地人，也有四川人河南人黑龙江人，既然如此，我就更不客气，一杯一杯跟他们碰撞起来，也不知道过了多久，酩酊之中，我突然很想亲近那些油菜花和狼毒花，摇摇晃晃地，一个人端着酒杯出了门，再在它们身边坐下，遥望着远处隐隐约约的雪山，不知不觉便睡着了。

后来，我被一阵歌声惊醒了，再惺忪着朝小酒馆里看，只见那些陌路兄弟们正在且歌且舞，青海小调，《大花轿》，"刘大哥讲话理太偏"，一首首轮番唱了好几遍，那舞蹈却说不清楚是什么舞蹈，像是迪厅里跳的，却又像锅庄，兄弟们一边跳，一边往嘴巴里灌着酒，置身于这痴狂的良辰，兄弟们如同娶亲，如同守在丰收身边，如同复活的幽灵与亲人们久别重逢，我还没缓过神来，已经有个小兄弟跑出门外，拉扯着我，非要我去加入他们，此时，我的手机响了，我刚要接听，那小兄弟竟然趔趔着一把夺过手机，将它扔进了狼毒花丛中，我也只好放任不管，被他们推来推去，终于下定了决心，无论如何，我都要迎来一场真正而彻底的大醉：

闲愁如飞雪，入酒即消融。

好花如故人，一笑杯自空。

流莺有情亦念我，柳边尽日啼春风。

长安不到十四载，酒徒往往成衰翁。

九环宝带光照地，不如留君双颊红。

——陆游作此诗时，身在四川范成大幕府中，自三十九岁被贬出临安行在，已经十四年，于仕宦一途，他早就生出了到此为止之心，所以，这首诗，其实是横下一条心的到此为止之诗，唯其如此，世间美酒反倒拥有了真正的体面，多少人喝的是酒，写的是酒，酒却只是个由头和引子，在"浊酒一杯家万里，燕然未勒归无计"之中，在"醉卧沙场君莫笑，古来征战几人回"之中，酒其实早早被薄幸被弃置了：尽欢和未尽欢的人们，你们只管去上天入地，而我，也只好看着你们渐行渐远。独独这一首《对酒》里，酒不再是仆人、配角和出发地，而是海到天边酒作岸，是山登绝顶酒为峰，喝酒之人既在镜花水月之中，更在和它们，和更多的真境与妄念一刀两断，正所谓，"九环宝带光照地，不如留君双颊红"！此诗读罢，当然会以"闲愁如飞雪，入酒即消融"为名句，甚至令人几番想起李白的"雪花酒上灭，顿觉夜寒无"，但是，这些名句，如果它们是知趣和慈悲的，它们就应当避嫌退让，纵容你我去耽溺，去和无边尘世一刀两断，所以，在油菜花和狼毒花的旁边，且让我再默念一遍："九环宝带光照地，不如留君双颊红！"然后，像李白一般，对那些满身泥灰的兄弟们说："岑夫子，丹丘生，将进酒，杯莫停。与君歌一曲，请君为我侧耳听！"

　　这一回前来祁连山，实际上是胆大包天：此前半年，我一直在北京写剧本，临到要写完，接下这项目的人突然提出，这个剧本，只能由他一人署名，我当然不同意，双方便僵持了起来，而出品公司却仍连日催促着剧本的进度，如此，我便写也不是，不写也不是，正在不知如何是好的时候，这天中午，我在朝阳路的一家小面馆里吃面，突然看见墙上张贴的一张祁连山风光画，再想起这些年里曾经多少回踏足在祁连山下，又或穿行于祁连山中，一种委屈，也夹杂着愤懑，瞬时里便攫住了我，茫然四顾之后，我竟恨不得小面馆之外的路即是通往祁连山的路，唯有踏上这条路，我才能迎来真正的号啕、依恃和亲近，于是，一刻也没有再等，出了小面馆，我便离开北京前往了祁连山，一路上电话当然不断，合作者，出品公司，甚至一个自称律师的人，轮番给我送来了威胁和斥骂，尤其那个自称律师的人，一遍遍告诉我，如果我再不悬崖勒马，他一定有办法让我吃上我根本无法消受的官司，而我，我却什么也顾不上了，坐在火车上，一边听着他的电话，一边反倒不无快意地渴望着他所说的恶果早一点到来，也好让我更早一点见到自己的水落石出，那满身的底气，竟然不过是我正在狂奔上前的祁连山。

所以，祁连山下，杯莫停。就算我根本不知道此行最终的目的地，但是无论如何，满心满目里，我却只有一个念头，那便是，走下去，继续走下去——这天黄昏，在雨后的旷野上，一座修路工的帐篷里，我竟然再次遇见了一个携着满身醉意且歌且舞的兄弟：这兄弟，是个藏族小伙子，只会说生硬的汉话，我遇见他的时候，他已经坐在帐篷里喝多了，却执意拉扯着我继续喝，我也恭敬不如从命，一边喝，一边费尽了耳力去听清他的醉话，却原来，他之所以在此处修路，是因为去年冬天的雪太大，他借钱买来的几百只羊都冻死了，债主每天上门催债，他也没有别的法子，便逃到这里来了。只是，不管他醉成了什么样子，对于债务这件事，他却是一口咬定，自己是个清白的人，欠下的债，一定要还清，也一定能够还清，说着说着，就好像债务已经还清了，他竟然要给我跳舞，我连说不必，他却早已按捺不住，冲出帐篷，奔到旷野上，霎时之后，歌舞顿起，那歌声，几乎将远山里的积雪震落，那舞蹈，朴拙而癫狂，就好像是从岩画上搬下来的，也不知是怎么了，明明远在边地，明明是一个藏族小伙子在歌唱和舞蹈，我却想起了宋人陈师道的《除夜对酒赠少章》：

> 岁晚身何托，灯前客未空。
> 半生忧患里，一梦有无中。
> 发短愁催白，颜衰酒借红。
> 我歌君起舞，潦倒略相同。

"我歌君起舞，潦倒略相同。"这一句，很难不令人正视和珍重眼前人，此刻里，天空里飘着火烧云，祁连山上有冰川，纷纷物事，无不美而高远，但是，大地上，我唯一的伙伴，却是那个已入癫狂之境的藏族小伙子，既然如此，如果再不一醉方休，我们岂不是辜负了这潦倒中的相逢，又做了烈酒、冰川和火烧云的罪人？于是，接下来，我们几乎喝了整整一夜的酒，直到天快亮才分头睡下，也不知道过了多久，我还在酣梦之中,他叫醒了我,再递给我一把刀子,见我愣怔不解,他才赶紧对我说,马上,他就要出发去修路了,那修路的地方,是个大风口,太冷,想要熬过去,还是只有喝酒,但他现在已经没有买酒的钱了,所以,他想用这把刀子换几个酒钱,也不知道我是不是愿意,我当然不愿意——我给了他酒钱,却并没有要他的刀子,这样,他也不愿意了,扔下钱就走,我又捡起钱来追出帐篷,好说歹说,他才羞红了脸收下,又急于摆脱这尴尬,干脆向前狂奔了起来,我也只好用鲍照《拟行路难》里的句子祝他一路顺风:"人生苦多欢乐少,意气敷腴在盛年。且愿得志数相就,床头恒有沽酒钱。"

千万不要小看了"酒钱"两个字,诗里词里,这两个字从来都是一个问题。它既关涉生计,也关涉志趣,实在是人活一世的神经和面目。唐人高适《别董大》中"莫愁前路无知己"之句,几乎无人不知无人不晓,少有人知的是,《别董大》其实是两首同题诗,另有一首如此写道:"六翮飘飖私自怜,一离京洛十余年。丈夫贫贱应未足,今日相逢无酒钱。"如此甚好,如此,豪气与寒气毕露,才是我们皮囊和时运的真正底色。更有唐伯虎,年纪越大,越对酒钱牵肠挂肚,说完了"桃花仙人种桃树,又摘桃花卖酒钱",又接着说"漫劳海内传名字,谁论腰间没酒钱"——也狂也狷,也穷愁也可怜。说来说去,还是现世里面面俱得的白居易最是优裕和从容,就算身在暮年,杯觥交错之间,一切也都不在话下:"少时犹不忧生计,老后谁能惜酒钱?共把十千沽一斗,相看七十欠三年。"

必须承认,在祁连山下,酒喝得再多,我也从未忘形,只因为,对酒钱的忧虑从来没有一刻消退过,何止是酒钱,车钱房钱吃饭钱,以上诸事,事事欲走还留,又化作拦路的蒺藜和猛虎,常常使我驻足不前,却在驻足不前里心生不甘,别无他法,我也只好用更多的烈酒来赶走它们,到了此时,更多关于酒的诗,也化作车钱房钱吃饭钱,越过祁连山直奔而来,我便终于能硬着头皮一醉再醉——半夜里,在小车站的长条椅上,我和一起等车的人,喝多了径直睡着,睡醒了又再接着喝,岂不正是王之涣所说"今日暂同芳菊酒,明朝应作断蓬飞"吗?小旅馆办入住的柜台前,我竟巧遇了一个前来此地做皮革生意的湖北同乡,才攀谈了三两句,两个人便几乎同时掏出了酒,而后,一边喝,一边发现彼此交集甚多,只是,当我们说起双方何至于此的时候,却又赶紧闭口不谈,连干了三杯，如此因缘，岂不正是卢照邻所说"他乡共酌金花酒，万里同悲鸿雁天"吗？是的，悲哀，我还要承认的是，一回回地，就算喝得再多，某种巨大的悲哀一直都在，这悲哀，祁连山也挡不住，连通着山峦背后那至大至广的尘世，如果它流淌起来，承接它的，却是另一股早就在等待着它的、更加阔大的悲哀，其中风浪，就像清末词人朱孝臧所作之词里的句子：

> 翠阜红匪夹岸迎，阻风滋味暂时生。水窗宫烛泪纵横。
> 禅悦新耽如有会，酒悲突起总无名。长川孤月向谁明。

"禅悦新耽如有会，酒悲突起总无名"！是的，就是这两句，北京和祁连山，手中的酒瓶和可能的官司，强自镇定和心有余悸，总之是，我之所来，我之所去，我之无所从来，我之亦无所去，这祁连山下的一切，全都被这两句词装下了。先说禅悦新耽，在祁连山下，我之禅悦，真可谓无处不是：湖面上的天空里，鹰隼沉醉于自己的倒影，忘记了飞翔；马匹们的眼睛似乎被雪山的反光所灼伤，却又不愿离开，纷纷闭上眼睛，任由马鬃沾染上被风吹来的花朵；草地的深处，泉水汩汩冒出，再蜿蜒向前，将湿漉漉的气息送向了杨柳、风车和远处的尘沙，以上所见，入我眼即是入法眼，入法眼即是入我眼，每每贴近，我都恨不得自己烟消云散，再在马鬃中、泉水中和鹰隼的倒影中历遍六道轮回，直至最后，重新被这莽荡无际的祁连山生出来。然而，禅悦新耽之后，悲哀也就来了，这悲哀说是无名，却又针扎一般指向了一五一十的无可抵赖：无论如何，这祁连山只是暂时容身的所在，也许，那些一似往常的苟且已经伏兵般埋藏在了山谷之外，只等着我前去举手投降？还有，死去的故人，化作陌路的故交，还有那些早已寂灭的因缘，我到底为何得到过你们又丧失了你们？远的不说，只说这祁连山下，酒入魂魄之后，我是该沉默着端坐在狼毒花身边，温驯地接受它们的开示，还是该踉跄着去追随头顶明月，在旷野上越跑越远？抑或是，我应该强迫自己留存最后的清醒，在湖水边洗净自己的脸，喘息着，认清了来路，再选定了去路？天上地下，我全都绕树三匝，唯一可依的枝头，仍然还是只有大口喝酒，到头来，我还是既未能认清自己，也未能认清那些悲哀。

　　幸亏这是在祁连山下。远至大唐，在此地来去的，除了将军和求法僧们，更有高适、岑参和王昌龄，多少纤弱之辈，一入此地，便要二度为人，雪花如席如斗？窄路似弓弦似刀背？又或者，牙齿被打落？双膝被折断？对不起，我全都要和泪吞和血吞，当然也要和酒吞。旁人不说，只说和我一样来自古之荆州的岑参，祁连山下，我走过的路，他都走过，我喝过酒的地方，他也都曾长醉不醒，然而，他在祁连山下所写的那些诗，虽说也酒气逼人，却从未有一刻在酒水里自成郁结和漩涡，那些字句，往往先打酒里入，又打酒里出，既出，便不再相顾，一意上战马，入风雪，任从辗转，倏忽不见，再看它们，却只听得见马蹄阵阵和朗笑声声——陪名将封常清登高之时，他写道："九日黄花酒，登高会昔闻。霜威逐亚相，杀气傍中军。"送别被拔擢东归的魏升卿时，他写道："垆头青丝白玉瓶，别时相顾酒如倾。摇鞭举袂忽不见，千树万树空蝉鸣。"尤其是，每一回，当我路过那些早已被青草覆盖的烽燧和故城的时候，一想到这些几经更改的所在当年也曾遍布胡笳之声，岑参很可能就在其中横刀夜眺，再豪饮至天明，心底里便总是忽有所动，他那首《酒泉太守席上醉后作》里所溢出的沉醉与一往无前之气，顿时就像胡笳之声，一曲曲，一处处，在苍茫四野里纷纷升腾弥漫了起来：

琵琶长笛曲相和，羌儿胡雏齐唱歌。

浑炙犁牛烹野驼，交河美酒归叵罗。

三更醉后军中寝，无奈秦山归梦何。

幸亏这是在祁连山下。越往前走，我遇到的把酒言欢之人竟越多。在祁连县的默勒镇，我遇见了一个大半辈子都在写作的语文老师，这语文老师听说了我所为何来之后，一把抱住了我，只因为，这个湖南人之所以半生在这里度过，也起因于一次突发奇想的游荡，只是没想到的是，他这一来，竟然在这里娶妻生子，再也没了回湖南去的念想。当天夜里，他骑着摩托车，将我带到了他的家中，大概是身在牧区的缘故，他的家虽说是砖房，却仍做成了帐篷的样子，儿女早已长大离家，家里只剩下了他和老伴，叫老伴端来牛羊肉之后，我们便喝起了酒，喝着喝着，说起自己写了半辈子却只在自治州的报纸上发表过作品，又说起在湖南老家里早已死去的父母，语文老师伤感了起来，伤感里又夹杂着一点惯常的激动，翻来覆去地举着杯子高声劝我多喝："你看这酒，一滴何曾到九泉？一滴何曾到九泉？！"我知道，他的劝酒词，其

实来自一首诗,宋人高翥的《清明日对酒》:

> 南北山头多墓田,清明祭扫各纷然。
> 纸灰飞作白蝴蝶,泪血染成红杜鹃。
> 日落狐狸眠冢上,夜归儿女笑灯前。
> 人生有酒须当醉,一滴何曾到九泉。

可是毕竟,我来这祁连山下时,清明早已过去,尽管语文老师的醉意里满含阴阳两隔之悲,但是,岑参之气,高适和王昌龄之气,都才刚刚被我拽过来,都才刚刚被我抱住了一丝半点,我只生怕自己抱得不紧不牢,所以,我一直都在提醒自己,哪怕喝得再多,也不要散乱了心神,于是,我赶紧和他谈起了写作,没想到的是,他又伤感和激动起来,哽咽着对我说起了此地里一位和他一起写作的同道,再告诉我,这个同道,也死了,现在,他活在这世上,冷清得很:"你看这酒,一滴何曾到九泉?一滴何曾到九泉?!"我便借着醉意,对他说,我有一个想法,是来到祁连山之后才日渐明确和强烈起来的想法,不一定对,仅供你参考——你看这屋外的油菜花,暴虐一般扩张铺展,连通了山岗,连通了山岗上的月亮；你再看那些还在吃夜草的羊群，一只只，正在安静地被月光照亮，可是，同时被月光照亮的，还有它们即将被屠宰的命运，也因此，它们越安静，就越孤苦；还有那些更远的地方和物事，河流、星空和豌豆田，青稞、马匹和斑头雁，等等等等，也许，现在，又到了我们重新认识彼此的时候了，面对它们，我们可能需要再一次主动上前，再自我介绍，自此，与它们也结成把酒言欢的莫逆之交。只是，我的话还未说完，语文老师已经睡着了。

尽管夜已经深了，但是，因为第二天一早就要离开默勒镇，我便没有叫醒语文老师，悄悄出了他的家门，一个人踏上了回旅馆的路，夜幕里，小雨时而降下，时而休歇，头顶上的星辰们便时而见得到，时而见不到，但它们一直都在，它们在，我便感觉到，某种近似于真理和天道的气息正在浇灌着我的身体，也许，这气息便是岑参之气？便是高适与王昌龄之气？快走到旅馆的时候，语文老师酒醒了，给我打来了好几次电话，可能是信号有问题，我们都听不清彼此在说什么，过了一会，实在没办法了，语文老师放弃了继续给我打电话，转而发来了一大段短信，大意是，我这一走，他的心又要空落一阵子了，对付这空落的唯一法子，还是继续喝酒，然而对于喝酒，他总是既高兴，又厌倦，高兴的时候只觉万事不足为虑，厌倦的时候又觉得自己不过是个沦落在天涯海角的废人，只差一死方休，可他的心还没死，他还想好好写作，所以，他问我，这酒，他到底是该喝下去，还是应该彻底戒除？在小旅馆的门口，我琢磨了一阵子，给他回复了短信，大意是，如果身体不适，万请就此将酒打住，如果身体还好，那么，我就送你一首元好问写的词：

> 只近浮名不近情。且看不饮更何成。三杯渐觉纷华远，一斗都浇块垒平。
>
> 醒复醉，醉还醒。灵均憔悴可怜生。《离骚》读杀浑无味，好个诗家阮步兵！

没错，在元好问这里，情即是酒，酒即是情，世间芸芸，任他是谁，如若只近浮名而一滴不饮，你再看他，是否能够真正迎来小成大成？三杯入口，纷乱渐消，一斗下肚，块垒铲平，且看我醒了再醉，醉了再醒，再看那屈原屈灵均多是可怜，宁愿"游于江潭，行吟泽畔"都不痛饮，所谓"众人皆醉我独醒",反倒令《离骚》也过于清醒而独善其身,更因此故,读来读去,看来看去,让人最想要去亲近追随的,还是那阮籍阮步兵!——虽说乱世里的元好问所言中不无孤臣孽子之激愤,但他实际上也是在说,我们喝过的酒,和我们写过的字、登过的山是一样的,有峰岭与沟壑,有暮云与朝露,最终自成世界,而你我,一杯在手又或一山在前时,最要紧的,却是平起平坐,你们且去自成世界,而我也正在练就不坏之身,如此,当我们从烈酒、群山和白纸黑字里抽身而出之时,遇见的阵仗再大,撞上的伏兵再多,我们和你们,也已经能够平起平坐。

是的,那平起平坐的时刻,迟早都会来的!这一日,风吹草动的午后时分,我来到了门源县一个叫作苏吉滩的地方,身在当年吐谷浑人的栖息与征战之地,当然要喝酒,在草原上信步走了没多久,我便被一户正在娶亲的人家拽进了露天里举行的婚礼上,先喝酒,再唱歌,一曲罢了,再接着喝酒,渐渐地,天色黑了下来,而巨大的篝火堆却正在搭建起来,不用说,一个酣畅的长夜正在等待着所有人;恰好这时候,我又接到了那个自称律师之人的电话,他告诉我,我已经被起诉,等待着我的,是一场我根本无法承受的麻烦,而我现在不管做什么都晚了，他没想到的是，我竟然在电话里大笑了起来，再胡言乱语地告诉他，我之前说不怕，但实际还是怕，而现在，我的心里既没有怕，也没有不怕，套用佛家偈语，怕既是不怕，不怕即是怕，律师大人，你没猜错，酒杯只要在手，我便没有了分别之心，还有，你听说过李白的《襄阳歌》吗？在结尾的地方，他是这样写的："舒州杓，力士铛，李白与尔同死生。襄王云雨今安在？江水东流猿夜声。"你没猜错，我的意思是，再大的麻烦，再吃不消的官司，这一回，我都打算将它们受下来，吃下去，律师大人，接下来，我可能还会如同李白一般，将它们都当作是舒州杓和力士铛，再一同去死，一同去生。

到了最后，对方估计是被我的胡言乱语吓住了，匆忙挂断了电话，而我，满身的醉意都才刚刚好，这醉意，没有让我陷入更大的谵妄，又源源不绝地为我生出了一颗无法自拔的眷恋之心：暮色与祁连山，篝火与青草，还有新郎与新娘，这亘古未绝的一切，本来就是世上最浓烈的酒浆，它们浇灌着我们，覆盖着我们，却又召唤着我们去和它们平起平坐，那么，除了继续眷恋和亲近，我们还能做些什么呢？也许，我们唯一能做的，就是迎来和抱紧更加彻底的迷醉，以此证明，我们的低首和跪服,都才刚刚起了个头,那么,还等什么呢?瞬时之后,我撒腿便向篝火堆边的人们奔跑了过去,心底里却在狂想不止:地上的生灵和天道,天上的星辰和真理,你们不是别的,你们其实就是与李白共饮的岑夫子和丹丘生,既然如此,且让我再对你们劝说一遍:"岑夫子,丹丘生,将进酒,杯莫停。与君歌一曲,请君为我侧耳听!"

最后一首诗

那年冬天,我在一座小县城中的医院里陪护病人,随着春节越来越临近,寒意日渐加深,大雾每一天都弥漫不止,这天早晨,待我在病房里揉着眼睛醒来,却听说同病房里的一个大姐放弃治疗,离开医院寻死去了,那大姐,原本是附近矿山里的出纳,因为早已无矿可采,她也就下岗了多年,虽说得了治不好的病,住在医院里也没有什么人来看她,但是,一天天的,她还是连说带笑的样子,许多时候,她都算得上泼辣。然而,即便如此,当我看过她留在病房中给一个可能前来的人写下的信,我也几乎可以肯定,她是真的出门寻死了。

果然，从此我再也没有见过她，奇怪的是，直到我离开那小县城，也没有什么人来接收她最后留下的那封信，我还记得，那封信，一直放在简陋病房里的电视柜上，病房里的人们闲来无事之时，总喜欢打开信封，抽出信纸来把玩说笑一会，时间长了，那封信便也越来越油腻和残破了，但是，好多年过去了，那封信，我却总也无法忘怀它，信的一开始，那大姐便说：我去死了，你可能会来，也可能不会来，我就只当你会来，反正，这是我最后一次写信给你了；紧接着，她回忆了她和收信的男人一起度过的童年和少年，再往后，她对当初错过他连说了三个对不起，可是，一下子又掉到了她刚刚回忆完的童年和少年里无法自拔，不可自抑地，她写起了当年跟那男人小时候一起在水库里划船的往事，写完了，她抄了一首词，李清照的《武陵春》，这才又说：你可能会来，也可能不会来，但我只当你会来，反正，这是我最后一次写信给你了。那大姐也许并不知道，被她在信里抄下的《武陵春》，其实也是李清照一辈子里写下的最后一首词：

　　风住尘香花已尽，日晚倦梳头。物是人非事事休，欲语泪先流。

闻说双溪春尚好，也拟泛轻舟。只恐双溪舴艋舟，载不动许多愁。

所谓"扫处即生"，说的便是"风住尘香花已尽"这样的句子，扫除之处，又生新意，其意，大致相当于佛家所说的"缘尽之处，即是缘起之门"，然而，这不尽机缘，于李清照而言却是巨大的损耗——作此词时，为了躲避金人的驱杀，李清照和众多北人一起南逃，先至杭州，再至金华，而丈夫赵明诚早已亡故，再看眼前，日复一日的哀鸿遍野仍在继续，用她自己的话来说就是："闻淮上警报，浙江之人，自东走西，自南走北，居山林者谋入城市，居城市者谋入山林，旁午络绎，莫不失所。"前一年，李清照骤生大病，身旁的弟弟已经开始四处凑钱为她准备棺木，然而，她还是活了下来，那"扫处即生"的机缘亦随之而来：仍是为了活命与避难，她嫁给了当地人张汝舟，婚后未久，却发现张汝舟之所以收留她，为的只是将赵明诚遗留金石据为己有，按照当时律法，若是女子向官衙提出离异之讼，婚约就算被判无效，女方仍要身陷牢狱之灾，尽管如此，李清照依旧向官衙提出了离异诉状，一如她在给友人的求救信中所写："猥以桑榆之晚景，配兹驵侩之下材。"

世事往往如此：国仇家恨当然会缔造出诸多忠臣义士和孝子贤孙，但是，对于有些人来说，它们却偏偏只肯化作缠绕不去的屈辱和羞耻，吞下去不是，吐出来也不是，当事者也只好沦作黥面的囚徒，在世人皆知的不堪里破帽遮颜，又任由那些屈辱和羞耻被一刀刀刻成了身体内的暗伤。这一首《武陵春》，梁启超说其是感愤时事之作，明人叶文庄却紧紧抓住李清照再嫁而不放，直斥她："李公不幸而有此女，赵公不幸而有此妇。"可是，我却只看见了一己之身的无力，无力举措，无力抗辩，唯一能够与这无力相匹配的，不是发足狂奔，也不是低头认罪，而是漫长的、损耗了全部气血的凝望——对，这个李清照，是写下过"兴尽晚回舟，误入藕花深处"和"轻解罗裳，独上兰舟"的李清照，所以，此处的字字句句，其实是兰舟在凝望舴艋舟，是好日子凝望坏日子，说到底，就是那藕花深处的少女在凝望着乱世中的孀妇，然而，我之前缘与后续都扫除殆尽了，千万不要再生余意，千万不要再生别绪,且让我倦梳头,且让我泪先流,且让我安住在"风住尘香花已尽"这一句里既不向前也不后退了吧!只因为,向前看,乱世还在持续,还在加深,向后看,倒是能看见轻解罗裳的自己,可是,那个她,却只能令我吃过的苦变得更苦,只能令我受过的罪变作一回回的苟且,所以,春天也好,双溪也罢,请你们全都让位于这一场漫长的、损耗了全部气血的凝望吧:现在,这世上有两个李清照,一个看着另外一个,可是,现在的她们,既不打算顺从对方,也不再想要说服对方。

如此凝望者,不独李清照一人。宋徽宗即位后的建中靖国元年,流放海南的苏轼终于遇赦北返,归途中,六月间,他抵达了镇江的金山寺,说起来,这已经是他第十一次前来此处,作为天选之人,几乎每一回前来,他都留下了真正的行迹:在这里,他曾和诸友于中秋月下舞之蹈之,也曾应寺主佛印之请抄写过一整部《楞伽经》,元丰七年,在送乡人归蜀途经此寺时,他又招客痛饮,并写下《金山梦中作》,清朝的纪晓岚评说此诗"此有感而托之梦作耳,一气浑成,自然神道",只是这一回,当他在寺中看见故交李公麟为自己早就画好的画像时，就像是知道了大限将至，不日之后，自己就将死去，一辈子的风浪和长短，至此分晓终于落定，所以，在他漫长地凝望了自己的画像和一辈子之后，他留下了被世人公认的最后一首诗，《自题金山寺画像》，却只有短短四句：

> 心似已灰之木，身如不系之舟。
>
> 问汝平生功业，黄州惠州儋州。

这二十四字，显然满盈着凄凉与自嘲之意，可是，冲破了凄凉与自嘲的，更有磊落与打死都不服，它是一面照见平生的镜子，更是一口人之所以为人、我之所以为我的真气，苏轼一生，这一口真气时而与青天同在，时而低伏在荒郊远道，却从未分裂消散，事实上，越至低处，那口真气便越是当空缭绕。这二十四字，也不是苏轼第一次写下与尘世和肉身双双作别的诗——早在元丰二年，因被政敌构陷，苏轼于湖州太守任上被逮，入狱四月有余，史称"乌台诗案"，在狱中，他猜测自己必死无疑，曾给弟弟苏辙写下两首诗以示绝命和嘱托，其中的"百年未满先偿债，十口无归更累人"和"与君世世为兄弟，更结来生未了因"诸句，可谓千古伤心之句，弟弟在读完诗之后痛哭终日,不胫而走之后,更让天下的世人百姓无不黯然神伤,然而,这个死不悔改的人,在他出狱的当天,弟弟来接他之时,为了提醒他千万不要再沾口舌之祸,一见面便捂住自己的嘴巴示意给他看,结果,出狱没几天,他便写下了"却对酒杯浑是梦,试拈诗笔已如神"和"塞上纵归他日马,城东不斗少年鸡",尤其那后两句中的"少年鸡",说的自然是构陷他的政敌们,一见之下,弟弟当然大惊,可唯其如此,才算作是苏轼的本来面目:越是苦厄缠身,他越要乘风归去;越是无人问津,却越有从不为人知之处诞生的胜迹向他涌来。说到底,所有的厮磨和苦斗,所有的厌倦和相看两不厌,他都献给了自己,看起来,他以横祸、颠沛和无休无止的风波走向了人间尘世,但是,这何尝又不是人间尘世以不尽造化走向了他又完成了他?

现在,苏轼站在了金山寺的画像前,风烛残年,来日无多,毫无疑问,此刻便是这一生的最低处,但是一切都刚刚好,他要赶紧地再一回完成他自己:历任八州太守的他为何只提黄州、惠州和儋州?那不过是,哪怕死到临头,他也要去正视、去亲切世上的沉瀣和身体里的块垒,并以此像是被铜山铁丘压死了一般坐实自己，可偏偏，一旦如此，那些沉瀣和块垒，反倒与整个尘世相抵，此我反倒与彼我相抵，杭州、密州和登州反倒与黄州、惠州和儋州相抵，至此，莽荡河山，海市蜃楼，便悉数入了觳中，又在吞咽和咀嚼中全都被夷为了平地。所以，这二十四字，并不是结束之诗，而是故态复萌之诗和再吸一口真气之诗，一如既往，这口真气绝不让人捶胸顿足抑或剑拔弩张，它容得下险恶风波和流离失所，也容得下炖肉、肘子和一轮明月，它所证明的，无非是苏轼仍然是那个苏轼，所谓的刚猛与精进，不过是我与我周旋，而我，又一次次从周旋里脱离，重新成为我自己。初贬黄州，他连写信给京中故旧都要吩咐一句"看讫，火之"，与此同时，他却已经在黄州城东买下了十亩荒地而日日躬耕；本因反对新法而被逐出朝廷，好不容易结束了漫长的贬谪，他却又因反对尽废新法而再次被扫地出门；再贬惠州，他在谢恩表里对皇帝写道："臣性资偏浅，学术荒唐，但守不移之愚，遂成难赦之咎。"又贬儋州之时，孤老无托，瘴疠交攻，他却早已白首忘机："某垂老投荒，无复生还之望，昨与长子迈诀，已处置后事矣。"——你们看，现在，置身在金山寺画像前的苏轼，岂不还是扶犁下田之苏轼和惠州谢恩之苏轼？岂不还是处置后事之苏轼和一出狱便写下"城东不斗少年鸡"之苏轼？

是的，此处说的最后一首诗，不是节烈义士们在绝命之时所写的自知之诗，我所着意的，恰恰是不自知，唯其不自知，写诗之人究竟是骡子还是马才能一览无余，旁人也才能在如此之诗里看清楚自己到底是骡子还是马，且以纳兰性德为例，康熙二十四年五月二十三日，纳兰性德在寓所召集众多好友们聚宴，席间，他们以庭院中的两棵夜合花分题歌咏，纳兰性德写下了一首五律："阶前双夜合，枝叶敷华荣。疏密共晴雨，卷舒因晦明。影随筠箔乱，香杂水沉深。对此能销忿，旋移迎小楹。"第二天，他便卧床不起，直至五月三十日离世，这首五律，便成了他一生中写下的最后一首诗，说实话，这些近似于南朝宫体诗般的句子，恰恰印证了纳兰之诗的真正模样：好句甚多，佳篇甚少，初看过去，佳处盈目，好比虬枝与花簇纷纷探墙而出，但凑近一整座花园去看，却又无甚可观。只是尽管如此，五月三十，这个日子却不可不提，这一日，不仅仅是纳兰性德之死期，更是亡妻卢氏离世八周年的忌日：世所周知，他从来就没能够从亡妻的死里挣脱出来，打她死后，他写下过太多悼亡的词句，上天造化，他竟然在她的忌日里得以和她重逢，就好像，这首五律不是他写的，而是那些悼亡词句在地有灵，自成了性命和名姓，再借着他的手写下了这最后一首诗，为的是让两个忌日得以叠合，更是让那最后一首诗穿针引线，再充当道路和灯笼，以使后世之人找见它们，照亮它们。

另有一首诗，虽说只是一个无名乞丐留在世间的最后一首诗，但是，和纳兰性德之五律不同，尽管也是诸方造化执他之手而写，可根本上，却是写诗之人喊出了自己的声音——清朝嘉庆年间的一个冬日，在苦风寒雪的通州郊外，有人发现了一具倒毙在路旁的尸首，照例禀报官府，官府随后派人前来收殓，很快，就有人认出了死者，死者也不是旁人，不过是城中一个说着永嘉一带方言的乞丐，要么是饿死，要么是冻死，那乞丐，也无非是死在了自己注定的命运里，然而，在他怀中，人们却发现了一张纸，这张纸上还写有一首诗，州官见之，不禁心生哀怜，竟将他好生安葬，且在墓前立碑曰"永嘉诗丐之墓"，其诗如下：

> 身世浑如水上鸥，又携竹杖过南州。
> 饭囊傍晚盛残月，歌板临风唱晓秋。
> 两脚踢翻尘世界，一肩挑尽古今愁。
> 而今不食嗟来食，黄犬何须吠不休。

且让我们将这些字句一一看过："身世浑如水上鸥"似是得自杜甫"天地一沙鸥"之余意，却又平添了无常；无常之中，携杖过南州的行迹里，苏轼之"竹杖芒鞋轻胜马"倒是若隐若现；虽说行处宿处也有柳永目睹过的晓风残月，但是，真相却是晓风中的歌板和残月下的饭囊；更有"两脚踢翻尘世界，一肩挑尽古今愁"两句，全无罗隐名句"今朝有酒今朝醉，明日愁来明日愁"之撒娇、耍泼和自暴自弃。悲愁缭绕不去？腌臢扑面而来？他只说一句：我在这里，冲我来，我都受得住。再看结尾处，与李太白"仰天大笑出门去，我辈岂是蓬蒿人"相比，这两句只说自己心意已决，黄犬吠叫不止，人间广阔无边，只是这一切与我全无了关系，我不过是自说自话，我不过是自行自路。是啊，那乞丐，他的身体里住过许多人，有杜甫和苏轼，有罗隐和李白，就像纷杂的云朵最终聚首，就像对流的溪水终于并拢，他却并没有被那些住进身体里的人扯断四肢，也没有被他们搅乱心神，不管来多少人，他都容得下，都能将他们安排妥当；拜诸方造化所赐，那乞丐写的诗里有他们的影子，但它明明白白就是他自己写的，却不是任何别人写的，他还是他，他站在那里，并且时刻准备着继续向前，去与更多的悲愁和腌臜相遇遭逢，好似躲雨的人终将走出屋檐的庇佑，又好似求神的人相信庇佑一定会降临，管他冻死饿死，死亡，再说一遍，死亡，可以突然中止他的性命，却从来也中止不了他的自说自话与自行自路。

说起来，我也有过触碰类似玄机的时刻。那一年，我在山东地界里游荡了好几个月，从兴致勃勃，再到欲走还留，直至垂头丧气和颗粒无收，事情还没完，寒冬里的一个晚上，为了躲避国道上横冲而来的货车，我竟失足跌进了路边的河渠，全身上下都湿透了，回到小旅馆里便发起了高烧，昏昏沉沉之中，诸多名物和形容纷至沓来，迅速便在我的眼前身外搭建了一座错乱的世界：家乡里的白杨树正在旅馆外迅速长成，刹那间便高过了旅馆的屋顶；早已去世的祖母拎着一只竹篮刚刚走出收割后的田野，离我越来越近，那竹篮里装满了馒头,馒头过处,热气经久不散,使得沿途篱笆上的露水纷纷消融;没过多久,一辆绿皮火车发出最后的轰鸣,再缓缓地停下,列车员走下车,大声呼喊着催促站台上的人们赶紧上车——是的,他们其实都是在叫我赶紧离开这里,回到家乡里去,有那么好几回,我几欲起身就走,可是,最终我还是没有走,永嘉诗丐留在世上的那最后一首诗仿佛就写在对面的墙上,又将我焊牢在了小旅馆里,在长久地凝望了小旅馆之外空寂的田野之后,那座错乱的世界渐渐退隐,将牢底坐穿的心意在我的身体里竟然变得前所未有的坚决,白杨和祖母、馒头、露水和列车员,我将他们全都容下了。

是啊,哪怕死到临头,狂心不歇者也仍大有人在,对埋骨地和身后名牵肠挂肚者也仍大有人在,深陷在心底波澜和身外世界制成的漫天蛛网里无法自拔者也仍大有人在,屈原的《惜往日》可能不是他最后的一首诗,但是写于临近性命了结之前的某个时间应当无疑,在此诗中,求死之心尽管已经铁板钉钉,对君王的怨愤和指控却又明显让他坐卧不宁:"临沅湘之玄渊兮,遂自忍而沉流;卒没身而绝名兮,惜壅君之不昭;君无度而弗察兮,使芳草为薮幽。"同样的不甘与不服,旁人先不说他，大凡从朝堂中被逐之人，多少都要沾染一二，即便那些一代名臣们，也往往难逃如是渊薮，《明史》里说其"忠心义烈，与日月争光"的于谦，在明知自己被冤杀的结局已经无可逃避时，也曾经留句如下："成之与败久相依，岂肯容人辨是非；奸党只知谗得计，忠臣却视死如归；先天预定皆由数，突地加来尽是机；忍过一时三刻苦，芳名包管古今稀。"很显然，当死亡迫近身前，他唯有说服自己去接受，但是到了他也没能说服自己去接受，所以，此诗看似心意已决，终是怨恨难消，却又对人间纷繁和可能的后世公道念念不忘，如此，它们反倒充满了矛盾，往往是：前一句还在认死，下一句却不认死；前一句还在认命，下一句却又不认命。实际上，近似之境，就连李白也没有逃过：

> 大鹏飞兮振八裔，中天摧兮力不济。
>
> 馀风激兮万世，游扶桑兮挂左袂。
>
> 后人得之传此，仲尼亡兮谁为出涕？

这首诗，是李白写下的最后一首诗，据传，此诗作于唐代宗宝应元年，正是李白去世的那一年，很显然，诗中的大鹏，说的就是他自己：四海八荒都因为大鹏的飞翔感受过震动，可是，跃上了中天又如何？终有气力不逮，终有吾命休矣，和我活着时也曾得见天子的容颜却又被赐金还山一样，那只大鹏，一度也飞临过传说中只诞生在太阳身边的扶桑神树，最终，那神树却要了它的命，它挂住了大鹏的左袖，使大鹏动弹不得，直至折翼坠亡，我深信，大鹏的余风仍会在它死后的千秋万载中回荡不止，可是，又有谁会像孔子哭麟一般也为它哭奏一曲"出非其时"之歌呢？——你看，溘然长逝说到就到，李白终于未能忘怀自己一生中的光芒时分，也终于未能忘怀后世棺椁如何掩埋和厚葬自己，句句读来，多少令人恻隐难消，可是，他到底是李白，他当然在叹息，与此同时，他也在辨认和肯定，那只大鹏，它曾经令我们如此熟悉，一生中，李白太多次写到过它，在《大鹏赋》里，它曾经"激三千以崛起，向九万而迅征；背欻太山之崔嵬，翼举长云之纵横；左回右旋，倏阴忽明；历汗漫以夭矫，羾阊阖之峥嵘"。在《上李邕》一诗里，李白又写道："大鹏一日同风起，扶摇直上九万里；假令风歇时下来，犹能簸却沧溟水。"而现在，吾命休矣之时，他还是认出了它，他还将继续肯定它，所以，和后世的于谦不同，李白绝不会将生前身后交付给自己未能定夺的一切，相反，他要将生前身后的一切都交付给那只大鹏，是它的飞翔和坠亡，才将扶桑与孔子、八裔与万世连接在了一起，也因此，那只大鹏，唯有它，才是真正的主角与命名者。

如此，我以为，无论在蓬蒿丛中，还是风波舟里，那个低至尘土却从未妄想着自己从尘土中脱身而去的人，那个一边吞咽着苦楚一边又在苦楚里安定了自己的人，只可能是杜甫。唐代宗大历五年，罹患风疾至半身偏枯的杜甫，自长沙出发前往岳阳，洞庭湖中，他写下了平生最后一首诗，是为《风疾舟中伏枕书怀三十六韵奉呈湖南亲友》。毫无疑问，重病缠身的他知道自己离死亡已经不远了，然而，唯其如此，对死亡的彻底忘怀才得以诞生：一如既往，他将疾病和死亡只视作一人之事与一家之事，既不向天祷告，也未跪地号啕，而是受下来，再吞下去："葛洪尸定解，许靖力难任；家事丹砂诀，无成涕作霖。"——尽管我死之后还有家事绵延不休，可是，它们也注定空有丹砂诀而无法冶炼成金了，一念及此，我当然泪飞如雨，可是，我也只能像葛洪的尸解一般撒手西去，实在是，我再也没有汉时名士许靖那样带着一家老小去远走避祸的气力了。一如既往,即便穷途如是,战乱沦亡仍然像舟外之水般一波未平一波又起,全都涌进了他的口中腹内:"书信中原阔,干戈北斗深;畏人千里井,问俗九州箴;战血流依旧,军声动至今。"国犹如此,人何以堪? 所以,他不自禁地回顾了自己在苦寒流离中走过的道路:"狂走终奚适,微才谢所钦;吾安藜不糁,汝贵玉为琛。"—— 未能自慰的是,这一条穷途,不知道何时才能将它走完,而聊以自慰的是,我一直深深地感激于故交好友们对我的容纳与赞许,还好,不加糁子的野菜羹我也觉得好喝得很,我的故交好友们,你们,你们才是我须臾不敢忘记的琛玉。但是,一如既往,他竟然忘记了疾病与死亡,忘记了接下来的风浪与鬼门关,老老实实地写起了眼前所见的一草一木,也许,他大概也早已知道了,只有这些最平常的、几十年中让他栖身与掩面的所在,才是他千秋万载的饭囊、药碗和墓志铭:

　　　　舟泊常依震,湖平早见参。

　　　　如闻马融笛,若倚仲宣襟。

　　　　故国悲寒望,群云惨岁阴。

水乡霾白屋，枫岸叠青岑。

郁郁冬炎瘴，濛濛雨滞淫。

鼓迎非祭鬼，弹落似鸮禽。

去年冬天，也是临近春节的时候，在从南京前往苏州的高铁上，我曾经接到过一条手机短信，回复过去之后才知道，当年，在河北小县城的医院里，那个放弃了治疗跑出医院去寻死的大姐，她留下的最后一封信，正是写给了给我发来短信的男人，天知道他是怎么找到我的呢？无论怎样，他还是找到了我，还说看过我的书，有一个问题，他一直想问我：尽管他一直都没能找到那大姐的遗体，但他的确早已去那小医院里取回了她留给他的信，现在，好几年过去之后，他想为她修一座衣冠冢，以此来好好安葬她，他还想在她的墓碑上刻下几句话，所以，他想问问我，那大姐的墓碑上，到底应该刻下哪几句话才好呢？问题来得太突然，一时之间，我也不知道该如何回答他，不过，没过多久，我所乘坐的高铁疾驰着经过了一条并不宽阔的河流，晦暗的天光下，河流上的几艘机动船缓慢地向前行驶着，却近乎停滞，远远的，一座工厂的围墙外，倒是有几棵梅树被大风摧折，梅花们便纷纷跌落，再被大风席卷着奔入了河水，一下子，我想起了杜甫的最后一首诗，也想起了那大姐最后的一封信，如遭电击一般，我片刻不停，给远在河北的男人发去了短信，我对他说，那大姐的墓碑上应该刻下的话，其实也是她最后留给他的那几句话：你可能会来，也可能不会来，但我只当你会来。对，就是这几句：你可能会来，也可能不会来，但我只当你会来。